Conclave

ROBERT HARRIS

Conclave

TRADUÇÃO
Braulio Tavares

3ª reimpressão

Copyright © 2016 by Robert Harris

Grafia atualizada segundo o Acordo Ortográfico da Língua Portuguesa de 1990, que entrou em vigor no Brasil em 2009.

Título original
Conclave

Capa
Glenn O'Neill

Composição fotográfica de capa
Colin Thomas e Alamy images

Mapa
Darren Bennett

Preparação
Isis Pinto

Revisão
Huendel Viana
Adriana Bairrada

Dados Internacionais de Catalogação na Publicação (CIP)
(Câmara Brasileira do Livro, SP, Brasil)

    Harris, Robert, 1957–
        Conclave / Robert Harris ; tradução Braulio Tavares.
    — 1ª ed. — Rio de Janeiro : Alfaguara, 2020.

    Título original: Conclave.
    ISBN: 978-85-5652-099-9

    1. Ficção inglesa 2. Suspense — Ficção I. Título.

20-32954   CDD-823

Índice para catálogo sistemático:
1. Ficção : Literatura inglesa   823

Maria Alice Ferreira – Bibliotecária – CRB-8/7964

Todos os direitos desta edição reservados à
EDITORA SCHWARCZ S.A.
Praça Floriano, 19, sala 3001 — Cinelândia
20031-050 — Rio de Janeiro — RJ
Telefone: (21) 3993-7510
www.companhiadasletras.com.br
www.blogdacompanhia.com.br
facebook.com/editora.alfaguara
instagram.com/editora_alfaguara
twitter.com/alfaguara_br

Para Charlie

Nota do autor

Embora neste romance eu tenha usado, por uma questão de autenticidade, os títulos reais (arcebispo de Milão, decano do Colégio dos Cardeais e assim por diante), usei-os apenas no mesmo sentido de quem se refere a um fictício presidente dos Estados Unidos ou um primeiro-ministro britânico. Os personagens que criei para ocupar esses cargos não têm a intenção de se assemelhar às pessoas que os ocupam na vida real; se errei, e se alguma semelhança tiver ocorrido por coincidência, peço desculpas. Da mesma maneira, a despeito de algumas semelhanças superficiais, o Santo Padre falecido em *Conclave* de modo algum pretende ser um retrato do papa atual.

Achei que seria mais prudente não fazer as refeições entre os cardeais. Eu comia no meu quarto. Na décima primeira votação, fui eleito papa. Ó Jesus, também eu posso dizer o que Pio XII disse quando foi eleito: "Tende piedade de mim, Senhor, pela vossa misericórdia". Alguém poderia dizer que parece um sonho, e no entanto, até o dia da minha morte, é a realidade mais solene de toda a minha vida. De modo que estou pronto, Senhor, "para viver e morrer convosco". Havia 300 mil pessoas me aplaudindo no balcão da Basílica de São Pedro. As luzes incandescentes me impediam de ver algo além de uma massa informe que parecia ondular.
Papa João XXIII, anotação em seu diário, 28 de outubro de 1958

Eu era solitário antes, mas agora minha solidão tornou-se completa e estarrecedora. Daí a tontura, como se fosse uma vertigem. Como uma estátua num pedestal. É assim que vivo agora.
Papa Paulo VI

MAPA DO CONCLAVE PAPAL
OS JARDINS DO VATICANO
Cortile della Sentinella
CAPELA SISTINA
Via delle Fondamenta
PALAZZO DE GOVERNATORATO
Capela Paulina
BASÍLICA DE SÃO PEDRO
IGREJA DE SANTO ESTÊVÃO
PIAZZA SANTA MARTA
PALAZZO SAN CARLO
CASA SANTA MARTA

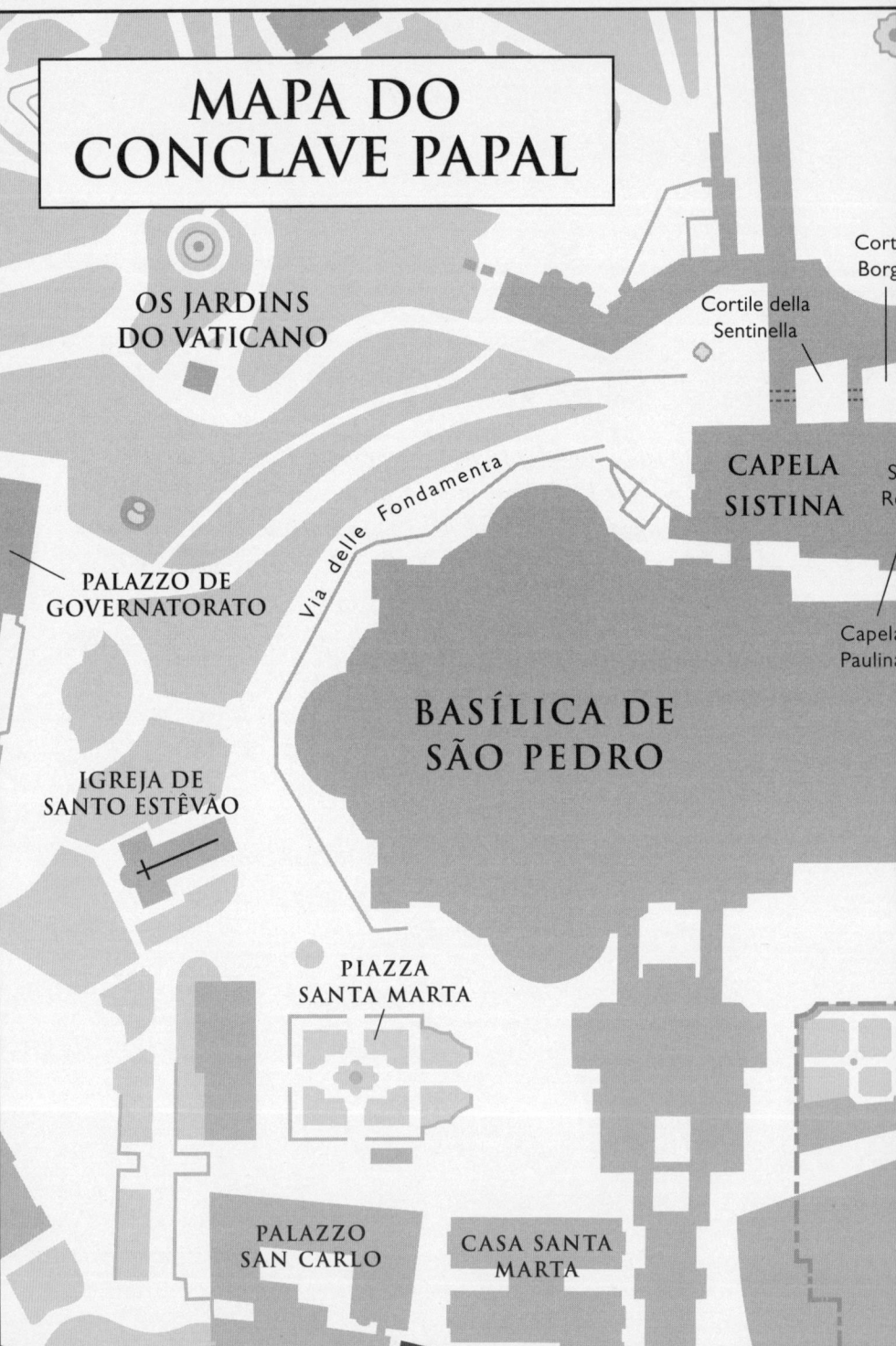

1. *Sede vacante*

O cardeal Lomeli deixou seu apartamento no Palácio do Santo Ofício um pouco antes das duas da manhã e se apressou por entre os claustros escuros da Cidade do Vaticano, rumo aos aposentos do papa.

No caminho ia rezando: *Ó Senhor, ele ainda tem tanto a realizar, e por outro lado todo meu trabalho útil ao vosso serviço já está feito. Ele é amado, e eu sou esquecido. Poupai-o, Senhor. Poupai-o. Levai a mim, em vez dele.*

Subiu com dificuldade a ladeira calçada de pedras que conduzia à Piazza Santa Marta. O ar de Roma estava agradável e enevoado, e ainda assim ele já podia detectar os primeiros sopros frios do outono. Chovia de mansinho. Ao telefone, a voz do prefeito da Casa Pontifícia soava tão cheia de pânico que ele esperou encontrar, à chegada, uma cena de pandemônio. Na verdade, a praça estava surpreendentemente quieta, a não ser por uma ambulância solitária estacionada discretamente a certa distância, com a silhueta projetada no iluminado flanco sul da Basílica de São Pedro. A luz interna do veículo estava acesa, e os limpadores de para-brisa se agitavam em vaivém; ele estava próximo o bastante para distinguir os rostos do motorista e do seu assistente. O motorista estava falando num celular, e Lomeli pensou, com um choque: eles não vieram para conduzir um homem doente ao hospital, vieram buscar um corpo.

Na entrada da Casa Santa Marta, com suas incongruentes portas de vidro, o guarda suíço fez a saudação, erguendo a mão calçada de luva branca até tocar com os dedos o elmo ornado com pluma vermelha.

— Eminência.

Lomeli, fazendo um gesto na direção do veículo, disse:

— Por favor, poderia se certificar de que aquele homem não esteja ligando para a imprensa?

O edifício tinha uma atmosfera austera, antisséptica, como a de uma clínica particular. No saguão de mármore branco, uma dúzia de padres, sendo três de roupão, estavam parados e perplexos, como se um alarme de incêndio tivesse soado e eles não soubessem ao certo como proceder. Lomeli hesitou no umbral, sentiu algo em sua mão esquerda e viu que estava segurando seu solidéu vermelho. Não se lembrava de tê-lo trazido. Desdobrou-o e o colocou na cabeça. Sentiu o cabelo úmido ao toque. Um bispo, um dos africanos, tentou interceptá-lo quando ele caminhou para o elevador, mas Lomeli apenas o cumprimentou com um aceno e não se deteve.

O elevador demorou séculos para chegar. Deveria ter usado as escadas, mas estava com o fôlego curto. Sentiu o olhar dos demais às suas costas. Devia dizer alguma coisa. O elevador chegou. As portas se abriram. Ele se virou e ergueu a mão em bênção.

— Orai! — disse ele.

Apertou o botão do segundo andar, as portas se fecharam e ele começou a subir.

Se é Vossa vontade chamá-lo à Vossa presença e me deixar para trás, dai-me força para ser a rocha onde outros possam se apoiar.

No espelho, por baixo da luz amarela, seu rosto cadavérico estava lívido e cheio de manchas. Ele ansiou por um sinal, por algo que lhe injetasse um pouco de ânimo. O elevador parou abruptamente, sacolejando, mas seu estômago pareceu continuar a subida, e ele teve que agarrar o apoio de metal para manter-se firme. Lembrou que certa vez ia naquele mesmo elevador em companhia do Santo Padre, no início do seu papado, quando dois monsenhores idosos entraram. Imediatamente caíram de joelhos, atônitos ao se verem face a face com o representante de Cristo na Terra, diante do que o papa deu uma risada e disse: "Não vos preocupeis, levantai-vos, sou apenas um velho pecador, não sou melhor que vós...".

O cardeal ergueu o queixo. Sua máscara pública. As portas se abriram. Uma pesada cortina de ternos pretos se afastou para deixá-lo passar. Ele ouviu um dos seguranças murmurar para a lapela: "O decano chegou".

Do lado oposto daquele espaço, em diagonal, três freiras, irmãs da Companhia das Filhas da Caridade de São Vicente de Paulo, estavam

de mãos dadas, chorando. O arcebispo Woźniak, prefeito da Casa Pontifícia, adiantou-se para recebê-lo. Por trás dos óculos de aro de metal, seus olhos cinza-claros estavam inchados. Ele ergueu as mãos e disse, num tom desamparado:
— Eminência...
Lomeli tomou nas mãos o rosto do arcebispo e o apertou de leve. Sentiu a barba ligeiramente por fazer no rosto jovem do outro.
— Janusz, sua presença o deixava tão feliz.
Então, outro dos seguranças — ou talvez fosse um agente funerário: ambas as profissões se vestiam de forma tão parecida —, de qualquer modo, outro indivíduo de preto abriu para eles a porta da suíte.
A pequena sala de estar e o ainda menor quarto de dormir estavam repletos de gente. Depois, Lomeli fez uma lista em que lembrou mais de doze nomes de pessoas presentes, sem contar os seguranças — dois médicos, dois secretários particulares, o mestre das Celebrações Litúrgicas Pontifícias, cujo nome era arcebispo Mandorff, pelo menos quatro padres da Câmara Apostólica, Woźniak e, é claro, os quatro cardeais seniores da Igreja católica: o secretário de Estado, Aldo Bellini; o camerlengo, ou capelão da Santa Sé, Joseph Tremblay; o cardeal Penitenciário-Mor, ou chefe dos confessores, Joshua Adeyemi; e ele próprio, como o decano do Colégio dos Cardeais. Em sua vaidade, ele imaginara que seria o primeiro a ser chamado; na verdade, como estava vendo agora, era o último.

Seguiu Woźniak para dentro do quarto de dormir. Era a primeira vez que o via por dentro. Todas as outras vezes que havia ido, a grande porta dupla estava fechada. A cama papal renascentista, tendo acima de si um crucifixo, ficava virada de frente para a antessala. Ocupava quase todo o espaço — uma cama pesada, quadrada, de carvalho polido — e era grande demais para aquele quarto. Cabia a ela o único toque majestoso do aposento. Bellini e Tremblay estavam de joelhos junto à cama, de cabeça baixa. Ele precisou passar por cima das panturrilhas de ambos para se aproximar dos travesseiros onde o papa jazia, o corpo ligeiramente elevado, oculto pelo edredom branco, as mãos cruzadas sobre o peito, por cima da cruz simples de ferro que trazia ao pescoço.

Lomeli não estava acostumado a vê-lo sem os óculos, que estavam dobrados sobre a mesinha de cabeceira, ao lado de um despertador de viagem com muito uso. A armação tinha deixado marcas avermelhadas de ambos os lados do nariz dele. Em geral, na experiência de Lomeli, o rosto dos mortos era flácido e estúpido. Mas aquele parecia alerta, quase se divertindo, como se tivesse sido interrompido no meio de uma frase. Quando se curvou para beijar-lhe a testa, notou uma minúscula mancha de creme dental branco no canto esquerdo da boca, sentiu o cheiro de menta e de algum xampu floral. Parecia que ele iria dizer algo a qualquer momento.

Lomeli murmurou:

— Por que Ele vos chamou, quando ainda havia tanta coisa a ser feita por vós?

"*Subvenite, Sancti Dei...*"

Adeyemi começou a entoar a liturgia. Lomeli percebeu que tinham estado esperando por ele. Ajoelhou-se com cuidado sobre o piso luzidio parquetado, juntou as mãos postas em prece, apoiadas na lateral da cama, e depois enterrou o rosto na palma das mãos.

— ... *ocurrite, Angeli Domini...*

"Vinde ao seu auxílio, Santos do Senhor; vinde ao seu encontro, Anjos do Senhor..."

A voz de baixo profundo do cardeal nigeriano reverberava dentro do pequeno quarto.

— ... *Suscipientes animam eius. Offerentes eam in conspectu Altissimi...*

"... Recebei sua alma e conduzi-a à presença do Altíssimo..."

As palavras ressoavam na cabeça de Lomeli sem produzir sentido. Isso estava acontecendo com frequência cada vez maior. *Rezo para ti, Senhor, mas não tenho resposta.* Uma espécie de insônia espiritual, de ruído de interferência, vinha invadindo-o desde o ano anterior, negando-lhe aquela comunhão com o Espírito Santo que ele antes era capaz de alcançar com tanta naturalidade. E tal como se dá com o sono, quanto mais ele desejava uma prece carregada de sentido, mais elusiva ela se tornava. Tinha confessado essa crise ao papa no último encontro entre os dois — tinha lhe pedido permissão para deixar Roma, abdicar de seus deveres como decano e retirar-se para o interior de uma ordem religiosa. Estava com setenta e cinco anos, na idade da aposentadoria. Porém, o Santo Padre tinha reagido com uma dureza inesperada. "Alguns são escolhidos para ser pastores, outros para administrar a fazenda. Sua função não é pastoral. O senhor não é um pastor, é um administrador. Acha que para mim é fácil? Precisamos de sua presença aqui. Não se preocupe. Deus retornará. Ele sempre o faz." Lomeli ficou magoado — um administrador, é assim que ele me vê? — e, quando se despediram, havia entre os dois uma certa frieza. Foi a última vez que conversaram.

— ... *Requiem aeternam dona ei, Domine: et lux perpetua luceat ei...*
"Que a luz eterna lhe seja concedida, ó Senhor; deixai que a perpétua luz brilhe sobre ele..."

Quando a liturgia acabou de ser recitada, os quatro cardeais continuaram em volta da cama, em prece silenciosa. Depois de alguns minutos, Lomeli virou um pouquinho a cabeça e entreabriu os olhos. Por trás deles, no quarto, permaneciam todos ajoelhados, de cabeça baixa. Ele voltou a esconder o rosto nas mãos.

Sentia-se triste ao pensar que a longa convivência entre os dois tinha terminado com uma nota triste. Tentou lembrar quando acontecera. Duas semanas antes? Não, um mês — 17 de setembro, para ser exato, depois da missa em comemoração da impressão dos estigmas em São Francisco — o período mais longo que ele passara sem ter uma audiência privada com o papa, desde a eleição deste. Talvez o Santo Padre já começasse a pressentir que a morte se aproximava e que não conseguiria completar sua missão; talvez isso explicasse sua irritação pouco habitual.

O quarto estava totalmente em silêncio. Ele pensou qual seria o primeiro a interromper a meditação. Achou que seria Tremblay. O franco-canadense estava sempre apressado, um norte-americano típico. E de fato, depois de mais alguns instantes, Tremblay soltou um suspiro — uma exalação longa. Teatral, quase um êxtase. "Ele está com Deus", disse, e esticou os braços. Lomeli achou que ele estava a ponto de proferir uma bênção, mas em vez disso seu gesto foi um sinal para dois assistentes da Câmara Apostólica, que entraram no quarto e o ajudaram a ficar de pé. Um deles trazia uma caixinha de prata.

— Arcebispo Woźniak — disse Tremblay, enquanto todos se punham de pé —, pode me trazer, por gentileza, o anel do Santo Padre?

Lomeli se ergueu, com joelhos que estalavam após sete décadas de genuflexões constantes. Apertou o corpo de encontro à parede para permitir que o prefeito da Casa Pontifícia se esgueirasse entre ele e a cama. O anel não saiu facilmente. O pobre Woźniak, suando de constrangimento, teve que puxá-lo repetidamente para a frente e para trás por sobre a junta do dedo. Por fim, ele passou, e foi posto na palma da mão de Tremblay, que tirou da caixa de prata um par de tesouras — do tipo usado para cortar rosas, pensou Lomeli — e inseriu o anel entre as lâminas. Apertou com força, fazendo uma careta com o esforço. Houve um estalo súbito e o disco de metal com a imagem de São Pedro pescador partiu-se ao meio.

— *Sede vacante* — anunciou Tremblay. — O trono da Santa Sé está vazio.

Lomeli passou mais alguns minutos de olhos baixos, contemplando a cama numa última despedida, depois ajudou Tremblay a estender um fino véu branco sobre o rosto do papa. A vigília se dissolveu em grupos sussurrantes.

Ele voltou à saleta de estar. Ficou pensando em como o papa fora capaz de suportar aquilo, ano após ano — não somente o fato de viver cercado de guardas armados, mas um lugar como aquele?! Cinquenta metros quadrados de anonimato, mobiliados de acordo com o gosto de um comerciante de classe média. Não havia nada com um toque pessoal ali. Paredes pintadas de verde-limão-claro e piso parquetado para limpeza rápida. Uma mesa padronizada, escrivaninha, sofá e duas poltronas, com encostos trabalhados e forradas num tecido azul lavável. Mesmo o genuflexório de madeira escura era idêntico a centenas de outros no alojamento. O Santo Padre se hospedara ali como cardeal, antes do Conclave que o elegera papa, e nunca mais se mudara: bastara um olhar ao apartamento luxuoso a que tinha direito no Palácio Apostólico, com sua biblioteca e sua capela privada, para que fugisse de lá às pressas. Sua guerra contra a velha guarda do Vaticano começara ali, naquele impasse, no seu primeiro dia de papado. Quando alguns cabeças da Cúria objetaram a sua decisão como pouco apropriada à dignidade de um papa, ele citou, como se estivesse se dirigindo a meninos de escola, a instrução de Cristo aos seus discípulos: "Não leveis ouro, nem prata, nem cobre nem vossos cintos, nem alforje para o caminho, nem duas túnicas, nem sandálias, nem cajado". Dali em diante, sendo humanos, eles sentiram seu olhar de reprovação todas as vezes que voltaram para suas residências em apartamentos suntuosos; e, sendo humanos, magoaram-se com isso.

O secretário de Estado, Bellini, estava parado junto à escrivaninha, de costas para o aposento. Seu mandato oficial tinha se encerrado com a quebra do Anel do Pescador, e sua silhueta magra, alta, ascética, em geral tão ereta quanto um álamo da Lombardia, parecia também ter se partido.

Lomeli disse:

— Meu caro Aldo, sinto muito.

Ele viu que Bellini estava examinando o estojo de xadrez para viagem que o Santo Padre costumava levar em sua pasta. Corria um dedo longo e pálido por cima das pequenas peças de plástico vermelho e branco. Elas estavam agrupadas num desenho intrincado no centro do tabuleiro, enlaçadas numa batalha abstrusa destinada agora a nunca se resolver. Bellini disse, distraidamente:

— Acha que alguém se incomodaria se eu guardasse isto aqui, de lembrança?

— Certamente que não.

— Costumávamos jogar com frequência, no fim do dia. Ele dizia que isto o ajudava a relaxar.

— Quem ganhava?

— Ele. Sempre.

— Leve-o consigo — instou Lomeli. — Pode levá-lo. Ele amava você mais que a todos, e gostaria que guardasse isso consigo.

Bellini deu uma olhada em volta.

— Acho que deveria esperar e pedir permissão, mas parece que o nosso zeloso camerlengo já vai selar o apartamento.

Ele fez um gesto com a cabeça indicando a direção onde Tremblay e os seus padres assistentes estavam reunidos, em torno de uma mesinha de café preparando o material necessário para selar as portas — fitas vermelhas, cera, fita adesiva.

De repente os olhos de Bellini se encheram de lágrimas. Ele tinha uma reputação de frieza — o intelectual distante e sem sangue. Lomeli nunca o vira demonstrar emoção. Aquilo o chocou. Pôs a mão no braço do outro e disse, com simpatia:

— O que aconteceu afinal, você sabe?

— Segundo dizem, um ataque cardíaco.

— Mas eu achava que ele tinha o coração de um touro.

— Não totalmente, para ser honesto. Houve alguns sinais.

Lomeli piscou os olhos, surpreso.

— Não ouvi nada a respeito disso.

— Bem, ele não queria que ninguém soubesse. Dizia que no instante em que o rumor surgisse, eles começariam a espalhar boatos de que ele estava prestes a renunciar.

Eles. Bellini não tinha que explicar quem eram *eles*. Referia-se à Cúria. Pela segunda vez naquela noite, Lomeli se sentiu obscuramente preterido. Era por isso que nada chegara ao seu conhecimento a respeito desse problema médico que vinha de tanto tempo? Porque o Santo Padre pensava nele não apenas como um administrador, mas como um *deles*?

Lomeli disse:

— Acho que devemos ser muito cuidadosos com o que vamos dizer sobre essa condição dele para a imprensa. Você sabe melhor do que eu como eles são. Vão querer saber tudo sobre qualquer histórico de problemas cardíacos, e sobre o que fizemos a respeito. E se parecer que tudo foi abafado e que nada fizemos, vão querer saber por quê.

Agora que o choque inicial ia se dissipando, ele começava a perceber toda uma série de questões urgentes para as quais o mundo iria exigir respostas, e que ele próprio começava a exigir.

— Diga-me, havia alguém com o Santo Padre na hora em que ele morreu? Ele recebeu absolvição?

Bellini abanou a cabeça.

— Não, receio que ele já estivesse morto quando o acharam.

— Quem o achou? Quando? — Lomeli fez um sinal ao arcebispo Woźniak para que se juntasse a eles. — Janusz, sei que isto é difícil, mas temos que preparar uma declaração bem detalhada. Quem descobriu o corpo do Santo Padre?

— Eu, Eminência.

— Bem, graças a Deus, já é alguma coisa. — De todos os membros da Casa Pontifícia, Woźniak era o mais próximo do papa. Era reconfortante pensar que tinha sido ele o primeiro a encontrar o corpo. E também, de um ponto de vista puramente de relações públicas, melhor ele do que um guarda da segurança; muito melhor do que uma freira. — E o que você fez?

— Chamei o médico do Santo Padre.

— Ele veio depressa?

— Imediatamente, Eminência. Ele sempre passa a noite no quarto ao lado.

— Não se pôde fazer nada?

— Não. Tínhamos todo o equipamento necessário para ressuscitação, mas era tarde demais.

Lomeli pensou um pouco.

— Quando o achou, ele estava na cama?

— Sim. Estava com uma aparência pacífica, mais ou menos como está agora. Pensei que estivesse adormecido.

— A que horas foi isso?

— Por volta das onze e meia, Eminência.

— *Onze e meia?* — Havia mais de duas horas e meia. A surpresa de Lomeli devia ter sido bem visível no rosto, porque Woźniak apressou-se a dizer:

— Eu o teria chamado antes, mas o cardeal Tremblay assumiu o controle da situação.

Tremblay virou a cabeça ao ouvir a menção ao seu nome. Era um aposento pequeno, e ele estava a apenas alguns passos de distância. Num segundo estava junto deles. A despeito da hora, sua aparência era limpa e bem-apessoada, com a espessa cabeleira branca imaculadamente arrumada sob o barrete, o corpo enxuto e movendo-se com leveza. Parecia um atleta aposentado que conseguiu fazer uma transição bem-sucedida para apresentador de esportes na TV; Lomeli tinha a vaga lembrança de que ele fora jogador de hóquei no gelo, quando jovem. O franco-canadense disse, em seu cuidadoso italiano:

— Lamento, Jacopo, caso se sinta ofendido com essa demora em informá-lo. Sei que Sua Santidade não tinha colegas mais próximos do que você e Aldo, mas na condição de camerlengo minha primeira responsabilidade era garantir a integridade da Igreja. Disse a Janusz que não o avisasse enquanto não tivéssemos um breve período de calma para poder estabelecer os fatos com clareza. — Ele pôs as mãos num gesto piedoso, como se rezasse.

O homem era insuportável. Lomeli disse:

— Meu caro Joe, minha única preocupação é com a alma do Santo Padre e com o bem-estar da Igreja. Se sou avisado de um acontecimento à meia-noite ou às duas da manhã é irrelevante, no que me diz respeito. Tenho certeza de que agiram com a melhor das intenções.

— É apenas porque, quando um papa morre inesperadamente, qualquer equívoco cometido durante o choque e a confusão dos primeiros momentos pode gerar todo tipo de boatos maldosos depois — disse Tremblay. — Basta lembrarmos a tragédia do papa João Paulo I: passamos os últimos quarenta anos tentando convencer o mundo de que ele não foi assassinado, e tudo isso porque ninguém queria admitir que seu corpo foi descoberto por uma freira. Desta vez, não deve haver nenhuma discrepância no relatório oficial.

De dentro da batina, ele retirou uma folha de papel dobrada e a entregou a Lomeli. O papel ainda estava quente. Saído agora da impressora, pensou Lomeli. Impressa com cuidado via computador, a página estava encabeçada, em inglês, pela palavra *Timeline*. Lomeli leu as colunas enfileiradas verticalmente, acompanhando-as com o dedo. Às 7h30 da noite, o Santo Padre havia ceado com Woźniak, no espaço exclusivo reservado para ele no salão de jantar da Casa Santa Marta. Às 8h30 ele se retirou para seu apartamento, onde leu e meditou sobre uma passagem da *Imitação de Cristo* (capítulo 8, "Como se deve evitar a excessiva familaridade"). Às 9h30 recolheu-se para dormir. Às 11h30 o arcebispo Woźniak foi verificar se estava tudo bem e não encontrou sinais vitais nele. Às 11h34 o dr. Giulio dell'Acqua, cedido pelo Hospital San Raffaele do Vaticano, em Milão, principiou o tratamento de emergência. Foi tentada uma combinação de massagem cardíaca e desfibrilação, sem resultado. O Santo Padre foi declarado morto à 00h12.

O cardeal Adeyemi aproximou-se por trás de Lomeli e começou a ler por cima do seu ombro. O nigeriano sempre tinha um perfume forte de colônia. Lomeli sentia seu hálito quente no lado do pescoço. A força de sua presença física era demasiada para Lomeli. Ele lhe entregou o documento e virou-se, somente para receber mais um maço de papéis que Tremblay lhe colocou nas mãos.

— O que é isto tudo?

— São os registros médicos mais recentes do Santo Padre. Eu os trouxe para cá. Este aqui é um angiograma do mês passado. Pode olhar aqui... — disse Tremblay, erguendo um raio X de encontro à lâmpada principal — ... há sinais de entupimento.

A imagem monocromática era cheia de ramificações, fibrosa — sinistra. Lomeli se contraiu. Em nome de Deus, qual o sentido daquilo tudo? O papa tinha mais de oitenta anos. Não havia nada de suspeito em seu passamento. Quanto tempo esperavam que ele vivesse? Era na sua alma que deveriam estar pensando naquele momento, não em suas artérias. Ele disse com firmeza:

— Divulguem as informações, caso seja necessário, mas não esta imagem. É muito invasiva. Ela o prejudica.

Bellini disse:

— Concordo.

— Suponho — disse Lomeli — que vai nos dizer agora que será preciso fazer uma autópsia?

— Bem, se não for feita, com certeza surgirão boatos.

— É verdade — disse Bellini. — Houve um tempo em que Deus explicava todos os seus mistérios. Agora, Ele foi ultrapassado pelas teorias da conspiração. São as heresias da nossa era.

Adeyemi tinha terminado de ler a cronologia dos fatos. Tirou do rosto os óculos de aro de ouro e pôs na boca a extremidade de uma das hastes, pensativo.

— O que estava fazendo o Santo Padre *antes* das sete e meia? — Perguntou.

Foi Woźniak quem respondeu:

— Estava celebrando as vésperas, Eminência, aqui na Casa Santa Marta.

— Então deveríamos dar essa informação. Foi seu último ato sacramental, e implica um estado de graça, especialmente quando não houve oportunidade para a administração do viático.

— Boa observação — disse Tremblay. — Vou incluir.

— E retrocedendo um pouco mais, para antes das vésperas — insistiu Adeyemi. — O que fez ele?

— Reuniões de rotina, até onde posso entender — disse Tremblay, na defensiva. — Não tenho informação sobre todos os fatos. Preferi me concentrar nas horas imediatamente anteriores à morte.

— Quem foi a última pessoa a ter audiência marcada com ele?

— Na verdade, creio que fui eu mesmo — disse Tremblay. — Estive com ele às quatro horas. Foi isso mesmo, Janusz? Fui eu o último?

— Foi, sim, Eminência.

— E como estava ele, enquanto conversavam? Deu alguma indicação de que se sentia mal?

— Não, nenhuma de que eu me lembre.

— E depois disso, arcebispo, quando cearam juntos?

Woźniak olhou para Tremblay, como que pedindo permissão para responder.

— Ele estava cansado. Muito, muito cansado. Não tinha apetite. Sua voz estava rouca. Eu devia ter percebido...

Ele se deteve.

— Não há nada do que se recriminar — disse Adeyemi, devolvendo o documento a Tremblay e voltando a pôr os óculos. Havia uma teatralidade meticulosa em seus movimentos. Ele era sempre consciente de sua dignidade. Um verdadeiro príncipe da Igreja. — Incluam aí todas as reuniões que ele teve durante o dia. Isso mostrará que ele estava trabalhando com afinco, até o fim. Mostrará que não havia motivos para que alguém suspeitasse de que estava doente.

— Pelo contrário — disse Tremblay —, não haverá o perigo de que, se liberarmos esse cronograma completo, isso dê a impressão de que estávamos colocando um fardo muito pesado nas costas de um homem doente?

— O papado é um fardo de bastante peso. As pessoas precisam lembrar-se disso.

Tremblay franziu a testa e não disse nada. Bellini baixou os olhos para o piso. Uma leve mas visível tensão tinha se instaurado entre eles, e Lomeli precisou de alguns instantes para identificar sua origem. Lembrar ao público o enorme fardo suportado por um papa trazia consigo a óbvia inferência de que esse era um cargo apropriado para um homem mais jovem — e Adeyemi, com pouco mais de sessenta anos, era quase uma década mais novo do que os outros dois.

Depois de alguns instantes, Lomeli disse:

— Posso sugerir que o documento seja completado para incluir a presença do Santo Padre nas vésperas, mas afora isso permaneça assim como está? E que a título de precaução preparemos um segundo documento, listando todos os compromissos do Santo Padre durante o dia inteiro, mantendo-o em reserva para algum caso em que seja necessário?

Adeyemi e Tremblay trocaram um rápido olhar e concordaram, enquanto Bellini dizia, secamente:

— Demos graças a Deus pelo nosso decano. Vejo que podemos necessitar da sua habilidade diplomática nos próximos dias.

Bem mais tarde, Lomeli haveria de lembrar desse momento como o ponto em que começou a batalha pela sucessão papal.

Os três cardeais, notoriamente, tinham facções de aliados dentro do colégio eleitoral. Bellini era a grande esperança intelectual dos liberais, desde que Lomeli era capaz de se lembrar: um ex-reitor da Universidade Gregoriana e ex-arcebispo de Milão. Tremblay, que além de exercer a função de camerlengo era prefeito da Congregação para a Evangelização dos Povos, e em consequência um candidato com conexões no Terceiro Mundo, tinha a vantagem de parecer americano sem a desvantagem de ser um de fato, e Adeyemi conduzia em si a fagulha divina daquela possibilidade revolucionária, incessantemente fascinante para a mídia, de que um dia poderia vir a tornar-se "o primeiro papa negro".

Lentamente, enquanto ele observava as primeiras manobras tendo lugar dentro da Casa Santa Marta, brotou dentro dele a consciência de que caberia a ele, como decano do Colégio dos Cardeais, administrar aquela eleição. Era um dever que nunca tivera a expectativa de cumprir. Tinha sido diagnosticado com câncer na próstata alguns anos antes, e embora estivesse oficialmente curado, sempre acreditara que morreria antes do papa. Sempre pensara a respeito de si próprio como alguém que exerce um mandato-tampão. Tentara renunciar, a certa altura, mas agora tudo indicava que seria ele o responsável pela organização de um Conclave, nas mais difíceis circunstâncias.

Fechou os olhos. *Se é vossa vontade, ó Senhor, que eu cumpra essa tarefa, oro para que me deis sabedoria para realizá-la de uma maneira que venha a reforçar nossa Madre Igreja...*

Teria que ser imparcial — em tudo e sobre tudo. Abriu os olhos e disse:

— Alguém já ligou para o cardeal Tedesco?

— Não — disse Tremblay. — Tedesco? Entre tanta gente? Por que ele? Acha necessário?

— Bem, dada a sua posição na Igreja, seria uma cortesia...

— Uma cortesia? — exclamou Bellini. — O que fez ele para merecer uma cortesia? Se é possível dizer de algum homem que matou o Santo Padre, foi ele, certamente!

Lomeli simpatizava com a angústia do outro. De todos os críticos do falecido papa, Tedesco tinha sido o mais virulento, atacando o Santo Padre e Bellini até o ponto do cisma, segundo pensavam alguns. Aventara-se até a hipótese de excomunhão. No entanto, ele tinha seguidores devotos entre os tradicionalistas, o que o tornava um candidato proeminente para a sucessão.

— Ainda assim, creio que devo avisá-lo — disse Lomeli. — É melhor que ele receba a notícia de nós do que de algum jornalista. Sabe Deus o que ele é capaz de dizer se for apanhado de surpresa.

Ele ergueu o telefone do gancho e apertou o zero. Uma telefonista com a voz trêmula de emoção perguntou como podia ajudá-lo.

— Por favor, ligue-me com o Palácio do Patriarca, em Veneza, com a linha pessoal do cardeal Tedesco.

Ele imaginou que não teria resposta — afinal de contas iam dar três horas da manhã — mas o telefone mal terminou o primeiro toque e já foi atendido. Uma voz roufenha disse:

— Tedesco.

Os outros cardeais estavam conversando sobre as providências para o funeral. Lomeli ergueu a mão pedindo silêncio e virou-se de costas para se concentrar na chamada.

— Goffredo? Aqui é Lomeli. Receio que tenha uma notícia terrível para dar. O Santo Padre acaba de falecer. — Houve uma longa pausa. Lomeli pôde ouvir algum ruído ao fundo. Passos? Uma porta batendo? — Patriarca? Ouviu o que eu disse?

A voz de Tedesco ressoou no espaço cavernoso de sua residência oficial.

— Obrigado, Lomeli. Rezarei pela sua alma.

Houve um clique. A linha ficou muda.

— Goffredo? — Lomeli afastou o fone do ouvido e o olhou com o cenho franzido.

Tremblay perguntou:

— E então?

— Ele já sabia.

— Tem certeza? — Tremblay tirou da batina algo que parecia um pequeno livro de preces, mas logo revelou ser um celular.

— Claro que sabia — disse Bellini. — Este lugar está cheio de partidários dele. Provavelmente soube antes mesmo de nós. Se não tivermos cuidado, ele vai fazer pessoalmente o anúncio oficial, lá da Praça de São Marcos.

— Tive a impressão de que havia alguém lá, com ele...

Tremblay estava correndo o dedo rapidamente sobre a telinha do celular, rolando as informações.

— É totalmente possível. Já estão circulando boatos sobre a morte do papa nas redes sociais. Temos que agir depressa. Posso fazer uma sugestão?

Surgiu então o segundo desacordo da noite, pois Tremblay sugeriu que o traslado do corpo do papa para o necrotério devia ser feito imediatamente, em vez de esperar até o amanhecer. ("Não podemos nos permitir ficar para trás no ciclo do noticiário; seria um desastre.") Ele propôs que o anúncio oficial fosse feito imediatamente e que duas equipes de filmagem do Centro Televisivo Vaticano, mais um trio de fotógrafos e um repórter de jornal, deveriam ter o acesso permitido à Piazza Santa Marta para registrar a remoção do corpo, do edifício para a ambulância. Seu argumento era de que, se agissem com presteza, as imagens seriam transmitidas ao vivo e a Igreja teria certeza de um máximo de audiência. Nos grandes centros asiáticos da fé católica já era manhã; na América Latina e na América do Norte, ainda o começo da noite; somente os europeus e os africanos tomariam conhecimento do fato apenas quando acordassem.

Adeyemi discordou mais uma vez. A dignidade do ofício exigia que esperassem pela luz do dia, e por um coche fúnebre e um ataúde apropriados, cobertos com a bandeira papal. Bellini discordou:

— O Santo Padre não ligaria nem um pouco para essa questão de dignidade. Ele escolheu viver como um dos mais humildes da Terra, e é como um dos pobres mais humildes que ele escolheria ser visto após a morte.

Lomeli reforçou:

— Lembrem-se, este era um homem que se recusava a andar de limusine. Uma ambulância é o que podemos oferecer a ele como o mais próximo possível de um transporte público.

Ainda assim, Adeyemi permaneceu irredutível, e foi preciso votar, sendo ele derrotado por três a um. Houve um consenso de que o corpo do papa devia ser embalsamado. Lomeli disse:

— Mas temos que ter certeza de que isso vai ser feito corretamente.

Ele jamais esquecera o momento em que se aproximara na fila para ver o corpo do papa Paulo VI, na Basílica, em 1978: no calor de agosto, o rosto dele estava cinza-esverdeado, a mandíbula tinha cedido, e havia um odor indisfarçável de decomposição. No entanto, mesmo esse constrangimento macabro não era nada comparado a outra ocasião, vinte anos antes, quando o corpo do papa Pio XII fermentou no interior do ataúde e explodiu como uma bomba em frente à arquibasílica de São João de Latrão.

— E mais uma coisa — aduziu ele. — Temos que nos certificar de que ninguém tirará fotos do corpo.

Essa era outra indignidade que fora infligida a Pio XII, cujo cadáver fora estampado nas revistas noticiosas do mundo inteiro.

Tremblay saiu para cuidar das providências junto à Sala de Imprensa da Santa Sé e, menos de meia hora depois, os homens da ambulância, com os celulares confiscados, entraram e recolheram o corpo do Santo Padre num saco branco de plástico amarrado a uma maca sobre rodas. Fizeram uma pausa no segundo andar enquanto os quatro cardeais desciam primeiro no elevador, a fim de esperá-los no saguão e escoltá-los para fora do edifício. A humildade do corpo após a morte, a sua pequenez, as pequenas formas arredondadas dos pés e da cabeça pareciam a Lomeli fazer uma profunda declaração. *Eles tomaram então o corpo de Jesus e o envolveram em faixas de linho com os aromas...* Os filhos do Filho do Homem eram todos iguais, no fim das contas, refletiu ele; todos dependiam da piedade divina para ter esperanças de ressurreição.

O saguão e as escadarias do térreo estavam superlotados de religiosos de todos os níveis. Foi o silêncio deles que ficou gravado de forma indelével na mente de Lomeli. Quando as portas do elevador se abriram e a maca com o corpo foi empurrada para fora, o único som que se ouviu — para sua consternação — foram os cliques e zumbidos das câmeras dos celulares, misturados a ocasionais soluços. Tremblay e Adeyemi caminharam diante da maca, Lomeli e Bellini atrás, com os prelados da Câmara Apostólica enfileirados atrás deles. Seguiram em procissão cruzando as portas e saindo para o ar frio de outubro. O chuvisco tinha cessado. Viam-se até umas poucas estrelas. Passaram diante dos dois guardas suíços e se encaminharam para um crisol de luzes multicores — a luz das lâmpadas pisca-pisca da ambulância e do carro policial que a escoltava, espalhadas como raios de sol azulados pela praça banhada de chuva, os flashes das câmeras dos fotógrafos, o halo amarelo formado pelas lâmpadas das equipes de TV e, por trás de tudo, erguendo-se das sombras, o clarão gigantesco da Basílica de São Pedro.

Quando chegaram à ambulância Lomeli evocou mentalmente a Igreja católica universal naquele momento exato — as multidões andrajosas reunidas em torno dos aparelhos de TV nas favelas de Manila e de São Paulo, os enxames de trabalhadores urbanos de Tóquio e Shanghai hipnotizados pelos seus celulares, os fãs do esporte nos bares de Boston e Nova York cujos jogos estavam tendo a transmissão interrompida...

Ide, portanto, e fazei que todas as nações se tornem discípulos, batizando-as em nome do Pai, do Filho e do Espírito Santo...

O corpo foi deslizado para dentro da traseira da ambulância, a cabeça antes. A porta bateu. Os quatro cardeais ficaram de pé, em postura atenta e solene, enquanto o cortejo punha-se em marcha — duas motos, depois um carro da polícia, depois a ambulância, depois outro carro da polícia e, finalmente, mais motos. Fizeram uma curva atravessando a praça e um momento depois tinham desaparecido. Assim que sumiram da vista, as sirenes foram ligadas.

Isso é tudo que se consegue em termos de humildade, pensou Lomeli. Tanto para os pobres da Terra. Poderia ter sido o cortejo fúnebre de um ditador.

O lamento sonoro das sirenes foi diminuindo ao longe no meio da noite.

Por trás da fita de contenção, os repórteres e fotógrafos começaram a chamar pelos cardeais, como turistas num zoológico tentando persuadir os animais a chegar mais perto:

— Eminência! Eminência! Aqui, por favor!

— Um de nós deveria dizer alguma coisa — anunciou Tremblay, e, sem esperar resposta, saiu caminhando pela praça. As luzes pareciam produzir um halo de fogo em volta de sua silhueta. Adeyemi conseguiu se conter por alguns instantes mais, e logo foi no seu encalço.

Bellini murmurou, com irritação:

— Que circo!

Lomeli disse:

— Não deveria juntar-se a eles?

— Meu Deus, não! Não tenho que agradar à turba. Prefiro ir para a capela e rezar. — Ele deu um sorriso triste e balançou alguma coisa que segurava. E Lomeli viu que ele trouxera consigo a caixinha do jogo de xadrez. — Venha, venha comigo — disse ele. — Vamos rezar juntos uma missa pelo nosso amigo.

Enquanto caminhavam de volta para a Casa Santa Marta, ele tomou o braço de Lomeli e cochichou:

— O Santo Padre me falou das suas dificuldades com a prece. Talvez eu possa ajudar. Sabe que ele próprio tinha dúvidas, agora no final?

— O papa tinha dúvidas acerca de Deus?

— Não acerca de Deus! Nunca quanto a Deus! — E então ele disse algo que Lomeli nunca iria esquecer. — A fé que ele tinha perdido era a fé na Igreja.

2. Casa Santa Marta

A história do Conclave teve início um pouco menos de três semanas depois.
 O Santo Padre havia falecido no dia após a Festa de São Lucas Evangelista, ou seja, em 19 de outubro. O restante desse mês e o início de novembro foram dedicados aos seus funerais e às congregações quase diárias do Colégio dos Cardeais, os quais se dirigiram para Roma do mundo inteiro para eleger um sucessor. Eram encontros privados, durante os quais se discutia o futuro da Igreja. Para alívio de Lomeli, embora a usual divisão entre progressistas e tradicionalistas reaparecesse ocasionalmente, esse período transcorreu sem controvérsias.
 Agora, no dia da Festa de São Herculano Mártir — o domingo, 7 de novembro —, ele estava de pé no umbral da Capela Sistina, ladeado pelo secretário do Colégio Cardinalício, monsenhor Raymond O'Malley, e pelo mestre das Celebrações Litúrgicas Pontifícias, arcebispo Wilhelm Mandorff. Os cardeais eleitores seriam trancados no Vaticano naquela mesma noite. A eleição começaria no dia seguinte.
 Era pouco depois da hora do almoço e os três prelados estavam parados do lado de dentro da divisória de mármore e ferro trabalhado que separava a parte principal da Capela Sistina do vestíbulo. Juntos, contemplavam a cena no interior. O piso provisório de madeira estava quase pronto. Um carpete bege estava sendo pregado sobre ele. Luzes da TV eram acesas, enquanto trabalhadores traziam cadeiras, e mesas eram aparafusadas. Para onde se olhasse reinava um movimento incessante. A efervescente atividade do teto de Michelangelo — toda aquela carne rosa-clara seminua, alongando-se, gesticulando, curvando-se e carregando coisas — parecia agora aos olhos de Lomeli ter uma desajeitada contrapartida terrestre. Na extremidade da Capela,

no gigantesco afresco de Michelangelo *O Juízo Final*, a humanidade flutuava num céu azul em volta do Trono Celestial com uma trilha sonora de marteladas, e zumbido de furadeiras e de serras elétricas.

O secretário do Colégio, O'Malley, falou, com seu sotaque irlandês:

— Bem, Eminência, eu diria que esta é uma visão bastante aproximada do inferno.

— Não blasfeme, Ray — replicou Lomeli. — O inferno só chega amanhã, quando trouxermos os cardeais.

O arcebispo Mandorff gargalhou alto.

— Excelente, Eminência! Muito boa.

Lomeli virou-se para O'Malley.

— Ele pensa que estou brincando.

O'Malley, que conduzia uma prancheta, era um homem com um pouco menos de cinquenta anos: alto, tendendo para gordo, com o rosto vermelho e afogueado de quem passou a vida ao ar livre — caçando com cães, talvez — mesmo que jamais o tivesse feito; eram a sua ascendência dos Kildare e um certo gosto pelo uísque que lhe haviam dado aquela aparência. Mandorff, de origem renana, era mais velho, com sessenta anos, também alto, com uma cabeça tão lisa e arredondada e calva quanto um ovo; tinha feito sua reputação na Universidade de Eichstätt-Ingolstadt com um tratado sobre as origens e fundamentações teológicas do celibato clerical.

De ambos os lados da Capela, de frente para a aleia principal, duas dúzias de mesas de madeira simples tinham sido emendadas para produzir quatro fileiras. Somente a mesa mais próxima da divisória estava no momento forrada com toalha, pronta para a inspeção de Lomeli. Ele caminhou para dentro da Capela e passou a mão por sobre a dupla camada de tecido: um suave feltro carmesim que descia até o chão, e um material mais grosso e mais liso — bege, combinando com o carpete — cobrindo a superfície da mesa e suas bordas, proporcionando uma superfície firme o bastante para que se pudesse escrever sobre ela. A mesa estava munida de uma Bíblia, um Livro de Orações, um pequeno cartão de visitas, canetas e lápis, uma cédula de votação, e uma longa folha listando os nomes de todos os cento e dezessete cardeais elegíveis.

Lomeli apanhou o cartão com o nome do cardeal "XALXO SAVE-RIO". Quem seria ele? Sentiu uma agulhada de pânico. Nos dias que se seguiram ao funeral do papa, ele tentara fazer audiências com todos os cardeais e memorizar alguns detalhes pessoais de cada um. Porém, havia tantos rostos novos — o falecido papa havia concedido mais de sessenta chapéus vermelhos, quinze somente no seu derradeiro ano — que a tarefa acabou se revelando impossível para ele.

— Como será que se pronuncia isto? "Salso", é assim?
— "Kal-koh", Eminência — disse Mandorff. — Ele é indiano.
— "Kal-koh". Sou grato a você, Willi. Muito obrigado.

Lomeli sentou-se e experimentou a cadeira. Ficou reconfortado ao ver que havia uma almofada. E espaço bastante para quem precisasse esticar as pernas. Recostou-se. Sim, era bastante confortável. Dada a quantidade de tempo que deveriam passar trancados ali, tinha que ser assim. Ele tinha lido os órgãos da imprensa italiana antes do café da manhã. Era a última vez que leria um jornal até que a eleição estivesse concluída. Os observadores do Vaticano eram unânimes em prever um Conclave longo e cheio de antagonismo. Ele rezou para que não fosse assim, e para que o Espírito Santo baixasse sobre a Capela Sistina desde cedo e guiasse a todos na direção de um nome. No entanto, se tal não acontecesse — e a verdade é que não houve sinais disso durante qualquer uma das catorze congregações —, então poderiam ficar presos ali durante dias e dias.

Ele relanceou os olhos por toda a extensão da Sistina. Era estranho como o fato de estar sentado apenas um metro acima do piso de mosaico modificava a perspectiva do local. Na cavidade por baixo dos seus pés, os especialistas em segurança tinham instalado aparelhos de interferência para impedir a espionagem eletrônica. Ainda assim, uma empresa de consultoria rival insistia em afirmar que essas precauções eram insuficientes. Alegavam que raios laser dirigidos para as janelas mais altas da galeria superior eram capazes de detectar vibrações no vidro causadas por qualquer palavra falada ali, e que essas vibrações podiam ser retranscritas em forma de fala. Tinham recomendado que todas as janelas fossem tapadas com tábuas. Lomeli vetou a proposta. A falta de luz solar e a claustrofobia iriam se tornar insuportáveis.

Ele recusou polidamente o oferecimento de ajuda por parte de Mandorff. Ergueu-se sozinho da cadeira e começou a caminhar ao longo da Capela. O carpete recém-instalado tinha cheiro de cevada numa debulhadora. Os operários se afastaram para deixá-lo passar; o secretário do Colégio e o mestre das Celebrações Litúrgicas Pontifícias o seguiram. Ele mal podia acreditar que aquilo estava acontecendo, que ele estava no comando. Parecia um sonho.

— Sabem — disse ele, elevando a voz para se fazer ouvir por sobre o ruído de uma furadeira elétrica —, quando eu era um garoto, em 1958, na verdade quando ainda estava no seminário em Gênova, e depois novamente em 1963, antes de ser ordenado padre, eu adorava olhar as imagens destes Conclaves. Eles pediam a artistas que produzissem ilustrações para os jornais. Lembro como os cardeais costumavam se sentar em tronos cobertos por dosséis, ao longo das paredes, durante as votações. Quando a eleição chegava ao fim, de um em um eles puxavam uma alavanca que fazia abaixar o seu dossel, com exceção do cardeal escolhido. Podem imaginar uma coisa assim? O velho cardeal Roncalli, que nunca sequer sonhou em tornar-se cardeal, quanto mais papa? E Montini, tão detestado pela velha guarda que na verdade houve discussões aos berros na Capela Sistina durante as votações? Imagine qualquer um deles sentado aqui, no seu trono, e os homens que minutos antes eram seus iguais fazendo fila para lhe prestar reverência!

Ele percebia que O'Malley e Mandorff o ouviam por uma questão de polidez. Ele se recriminou. Estava falando como um velho. Mesmo assim, aquelas lembranças o emocionavam. Os tronos tinham sido abandonados em 1965 depois do Concílio Vaticano II, como tantas outras das antigas tradições da Igreja. A avaliação era de que o Colégio dos Cardeais tinha se tornado grande demais e multinacional demais para manter esse espalhafato Renascentista. Ainda assim, uma parte de Lomeli ainda tinha saudade da pompa, e lá consigo ele achava que o falecido papa tinha às vezes ido longe demais na sua campanha em prol da simplicidade e da humildade. Um excesso de simplicidade, afinal de contas, era apenas uma outra forma de ostentação, e orgulhar-se da própria humildade é um pecado.

Lomeli passou por cima dos cabos elétricos e parou embaixo do *Juízo Final*, com as mãos nos quadris. Ficou contemplando aquela balbúrdia. Serragem, pó, caixotes, caixas, faixas de forro. O cheiro doce de madeira recém-serrada e o cheiro de cereal do novo carpete. Partículas de madeira e de tecido flutuando nos fachos de luz solar. Marteladas. Serrotes rangendo. Furadeiras. Ele sentiu um medo repentino.

Caos. Um caos profano. Como um canteiro de obras. E na Capela Sistina!

Mais uma vez ele precisou gritar por cima da barulheira:

— Posso confiar que tudo isso vai ficar pronto a tempo?

O'Malley disse:

— Vão trabalhar a noite inteira se for preciso. Vai dar tudo certo, Eminência, é sempre assim. — Ele encolheu os ombros. — Sabe como é, é a Itália.

— Ah, a Itália, claro.

Ele desceu os degraus do altar. Do lado esquerdo havia uma porta, e atrás dela a pequena sacristia conhecida como "Sala das Lágrimas". Era para lá que o novo papa seria conduzido imediatamente após sua eleição, para vestir os novos paramentos. Era um curioso e pequeno aposento, com teto baixo e abaulado e paredes caiadas de branco, quase parecendo uma cela, cheia de mobília — uma mesa, três cadeiras, um sofá e o trono que seria carregado para fora a fim de que o novo pontífice nele se sentasse e recebesse a vênia dos cardeais eleitores. No centro havia um longo cabide de metal onde estavam penduradas três batinas papais, envoltas em celofane — tamanhos pequeno, médio e grande — juntamente com três roquetes e três mozetas. Uma dúzia de caixas continha sapatos papais em diversos tamanhos. Lomeli pegou num par, recheado com papel de seda, e o girou nas mãos. Eram sapatos de enfiar, feitos de couro marroquino liso. Ele ergueu um até o nariz e cheirou.

— Nós nos preparamos para as eventualidades, mas nunca se pode prever tudo. Por exemplo, o papa João XXIII era grande demais para caber mesmo na maior das batinas, de modo que foi preciso abotoá-la na frente e descosturá-la nas costas. Dizem que ele entrou nela com os braços estendidos à frente, como faz um cirurgião com seu avental, e depois o alfaiate papal a costurou na parte de trás. — Ele repôs os sapatos na caixa e se benzeu. — Que Deus abençoe aquele que vier a calçá-los.

Os três homens refizeram de volta o mesmo trajeto por onde tinham vindo, ao longo da aleia acarpetada, passando pela divisória de mármore e descendo a rampa de madeira até o vestíbulo. Num canto, uma presença incongruente: dois grandes fornos de metal cinzento, atarracados, um ao lado do outro. Os fornos tinham quase a altura de uma pessoa; um era redondo e o outro, quadrado, e de cada um elevava-se uma longa chaminé de cobre. A certa altura as duas chaminés eram soldadas para produzir um único tubo. Lomeli os examinou, cheio de dúvidas. Parecia algo muito precário. Sua altura total chegava a uns vinte metros, com uma torre de andaimes servindo de apoio, e o tubo desaparecia num buraco aberto na janela. No forno redondo seriam queimadas as cédulas, depois de cada votação, para garantir o sigilo; no quadrado, seriam jogados os invólucros de material para produzir fumaça — preta para indicar uma votação inconclusiva, branca para anunciar que havia um novo papa. Todo aquele aparato era arcaico, absurdo, e ainda assim estranhamente maravilhoso.

— O sistema foi testado? — perguntou Lomeli.

O'Malley respondeu com paciência:

— Sim, Eminência. Várias vezes.

— Claro que vocês o fariam — disse ele, dando um tapinha no braço do irlandês. — Desculpe ficar insistindo.

Atravessaram toda a extensão de mármore da Sala Régia, desceram a escada e saíram para o estacionamento calçado de pedras da Cortile del Maresciallo. Enormes coletores com rodinhas estavam abarrotados de lixo.

— Amanhã tudo isso terá sido removido, não é?

— Sim, Eminência.

Passaram por baixo de uma arcada e chegaram ao pátio seguinte, e ao outro, e ao outro — um labirinto de claustros secretos, com a Sistina sempre à sua esquerda. Lomeli nunca deixava de ficar admirado diante dos tijolos pardacentos e sem graça do exterior da capela. Por que motivo cada grama de genialidade humana tinha sido despejada naquele interior — uma genialidade quase excessiva, em sua opinião; algo que produzia uma espécie de indigestão estética — e, no entanto, parecia que nenhum cuidado tinha sido dedicado ao lado de fora?

A construção parecia um armazém, ou uma fábrica. Ou talvez fosse exatamente esta a intenção? *Os tesouros da sabedoria e do conhecimento estão ocultos no mistério divino...*

Seus pensamentos foram interrompidos por O'Malley, que caminhava ao seu lado.

— A propósito, o arcebispo Woźniak gostaria de trocar umas palavras com Vossa Eminência.

— Bem, não creio que seja possível, o que me diz? Os cardeais vão começar a chegar daqui a uma hora.

— Foi o que eu disse a ele, mas ele me pareceu bastante agitado.

— Do que se trata?

— Ele não quis me dizer.

— Ora, realmente, isso é ridículo! — Ele virou-se para Mandorff em busca de apoio. — A Casa Santa Marta será selada e isolada às seis horas. Ele devia ter me procurado antes. Não tenho tempo disponível.

— Algo impensado, para dizer o mínimo.

O'Malley respondeu:

— Está bem, direi a ele.

Continuaram caminhando, passaram diante dos guardas suíços que os saudaram diante da Cortile della Sentinella, e dali saíram à rua, e mal tinham caminhado uma dúzia de passos quando Lomeli começou a sentir remorso. Tinha falado de maneira muito dura. Aquilo tinha sido muito arrogante de sua parte. Uma falta de caridade. Estava agindo como se fosse alguém excessivamente importante. Não perderia nada lembrando que dentro de alguns dias o Conclave estaria terminado, e então ninguém mais estaria interessado nele próprio. Ninguém mais se sentiria obrigado a aturar suas rememorações a respeito de dosséis e de papas corpulentos. Então, ele saberia o que era se sentir como Woźniak, que perdera não apenas seu amado Santo Padre, mas sua posição, sua residência, suas perspectivas, tudo num mesmo instante. *Perdoai-me, Senhor.*

Ele disse:

— Na verdade, estou sendo pouco generoso. O pobre sujeito deve estar preocupado quanto ao seu futuro. Diga-lhe que estarei na Casa Santa Marta, recebendo os cardeais à medida que chegarem, e depois disso tentarei reservar alguns minutos para ele.

— Sim, Eminência — disse O'Malley, e fez uma anotação em sua prancheta.

Antes de a Casa Santa Marta ser construída, há mais de vinte anos, os cardeais eleitores ficavam alojados, durante a duração do Conclave, no Palácio Apostólico. O poderoso arcebispo de Gênova, o cardeal Siri, um veterano de quatro Conclaves, e que tinha ordenado Lomeli padre nos anos 1960, costumava se queixar de que era o mesmo que estar "enterrado vivo". Camas eram enfiadas dentro de escritórios e salas de recepção do século XV, com cortinas penduradas entre elas para fornecer um rudimento de privacidade. Os lavatórios para cada cardeal consistiam em uma jarra e uma bacia; o sanitário era uma latrina. Foi João Paulo II quem decidiu que tal precariedade era inadmissível às vésperas do século XXI, e ordenou a construção da Casa no recanto sudoeste da Cidade do Vaticano, o que custou à Santa Sé vinte milhões de dólares.

Ela lembrava a Lomeli um prédio de apartamentos soviético: um retângulo de pedra cinzenta deitado de comprido, com uma altura de seis andares. Estava disposta em dois blocos, cada um com catorze janelas de largura, ligados um ao outro por uma curta seção central. Nas fotografias aéreas que a imprensa estampou naquela manhã, assemelhava-se a um H alongado, com sua elevação do lado norte, o Bloco A, dando para a Piazza Santa Marta, e a elevação sul, Bloco B, virada para o muro que separa o Vaticano da cidade de Roma. A Casa continha cento e vinte e oito quartos de dormir do tipo suíte, com banheiro, e era administrada pelas freiras de hábitos azuis da Companhia das Filhas da Caridade de São Vicente de Paulo. Nos intervalos entre as eleições papais — ou seja, durante a maior parte do tempo — era utilizada como hotel para os prelados visitantes, e uma hospedaria semipermanente para alguns padres que trabalhavam em funções burocráticas na Cúria. Os últimos destes residentes tinham sido removidos pela manhã e transferidos a meio quilômetro de distância, fora do Vaticano, para a Domus Romana Sacerdotalis, na Via della Traspontina. Quando o cardeal Lomeli entrou no edifício após sua visita à Capela Sistina, a Casa tinha assumido um ar abandonado, fantasmagórico. Ele passou pelo detector de metais instalado no saguão e recebeu sua chave das mãos da freira na mesa de recepção.

Os quartos tinham sido designados por sorteio, uma semana antes. A Lomeli coubera um quarto no segundo andar do Bloco A. Para chegar lá, ele tinha que passar diante da suíte que fora do falecido papa. Estava selada desde a manhã após sua morte, de acordo com as leis da Santa Sé, e para Lomeli, que costumava se distrair lendo histórias de detetives, tinha uma semelhança perturbadora com as cenas de crime sobre as quais lia com frequência. Fitas vermelhas estavam entrelaçadas de forma geométrica entre a porta e sua moldura de madeira, presas por placas de cera que ostentavam o sinete da cota de armas do cardeal camerlengo. Junto ao portal, um grande vaso cheio de lírios brancos, que produziam um odor doentio. Em duas mesinhas, de ambos os lados, duas dúzias de velas votivas em suportes de vidro vermelho bruxuleavam naquela luz invernal. Aquele andar, que já fora tão movimentado quando sede do governo da Igreja, estava agora deserto. Lomeli ajoelhou-se e tirou seu rosário. Tentou rezar, mas sua mente insistia em fugir o tempo todo para a lembrança de sua última conversa com o Santo Padre.

Você sabia das minhas dificuldades, disse ele para a porta fechada, *mas não aceitou minha renúncia. Muito bem. Eu compreendo. Deve ter tido suas razões. Agora, pelo menos me forneça a força e a sabedoria para levar a bom termo esta provação.*

Às suas costas, ouviu o elevador se deter e as portas se abrirem, mas, quando olhou por cima do ombro, não havia ninguém ali.

As portas se fecharam e o elevador voltou a subir. Ele guardou o rosário e ficou de pé.

Seu quarto ficava a meio caminho ao longo daquele corredor, do lado direito. Ele destrancou a porta e a abriu para a escuridão. Tateou na parede buscando o interruptor e acendeu a lâmpada. Ficou desapontado ao ver que não era uma suíte, e sim um mero quarto de dormir, com paredes brancas e nuas, um piso de parquete polido e uma cama com cabeceira de ferro. Mas pensou que era melhor assim. No Palácio do Santo Ofício ele tinha um apartamento de quatrocentos metros quadrados, com espaço bastante para um piano de cauda. Iria lhe fazer bem aquela lembrança de uma vida mais simples. Abriu a janela interna e experimentou a veneziana, esquecendo que tinha sido lacrada, como todas as outras no edifício. Todos os aparelhos de rádio e TV tinham sido removidos. Os cardeais teriam que ficar totalmente isolados do mundo durante o tempo que durasse a eleição, para que nenhuma pessoa e nenhuma notícia pudessem interferir na sua meditação. Ele pensou qual seria a vista que teria diante de si se pudesse abrir as venezianas. A Basílica, ou a cidade? Já tinha perdido o senso de direção.

Examinou o armário e viu com satisfação que seu eficiente capelão, padre Zanetti, havia trazido do apartamento sua mala e arrumado seus pertences. Seu hábito eclesiástico já estava pendurado. O barrete vermelho estava na prateleira de cima, as roupas de baixo nas gavetas. Contou o número de meias e sorriu. O bastante para uma semana. Zanetti era um pessimista. No banheiro encontrou a escova de dentes, navalha e creme de barbear arrumados lado a lado, junto a uma caixa de pílulas para dormir. Na escrivaninha achou o breviário e a Bíblia, uma cópia encadernada do *Universi Dominici Gregis*, as regras para a eleição do novo papa, e um dossiê bastante volumoso, preparado por O'Malley, contendo informações detalhadas sobre cada cardeal elegível na votação, juntamente com sua foto. Havia também uma pasta de couro com o rascunho da homilia que ele teria de proferir no dia seguinte, quando celebrasse a missa televisada na Basílica de São Pedro. A mera visão daquilo foi o bastante para lhe provocar contrações na barriga e teve que ir às pressas para o banheiro. Depois, sentou-se na beira da cama, de cabeça baixa.

Tentou dizer a si mesmo que todo aquele seu sentimento de inadequação era apenas prova de uma correta humildade. Ele era o cardeal-bispo de Ostia. Antes, tinha sido cardeal presbítero de San Marcello al Corso, em Roma. Antes disso, arcebispo titular de Aquileia. Em todas essas posições, mesmo que ocupadas apenas nominalmente, tinha exercido um papel ativo: pregar sermões, celebrar missas e ouvir confissões. No entanto, um indivíduo podia ser o maior príncipe da Igreja católica universal e, ainda assim, não possuir os mais básicos talentos do mais humilde pároco de aldeia. Se pelo menos ele tivesse experimentado a vida numa paróquia comum, por um ou dois anos somente! Em vez disso, desde a ordenação, sua carreira no serviço religioso — primeiro como professor de direito canônico, depois como diplomata e, por fim, brevemente como secretário de Estado — parecia apenas estar conduzindo-o para longe de Deus ao invés de na direção d'Ele. Quanto mais subia profissionalmente, mais o Céu recuava para longe do seu alcance. E agora recaía sobre ele, de todas as criaturas sem merecimento, guiar seus companheiros cardeais na escolha do homem que deveria portar as Chaves de São Pedro.

Servus fidelis. Um servo fiel. Estava no seu brasão de armas. Um lema prosaico para um homem prosaico.

Um administrador...

Depois de algum tempo, foi ao banheiro e serviu-se de um copo d'água.

Muito bem, então, pensou ele. Vamos administrar.

As portas da Casa Santa Marta deveriam ser fechadas às seis horas. Ninguém seria admitido depois desse horário. "Cheguem cedo, Eminências", tinha prevenido Lomeli na mais recente Congregação dos cardeais, "e por favor lembrem-se de que não será permitida nenhuma comunicação com o mundo exterior depois que tiverem entrado. Todos os celulares e computadores devem ser entregues na recepção. Terão que passar por um detector de metais para que haja a certeza de que não esqueceram nada. O tempo de registro de todos será bastante reduzido se simplesmente não trouxerem nada consigo."

Às 2h55, usando um capote de inverno por cima da batina preta, ele se postou à entrada, ladeado pelos seus oficiais. Mais uma vez, monsenhor O'Malley, o secretário do Colégio, e o arcebispo Mandorff, o mestre das Celebrações Litúrgicas Pontifícias, estavam em sua companhia, juntamente com os quatro assistentes de Mandorff: dois mestres de cerimônias, um deles monsenhor e o outro, padre, e dois frades da Ordem de Santo Agostinho que estavam a serviço da Sacristia Papal. Também tinham lhe concedido os serviços do seu capelão, padre Zanetti. Estes, e mais dois médicos, sempre de prontidão para o caso de algum problema urgente de saúde, eram a totalidade dos indivíduos a quem caberia supervisionar a eleição da figura espiritual mais poderosa da Terra.

Começava a esfriar. Invisível, mas próximo, no céu de novembro já começando a escurecer, um helicóptero circulava a cerca de duzentos metros de altitude. O ratatá dos seus rotores parecia chegar em ondas, erguendo-se ou se abaixando sempre que ele ou o vento mudavam de direção. Lomeli examinou as nuvens, tentando distinguir onde ele circulava. Sem dúvida pertencia a alguma emissora de televisão, enviado para captar imagens aéreas da chegada dos cardeais aos portões externos: seria isso, ou então o helicóptero fazia parte das forças de segurança. Ele tivera uma reunião para falar sobre segurança com o ministro do Interior italiano, um economista de rosto jovem, de conhecida família católica, que nunca tivera outro trabalho fora da política e cujas mãos tremiam enquanto manuseava suas anotações. A ameaça de terrorismo era considerada séria e iminente, dissera o ministro. Mísseis superfície-ar e atiradores de elite estariam instalados nos tetos dos edifícios em volta do Vaticano. Cinco mil policiais uniformizados e soldados do Exército estariam patrulhando abertamente as ruas em torno, numa demonstração de força, enquanto centenas de policiais à paisana se misturariam à multidão. Ao encerrar a reunião, o ministro pediu a bênção a Lomeli.

De vez em quando, por cima do barulho do helicóptero, flutuavam sons de protestos distantes: milhares de vozes cantando em uníssono, com buzinas, tambores e apitos marcando o ritmo. Lomeli tentou distinguir do que se queixavam. Era impossível. Partidários do casamento gay e oponentes das uniões civis, defensores pró-divórcio e famílias pela unidade católica, mulheres exigindo serem sagradas sacerdotisas, e mulheres exigindo o direito ao aborto e à contracepção, muçulmanos e antimuçulmanos, imigrantes e anti-imigrantes... Todos se mesclavam numa única cacofonia indiferenciada e cheia de fúria. Sirenes da polícia soavam em alguma direção, primeiro uma, depois outra, depois uma terceira, como se estivessem se perseguindo cidade afora. Os agentes de segurança, ansiosos em seus capotes pretos curtos, pavoneavam-se, andavam de um lado para outro e se agitavam como corvos.

Somos uma Arca, pensou ele, cercada por um dilúvio crescente de discórdia.

Do outro lado da praça, na esquina mais próxima da Basílica, o som melodioso do relógio tocou o sinal de quatro quartos de hora, em rápida sucessão, e em seguida o grande sino de São Pedro ressoou as três horas.

Alguns minutos depois os primeiros cardeais apareceram. Trajavam suas batinas pretas habituais, debruadas de vermelho, com faixas largas de seda vermelha na cintura e barretes vermelhos na cabeça. Subiram a ladeira vindo da direção do Palácio do Santo Ofício. Um membro da Guarda Suíça, com seu elmo emplumado, caminhava ao lado deles, conduzindo uma alabarda. Poderia ser uma cena do século XVI, exceto pelas malas de rodinhas que puxavam, matraqueando nas pedras do calçamento.

Os prelados chegaram mais perto. Lomeli endireitou os ombros. Reconheceu dois deles dos registros em seu dossiê. À esquerda vinha o cardeal Sá, brasileiro, arcebispo de São Salvador da Bahia (*sessenta anos, teólogo da libertação, um possível papa, mas não agora*) e à direita o chileno mais idoso, cardeal Contreras, arcebispo emérito de Santiago (*setenta e sete anos, arquiconservador, ex-confessor do general Augusto Pinochet*). Entre os dois caminhava uma silhueta pequena, cheia de dignidade, que ele levou algum tempo para reconhecer: cardeal Hierra, arcebispo da Cidade do México, do qual Lomeli não lembrava nada além do nome. Ele percebeu de imediato que os três tinham almoçado juntos, sem dúvida tentando encontrar um candidato em comum. Havia dezenove cardeais eleitores latino-americanos, e se eles decidissem votar em bloco, seriam uma força formidável. Porém, bastava observar a linguagem corporal do brasileiro e do chileno, o modo como evitavam até olhar um para o outro, para perceber que uma frente comum dessa natureza seria impossível. Os dois provavelmente tinham discordado até mesmo a respeito do restaurante onde almoçariam.

— Meus irmãos! — disse ele, abrindo os braços. — Sejam bem-vindos!

Imediatamente o arcebispo mexicano começou a se queixar, numa mistura de espanhol e italiano, da sua jornada através de Roma — ele exibiu o braço: o tecido negro estava coberto de cuspe — e do tratamento recebido ao chegar no Vaticano, que tinha sido apenas um pouquinho melhor: forçados a exibir seus passaportes, submeter-se a uma revista corporal e abrir a bagagem para inspeção.

— Somos criminosos comuns, decano? O que significa isso?

Lomeli tomou nas mãos a mão dele, que gesticulava, e a segurou com força.

— Eminência, espero que pelo menos tenham almoçado bem. Talvez seja sua última refeição desse tipo por um longo tempo. Lamento que o tratamento que lhe dispensaram tenha sido constrangedor, mas temos nos esforçado para que este Conclave seja seguro, e receio que um pouco desse incômodo seja o preço que temos de pagar. O padre Zanetti irá conduzi-lo à recepção.

Com isso, e sem lhe soltar a mão, ele gentilmente encaminhou Hierra para a entrada da Casa Santa Marta, onde o liberou. Olhando-os se afastarem, O'Malley marcou os nomes de todos em sua lista, depois se virou para Lomeli e ergueu as sobrancelhas, e Lomeli lhe deu de volta um olhar de tal reprovação que as bochechas do monsenhor ficaram cor-de-rosa. Ele apreciava o senso de humor do irlandês, mas não ia permitir que alguém zombasse dos seus cardeais.

Enquanto isso, outro trio já vinha subindo a ladeira. Americanos, pensou Lomeli, só andam juntos: tinham até dado entrevistas coletivas juntos à imprensa, até que ele mandou que parassem. Provavelmente dividiram um táxi da residência religiosa norte-americana, a Villa Stritch, até ali. Reconheceu o arcebispo de Boston, Willard Fitzgerald (*sessenta e oito anos, preocupado com os deveres pastorais, ainda consertando os estragos do escândalo de abusos sexuais, bom no trato com a mídia*); Mario Santos SJ, arcebispo de Galveston-Houston (*setenta anos, presidente da Conferência dos Bispos Católicos dos Estados Unidos, um reformista cauteloso*) e Paul Krasinski (*setenta e nove anos, arcebispo emérito de Chicago, prefeito emérito da Assinatura Apostólica, tradicionalista, grande defensor dos Legionários de Cristo*). Tal como os latino-americanos, os norte-americanos detinham dezenove votos e era quase um consenso que Tremblay, como arcebispo emérito de Quebec, receberia a maior parte deles. Porém, não receberia o voto de Krasinski — o arcebispo de Chicago já anunciara apoio a Tedesco, e numa linguagem deliberadamente ofensiva contra o falecido papa: "Precisamos de um Santo Padre que possa reconduzir a Igreja ao seu caminho correto, depois de um longo período em que ela esteve perdida". Ele caminhava com ajuda de duas bengalas, e agitou uma delas na direção de Lomeli. O guarda suíço carregava sua grande mala de couro.

— Boa tarde, decano. — Ele estava contente de estar de volta a Roma. — Aposto que não esperava me ver outra vez!

Ele era o membro mais velho do Conclave: dentro de mais um mês, completaria oitenta anos, a idade limite para os eleitores. Também tinha mal de Parkinson, e até o último minuto houvera dúvidas sobre sua possibilidade de viajar. Bem, pensou Lomeli, carrancudo, ele conseguiu, e agora não havia mais nada a fazer.

Lomeli disse:

— Pelo contrário, Eminência, não ousaríamos organizar um Conclave sem a sua presença.

Krasinski apertou os olhos para olhar a Casa Santa Marta.

— Então vai ser aqui! Onde me colocaram?

— Providenciei uma suíte no andar térreo.

— Uma suíte! Muito decente de sua parte, decano. Mas eu pensei que os aposentos tinham sido distribuídos por sorteio.

Lomeli inclinou-se e falou baixinho:

— Eu manipulei o sorteio.

— Ha! — Krasinski bateu a bengala com força nas pedras. — Não duvido que vocês italianos sejam capazes de manipular também a outra votação!

Ele avançou, sacolejando. Seus companheiros ficaram um pouco para trás, embaraçados, como se tivessem sido obrigados a levar para uma festa de família um parente idoso de comportamento imprevisível. Santos encolheu os ombros.

— Receio que seja sempre o mesmo velho Paul.

— Ah, eu não ligo para ele. Há anos que nos provocamos um ao outro.

De uma maneira curiosa, Lomeli quase sentia saudade do velho bruto. Eram dois sobreviventes. Aquela seria a terceira eleição papal em que estariam juntos. Somente um punhado de outros cardeais podia dizer o mesmo. A maior parte dos que chegavam nunca tinha participado de um Conclave antes; e se o Colégio escolhesse um candidato jovem o bastante, jamais participariam de novo. Estavam ali fazendo História, e à medida que a tarde avançava e eles subiam a ladeira puxando suas malas, às vezes sozinhos, mas geralmente em grupos de três ou quatro, Lomeli se comoveu ao perceber o quanto muitos deles estavam deslumbrados com aquela ocasião, mesmo aqueles que tentavam aparentar certo desdém.

E que extraordinária variedade de raças estavam ali representadas — que testemunho da extensão da Igreja universal o fato de que homens nascidos tão diferentes entre si pudessem estar unidos pela sua fé em Deus! Dos ministérios do Oriente, o Maronita e o Cóptico, vieram os patriarcas do Líbano, de Antióquia e Alexandria; da Índia, os arcebispos-mor de Trivandrum e Ernakulam-Angamaly, e também o arcebispo de Ranchi, Saverio Xalxo, cujo nome Lomeli se deleitou em pronunciar corretamente:

— Cardeal Kal-koh, bem-vindo ao Conclave...

Do Extremo Oriente vieram nada menos do que treze arcebispos asiáticos — Jakarta e Cebu, Bangkok e Manila, Seul e Tóquio, Cidade de Ho Chi Minh e Hong Kong... E, da África, mais treze — Maputo, Kampala, Dar-es-Salaam, Cartum, Adis-Abeba... Lomeli tinha certeza de que os africanos votariam num bloco compacto no cardeal Adeyemi. A certa altura, durante a tarde, ele notou o nigeriano caminhando na praça na direção do Palácio do Santo Ofício. Voltou alguns minutos depois acompanhado de um grupo de cardeais africanos. Provavelmente tinha ido recebê-los no portão. Enquanto caminhavam, ele apontava para este ou aquele edifício, com uma atitude de proprietário. Levou o grupo à presença de Lomeli para a apresentação oficial, e Lomeli reparou no quanto eles tratavam Adeyemi com deferência, até mesmo cardeais idosos e de cabeça branca como Zucula de Moçambique e o queniano Mwangale, o mais antigo de todos.

Porém, para ganhar, Adeyemi teria que ter partidários além da África e do Terceiro Mundo, e nisso residiam suas dificuldades. Ele podia ganhar votos na África atacando, como fazia com frequência, "o Satã do capitalismo globalizado" e a "abominação da homossexualidade", mas com isso perderia votos na América e na Europa. E eram ainda os cardeais europeus — cinquenta e seis ao todo — que dominavam o Conclave. Eram os homens que Lomeli conhecia mais de perto. Alguns, como Ugo de Luca, o arcebispo de Gênova, com quem ele estudara no seminário diocesano, eram amigos seus havia meio século. Com outros ele se encontrava em conferências havia mais de trinta anos. De braços dados, subindo a inclinação da rua, aproximaram-se dois grandes teólogos liberais da Europa Ocidental, em outras épocas praticamente dois proscritos, mas que depois receberam seus chapéus vermelhos numa atitude de desafio do Santo Padre: o belga cardeal Vandroogenbroek (*sessenta e oito anos, ex-professor de teologia da Universidade de Louvain, advogado de assuntos da mulher na Cúria; sem chances*) e o alemão cardeal Löwenstein (*setenta e sete anos, arcebispo emérito de Rottenburg-Stuttgart, investigado por heresia pela Congregação para a Doutrina da Fé, em 1997*). O patriarca de Lisboa, Rui Brandão D'Cruz, chegou fumando um charuto, e se demorou à entrada da Casa Santa Marta, relutante em livrar-se dele. O arcebispo de Praga, Jan Jandaček, veio a pé pela praça, mancando em consequência das torturas sofridas nas mãos da polícia secreta tcheca, quando atuava na clandestinidade como um jovem padre, nos anos 1960. Havia o arcebispo emérito de Palermo, Calogero Scozzazi, investigado três vezes por lavagem de dinheiro, mas nunca processado, e o arcebispo de Riga, Gatis Brotzkus, cuja família se convertera ao catolicismo depois da guerra e cuja mãe judia tinha sido morta pelos nazistas. Havia o francês Jean-Baptiste Courtemarche, arcebispo de Bordeaux, já excomungado como seguidor do herético Marcel-François Lefebvre, e de quem recentemente tinham surgido gravações nas quais afirmava que o Holocausto jamais tinha acontecido. Havia o espanhol arcebispo de Toledo, Modesto Villanueva — o membro mais novo do Conclave, com cinquenta e quatro anos — organizador da Juventude Católica, e que sustentava que o caminho para Deus se encontrava através da beleza da cultura... Finalmente — e falando de um modo geral *era* finalmente —, havia aquela espécie mais rarefeita e mais isolada de cardeal, os vinte e quatro membros da Cúria, que viviam permanentemente em Roma e que geriam os grandes departamentos da Igreja. Formavam, para todos os efeitos, o seu próprio capítulo dentro do Colégio dos Cardeais, a Ordem dos cardeais-diáconos. Muitos, como Lomeli, tinham apartamentos como residências de graça e favor dentro dos muros do Vaticano. A maioria era de italianos. Para eles, era algo banal cruzar a Piazza Santa Marta conduzindo uma mala de viagem. Como resultado disso, demoraram-se em seus almoços e foram os últimos a chegar. Embora Lomeli os tivesse cumprimentado tão calorosamente quanto o fizera com os demais — eram seus vizinhos, afinal de contas —, não pôde deixar de notar que neles estava ausente o precioso dom do *maravilhamento* que ele detectara naqueles que tinham atravessado metade do mundo para se fazerem presentes. Embora fossem homens bons, eram de certa forma homens que sabiam demais: sua atitude era blasé. Lomeli já tinha reconhecido até em si mesmo esse desfiguramento espiritual. Rezara pedindo forças para combatê-lo. O falecido papa costumava criticar abertamente esse defeito, diante deles: "Estejam em guarda, meus irmãos, para não virem a desenvolver os vícios de todos os cortesãos de todas as épocas: os pecados da vaidade e da intriga, da malícia e da maledicência". Quando Bellini lhe confidenciara no dia da morte do papa que o próprio Santo Padre perdera a fé na Igreja — uma revelação tão chocante para Lomeli que ele tentara desde então bani-la da sua mente —, era certamente a esses burocratas que ele se referia.

No entanto, todos tinham sido nomeados pelo próprio papa. Ninguém o obrigara a escolhê-los. Por exemplo, havia o prefeito da Congregação para a Doutrina da Fé, o cardeal Simo Guttuso. Os liberais tinham depositado grandes esperanças no jovial arcebispo de Florença. "Um segundo papa João XXIII", como tinha sido chamado. Porém, longe de conceder mais autonomia aos bispos, o que ele anunciara como sua grande causa antes de entrar na Cúria, uma vez nomeado, Guttuso foi se revelando aos poucos tão autoritário quanto seus predecessores, apenas mais indolente. Tornara-se mais corpulento, como uma figura da Renascença, e percorria com dificuldade a pequena distância entre o seu enorme apartamento no Palazzo San Carlo e a Casa Santa Marta, que ficava quase ao lado. Seu capelão pessoal vinha logo atrás, carregando três malas com grande dificuldade.

Lomeli, olhando a bagagem, disse:

— Meu caro Simo, está tentando contrabandear aqui para dentro seu cozinheiro pessoal?

— Ora, decano, nunca sabemos quando iremos ser autorizados a voltar para casa, não é mesmo? — Guttuso agarrou a mão de Lomeli entre duas enormes patas úmidas e completou, com voz rouca: — Ou, para falar a verdade, *se* vamos voltar para casa. — A frase pairou no ar por alguns momentos e Lomeli pensou: "Meu Deus, ele acha mesmo que pode ser eleito", mas então Guttuso piscou o olho. — Ah, Lomeli! Essa sua cara! Não se preocupe, estou brincando. Sou um homem consciente de minhas limitações. O que não ocorre com alguns dos seus colegas...

Ele beijou Lomeli nas faces e seguiu em frente. Lomeli ficou observando enquanto ele parava no umbral para recobrar o fôlego e depois desaparecia no interior da Casa Santa Marta.

Pensou que tinha sido uma sorte para Guttuso que o Santo Padre morresse justamente naquela ocasião. Mais alguns meses e Lomeli tinha certeza de que ele teria sido convidado a renunciar. "Quero uma Igreja que seja pobre", tinha se queixado o papa mais de uma vez, na presença de Lomeli. "Quero uma Igreja que esteja mais próxima do povo. Guttuso tem uma boa alma, mas esqueceu-se das suas origens." E citava São Mateus: "Se queres ser perfeito, vai, vende o que possuis e dá aos pobres, e terás um tesouro nos céus. Depois, vem e segue-me". Lomeli lembrou que o Santo Padre planejava remover quase metade dos dirigentes mais antigos que ele próprio tinha nomeado. Bill Rudgard, por exemplo, que chegou logo depois de Guttuso: ele podia ter vindo de Nova York e ter a aparência de um banqueiro de Wall Street, mas tinha fracassado completamente em adquirir controle sobre a administração financeira de seu Departamento, a Congregação para as Causas dos Santos. ("Cá entre nós: eu nunca deveria ter dado essa incumbência a um americano. São tão inocentes: não fazem ideia de como funciona o estatuto da propina. Você sabia que a cotação atual para a beatificação está orçada em setecentos e cinquenta mil euros? O único milagre nisso tudo é que haja alguém capaz de pagar.")

Quanto à autoridade seguinte a entrar na Casa Santa Marta, o cardeal Tutino, prefeito da Congregação para os Bispos, este certamente não chegaria ao Ano-Novo em seu posto. A imprensa havia denunciado que ele gastara meio milhão de euros reformando e unindo dois apartamentos vizinhos para acomodar as três freiras e o capelão que tinha a seu serviço pessoal. Tutino tinha sofrido uma tal campanha da mídia que parecia agora o sobrevivente de um castigo físico. Alguém havia vazado seus e-mails pessoais. Ele estava obcecado em descobrir quem fora. Movia-se furtivamente. Olhava por cima do ombro. Teve dificuldade em encarar Lomeli olho no olho. Após um cumprimento passageiro, deslizou para dentro da Casa, carregando ostensivamente seus pertences numa bolsa de plástico barato.

Às cinco horas começou a escurecer. Enquanto o sol se punha, o ar esfriava cada vez mais. Lomeli perguntou quantos cardeais ainda restavam para chegar. O'Malley consultou a lista.

— Catorze, Eminência.

— Então cento e três das nossas ovelhas já se recolheram ao aprisco antes do anoitecer. Rocco — disse ele, dirigindo-se ao padre que o servia —, pode por gentileza trazer meu cachecol?

O helicóptero tinha se afastado, mas as manifestações ainda se faziam ouvir. Havia uma batida ritmada e constante de tambores.

Ele disse:

— Onde estará agora o cardeal Tedesco?

O'Malley disse:

— Talvez ele não venha.

— Seria pedir demais! Ah, perdoe-me. Foi pouco caridoso da minha parte. — Precisava lembrar-se de confessar esse pecado. Não poderia censurar o secretário do Colégio por falta de respeito se ele próprio não desse o exemplo.

O padre Zanetti voltou trazendo o cachecol justamente quando o cardeal Tremblay surgiu, caminhando sozinho, vindo da direção do Palácio Apostólico. Trazia pendurado ao ombro o seu hábito eclesiástico num invólucro de celofane de uma lavanderia a seco. Na mão direita trazia uma bolsa esportiva da Nike. Era a imagem que ele vinha projetando desde o funeral do Santo Padre: um papa para os tempos modernos — despretensioso, informal, acessível — mesmo com todos os fios de cabelo daquele seu magnífico elmo prateado embaixo do barrete escrupulosamente no lugar. Lomeli tinha esperado que a candidatura do canadense perdesse ímpeto depois dos primeiros dias. Porém, Tremblay sabia como manter seu nome circulando na mídia. Como camerlengo, era responsável pela administração do dia a dia da Igreja até que um novo pontífice fosse eleito. Não havia muita coisa a fazer, mas mesmo assim ele convocava reuniões diárias com os cardeais no Salão do Sínodo, e em seguida concedia entrevistas coletivas à imprensa, depois das quais começavam a aparecer artigos citando "fontes do Vaticano" comentando a boa impressão que sua atuação competente produzia nos colegas. E ele dispunha de outra maneira, mais tangível, de se autopromover. Era, para ele, na sua condição de prefeito da Congregação para a Evangelização dos Povos, que os cardeais do mundo em desenvolvimento, principalmente dos países mais pobres, se dirigiam em busca de fundos, não apenas para seu trabalho missionário, mas para as suas despesas de manutenção em Roma durante o período entre o funeral do papa e o Conclave. Não havia como não ficarem impressionados. Se um homem era uma referência tão poderosa, não seria isso indício de que era um escolhido? Talvez ele tivesse recebido algum tipo de sinal, invisível aos olhos dos outros. Era certamente invisível aos olhos de Lomeli.

— Joe, seja bem-vindo.

Tremblay respondeu, amistosamente:

— Jacopo! — E ergueu os braços com um sorriso de desculpas por não poder lhe apertar a mão.

Se ele ganhar, prometeu Lomeli a si mesmo assim que o canadense entrou, vou embora de Roma no dia seguinte.

Ele envolveu o pescoço com o cachecol preto de lã e enfiou as mãos nos bolsos do capote. Bateu os pés com força nas pedras do calçamento.

Zanetti disse:

— Podemos esperar dentro da Casa, Eminência.

— Não, prefiro respirar um pouco de ar fresco enquanto ainda posso.

O cardeal Bellini apareceu apenas às cinco e meia. Lomeli notou sua silhueta alta e magra em movimento entre as sombras ao longo da extremidade da praça. Puxava uma mala com uma mão, e na outra trazia uma pasta preta e volumosa, tão atulhada de livros e papéis que não estava fechando corretamente. Sua cabeça estava abaixada em meditação. Por um consenso, Bellini estava emergindo como o favorito para suceder ao trono de São Pedro. Lomeli imaginou que pensamentos estariam passando pela sua mente diante dessa perspectiva. Ele era altaneiro demais para se envolver em boatos ou intrigas.

As restrições que o papa fazia à Cúria não se aplicavam a ele. Tinha trabalhado tão duro como secretário de Estado que seus assessores tinham sido forçados a lhe fornecer uma segunda equipe de assistentes cujo turno de trabalho começava às seis da tarde e se estendia até as primeiras horas da madrugada. Mais do que qualquer outro membro do Colégio, ele tinha a capacidade física e mental para ser papa. E era um homem de oração. Lomeli já tinha se preparado mentalmente para votar nele, embora tivesse o cuidado de nada comentar, e Bellini era reservado demais para lhe fazer essa pergunta. O ex-secretário estava tão mergulhado em seus pensamentos que por um instante pareceu que ia passar direto pelo grupo de boas-vindas. No último instante, pareceu se lembrar de onde estava, ergueu o rosto e desejou boa-noite a todos. Seu rosto parecia mais pálido e mais tenso do que de costume.

— Sou o último?

— De maneira nenhuma. Como está, Aldo?

— Ah, estou péssimo. — Ele conseguiu produzir um sorriso com lábios contraídos, e puxou Lomeli para um canto. — Bem, você leu os jornais de hoje... Como esperava que eu estivesse? Já meditei duas vezes sobre os "Exercícios espirituais" de Santo Inácio, só para poder manter os pés no chão.

— Sim, eu vi os jornais, e se quer meu conselho, seria mais prudente ignorar o que dizem esses especialistas autonomeados. Deixe isso nas mãos de Deus, meu amigo. Se for Sua vontade, acontecerá. Se não, não.

— Mas eu não sou simplesmente um instrumento passivo de Deus, Jacopo. Tenho voz ativa nesta questão. Ele nos concedeu livre--arbítrio — ele abaixou a voz para que os outros não o ouvissem. — Não é que eu queira, compreende? Nenhum homem em seu juízo perfeito haveria de desejar ser papa.

— Parece que alguns dos nossos colegas desejam bastante.

— Quando são idiotas, ou algo pior que isso. Nós dois vimos o que foi feito do Santo Padre. É um calvário.

— Entretanto, você deve estar preparado. Do modo como as coisas se encaminham, pode recair sobre você.

— Mas, e se eu não quiser? E se eu souber, do fundo do meu coração, que não sou digno?

— Que absurdo. Você é mais digno do que qualquer um de nós.
— Não, não sou.
— Então diga àqueles que o apoiam que não votem em você. Passe o cálice para outra pessoa.

Uma expressão torturada cruzou o rosto de Bellini.

— E deixar que vá para *ele*? — Ele fez um gesto com a cabeça indicando a ladeira, por onde vinha subindo um vulto atarracado, encorpado, quase quadrado, vindo em sua direção, com sua silhueta tornando-se ainda mais cômica pela presença do guarda suíço alto e emplumado que o acompanhava. — *Ele* não tem dúvida nenhuma. Está totalmente pronto para desfazer todo o progresso que conseguimos nestes últimos sessenta anos. Como posso viver e encarar a mim mesmo se não fizer nada para detê-lo?

E sem esperar resposta, apressou-se a entrar na Casa Santa Marta, deixando Lomeli sozinho para receber o patriarca de Veneza.

O cardeal Goffredo Tedesco era o clérigo de aparência menos clerical que Lomeli já vira. Se sua fotografia fosse mostrada a qualquer pessoa que não o conhecesse, ela diria que era um açougueiro aposentado, talvez, ou um motorista de ônibus. Provinha de uma família de camponeses em Basilicata, bem no sul, o caçula de doze filhos — aquele tipo de família numerosa que tinha sido tão comum na Itália, mas que quase desaparecera desde o fim da Segunda Guerra Mundial. Seu nariz tinha sido quebrado na juventude, e era bulboso, levemente inclinado. O cabelo era bastante comprido e repartido com descuido. Tinha se barbeado às pressas. No lusco-fusco, ele parecia aos olhos de Lomeli uma figura de outro século: Gioachino Rossini, talvez. Porém, aquela imagem rústica era pura encenação. Tinha duas graduações em teologia, falava fluentemente cinco idiomas, e tinha sido um protegido de Ratzinger na Congregação para a Doutrina da Fé, onde era conhecido como o executante das ordens do "cardeal Panzer". Tedesco tinha se mantido afastado de Roma desde o funeral do Santo Padre, alegando um forte resfriado. Claro que ninguém acreditou. Ele não precisaria de um pouco mais de publicidade, e o fato de manter-se ausente vinha se somar à sua mística.

— Peço desculpas, decano. Meu trem saiu de Veneza com atraso.
— Como está? Bem?

— Ah, não posso me queixar, mas alguém está de fato *bem*, na nossa idade?

— Sentimos sua falta, Goffredo.

— Sem dúvida — ele gargalhou. — Que pena, não pude evitar, mas meus amigos me mantiveram bem informado. Vemo-nos mais tarde, então, decano. Não, não, meu caro amigo — disse ele ao guarda suíço —, dê-me isso.

E assim, homem do povo até o derradeiro instante, ele insistiu em carregar a própria mala para dentro da Casa Santa Marta.

3. Revelações

Quando faltavam quinze minutos para as seis, o arcebispo Emérito de Kiev, Vadym Yatsenko, foi conduzido ladeira acima numa cadeira de rodas. O'Malley fez uma marca em sua prancheta, com ênfase teatral, e garantiu que agora os cento e dezessete cardeais estavam guardados em lugar seguro.

Aliviado, comovido, Lomeli baixou a cabeça e cerrou os olhos. Os sete oficiais do Conclave imediatamente o imitaram.

— Pai Celestial — disse ele —, criador do Céu e da Terra, Vós nos escolhestes para ser o Vosso povo. Ajudai-nos a glorificar Vosso nome em tudo que fazemos. Abençoai este Conclave e guiai a todos no rumo da sabedoria, aproximai a todos nós, Vossos servos, e ajudai-nos a nos reunir com amor e alegria. Pai, nós louvamos Vosso nome agora e sempre. Amém.

— Amém.

Ele virou-se para a Casa Santa Marta. Agora que todas as venezianas estavam trancadas, nem um raio de luz escapava dos andares superiores. Na escuridão, eles tinham se transformado num bunker. Somente a entrada estava iluminada. Por trás da grossa porta de vidro à prova de balas, padres e agentes de segurança andavam silenciosamente na luz amarelada como criaturas dentro de um aquário.

Lomeli tinha quase chegado à porta quando alguém tocou no seu braço. Zanetti disse:

— Eminência, lembre-se de que o arcebispo Woźniak está à sua espera.

— Ah, sim, Januzs. Eu tinha esquecido. Ele está meio em cima da hora, não?

— Ele sabe que precisa retirar-se daqui às seis, Eminência.

— Onde está ele?

— Eu lhe pedi para esperar numa das salas de reuniões do andar térreo.

Lomeli respondeu à saudação do guarda suíço e entrou na atmosfera quente do edifício. Acompanhou Zanetti cruzando o saguão, desabotoando o capote enquanto caminhava. Depois do frio saudável da praça, o ar lá dentro era desconfortavelmente aquecido. Entre as colunas de mármore, conversavam vários pequenos grupos de cardeais. Sorriu para eles enquanto passava. Quem *eram* aqueles? Sua memória estava sumindo. Quando era núncio papal, podia lembrar os nomes de todos os seus colegas diplomatas, das suas esposas, até mesmo dos filhos. Agora, toda conversação que mantinha ficava travada pelo receio de uma gafe.

Na entrada da sala de reuniões, que ficava de frente para a capela, ele entregou seu capote e seu cachecol a Zanetti.

— Poderia guardar isto para mim lá em cima?

— Quer que o acompanhe?

— Não, eu mesmo cuido disso. — Ele pôs a mão na maçaneta. — Lembre-me de uma coisa... a que horas são as vésperas?

— Seis e meia, Eminência.

Lomeli abriu a porta. O arcebispo Woźniak estava na outra extremidade da sala, de costas para ele. Estava parado, e parecia estar olhando a parede nua. Havia no ar um cheiro fraco, mas inconfundível, de álcool. Mais uma vez Lomeli foi forçado a reprimir sua irritação. Como se já não tivesse bastante com que se preocupar!

— Janusz? — Ele avançou na direção de Woźniak com a intenção de abraçá-lo, mas para sua frustração, o ex-mestre da Casa Pontifícia caiu de joelhos e fez o sinal da cruz.

— Eminência, em nome do Pai, do Filho e do Espírito Santo. Minha última confissão foi quatro semanas atrás...

Lomeli lhe estendeu a mão.

— Janusz, Janusz, perdoe-me, mas eu simplesmente não tenho tempo de ouvir sua confissão. As portas vão se fechar daqui a alguns minutos, e você precisa sair. Sente-se aqui, e me diga, rápido, o que o está perturbando. — Ele ajudou o arcebispo a ficar de pé, conduziu-o para uma cadeira e sentou-se ao seu lado. Deu-lhe um sorriso de encorajamento e um tapinha no joelho. — Vamos.

O rosto rechonchudo de Woźniak estava úmido de suor. Lomeli estava próximo o bastante para ver manchas de poeira nas lentes dos seus óculos.

— Eminência, eu deveria tê-lo procurado muito antes, mas tinha prometido que não diria nada a ninguém.

— Eu compreendo. Não se preocupe. — O homem parecia estar transpirando vodka. E aquele mito de que era uma bebida sem cheiro? As mãos dele tremiam. Ele estava encharcado daquele odor. — Bem: quando você diz que prometeu não contar nada a ninguém... A quem prometeu isso?

— Cardeal Tremblay.

— Sei. — Lomeli recuou um pouco. Depois de uma vida inteira escutando segredos alheios, ele tinha desenvolvido um instinto para esse tipo de coisa. O senso comum presumia que o melhor era tentar saber de tudo; na sua experiência, muitas vezes era melhor saber o mínimo possível. — Antes de continuar, Janusz, quero que pare um momento e pergunte a Deus se é correto quebrar a promessa feita ao cardeal Tremblay.

— Perguntei isso a Deus muitas vezes, Eminência, e é por isso que estou aqui. — A boca de Woźniak estava trêmula. — Mas se isso o constrange...

— Não, não, claro que não. Mas, por favor, dê-me apenas os fatos em si. Temos pouco tempo.

— Muito bem. — Ele respirou fundo. — Lembra-se de que, no dia em que o Santo Padre morreu, a última pessoa a ter uma audiência oficial com ele, às quatro da tarde, foi o cardeal Tremblay?

— Sim, estou lembrado.

— Bem, nessa audiência, o Santo Padre destituiu o cardeal Tremblay de todos os seus cargos na Igreja.

— *O quê?*

— Ele o demitiu.

— Por quê?

— Por um grave desvio de conduta.

Lomeli a princípio não conseguiu falar. Depois, disse:

— De fato, arcebispo, poderia ter encontrado um momento melhor para vir me comunicar uma coisa dessa natureza.

A cabeça de Woźniak descaiu.

— Eu sei, Eminência. Perdoe-me.

— Na verdade poderia ter falado comigo em qualquer momento das últimas três semanas!

— Não o culpo por estar zangado, Eminência, mas foi somente nestes últimos dois dias que comecei a ouvir todos esses boatos acerca do cardeal Tremblay.

— Que boatos?

— De que ele pode ser eleito papa.

Lomeli fez uma pausa longa o bastante para deixar bem claro seu desagrado diante de tal franqueza.

— E acha que é seu dever evitá-lo?

— Eu não sei mais qual é o meu dever. Tenho orado e orado em busca de orientação e, no fim das contas, penso que o senhor deveria ter em mãos os fatos, e então decidir se deve ou não contar tudo aos outros cardeais.

— Mas quais *são* os fatos, Janusz? Você não me contou nenhum fato. Estava presente à audiência entre eles dois?

— Não, Eminência. O Santo Padre me contou tudo logo depois, quando ceamos juntos.

— Ele lhe disse por que havia destituído o cardeal Tremblay?

— Não. Disse que os motivos ficariam bastante claros dentro de pouco tempo, mas estava extremamente agitado... muito aborrecido.

Lomeli o observou. Podia estar mentindo? Não. O polonês era uma alma simples, trazido de uma pequena cidade da Polônia para ser capelão e acompanhante de João Paulo II em seus anos de declínio. Lomeli teve certeza de que ele falava a verdade.

— Alguém mais sabe disso, além de você e do cardeal Tremblay?

— Monsenhor Morales. Ele estava presente à audiência do Santo Padre com o cardeal Tremblay.

Lomeli o conhecia, embora não muito bem. Tinha sido um dos secretários particulares do papa. Hector Morales. Um uruguaio.

Lomeli disse:

— Escute, tem certeza absoluta de que tudo isso está correto, Janusz? Posso ver o quanto está perturbado. Mas, por exemplo, por que monsenhor Morales nunca mencionou nada a respeito? Ele estava no apartamento conosco na noite em que o Santo Padre faleceu. Poderia ter tocado no assunto naquela ocasião. Ou poderia ter comentado com outro dos secretários.

— Eminência, o senhor me disse que queria ouvir apenas os fatos. Os fatos são estes. Eu os repassei na minha mente mais de mil vezes. Encontrei o Santo Padre morto. Chamei o médico. O médico chamou o cardeal Tremblay. As regras são estas, como o senhor sabe: "O primeiro membro da Cúria a ser oficialmente notificado no caso da morte do papa deverá ser o camerlengo". O cardeal Tremblay chegou e assumiu o controle da situação. Naturalmente, eu não estava nem um pouco em condições de objetar e, além do mais, estava em estado de choque. Porém, depois, cerca de uma hora mais tarde, ele me chamou em particular e perguntou se o Santo Padre tinha comentado sobre alguma coisa em particular durante a ceia que fizemos juntos. Este era o momento em que eu deveria ter dito alguma coisa, mas eu estava amedrontado, Eminência. Não era meu papel ter conhecimento de assuntos desse tipo. De modo que eu disse apenas que ele me pareceu agitado por causa de alguma coisa, mas que não havia entrado em detalhes. Depois disso, vi o cardeal conversando em voz baixa num canto com monsenhor Morales. Minha suposição é de que o estava persuadindo a não dizer nada a respeito da audiência.

— O que o faz pensar assim?

— Depois tentei comentar com o monsenhor o que o papa me havia dito, e ele foi bastante firme a respeito. Disse que não tinha havido nenhuma destituição, que o Santo Padre não vinha se comportando normalmente havia várias semanas, e que, pelo bem da Igreja, eu não devia tocar mais naquele assunto. Obedeci, mas isso não é correto, Eminência. Deus me diz que isso não é correto.

— Não — disse Lomeli —, isso não é correto. — Sua mente estava tentando considerar todas as implicações. Podia perfeitamente não ser nada demais: Woźniak estava esgotado. Por outro lado, se Tremblay fosse eleito papa, e subsequentemente algum escândalo viesse à tona, as consequências para a Igreja em geral podiam ser terríveis.

Houve uma batida forte na porta. Lomeli respondeu, elevando a voz:

— Agora não!

A porta foi escancarada, e O'Malley inclinou o corpo para dentro da sala. Todo o seu peso considerável estava apoiado no pé direito, como um patinador no gelo; a mão esquerda apoiava-se no umbral da porta.

— Eminência, arcebispo, lamento muito interrompê-los, mas sua presença é requerida com urgência.

— Meu bom Deus, do que se trata agora?!

O'Malley voltou o olhar para Woźniak.

— Lamento, Eminência. Prefiro não comentar. Pode vir agora mesmo, por favor?

Ele deu um passo para trás e fez um gesto indicando a direção do saguão. Com relutância, Lomeli ficou de pé. Disse a Woźniak:

— Vai ter que deixar esse problema ao meu cargo, mas fez a coisa certa.

— Obrigado. Sempre soube que podia contar com o senhor. Pode me dar a bênção, Eminência?

Lomeli pôs a mão sobre a cabeça do outro.

— Ide em paz, para amar e servir o Senhor. — Caminhou para a porta e, chegando lá, virou-se e disse: — E talvez pudesse ter a bondade de se lembrar de mim nas suas preces hoje à noite, Janusz? Eu posso estar precisando da intercessão divina, mais do que você.

Naqueles últimos minutos, o saguão tinha ficado ainda mais apinhado de gente. Os cardeais emergiam dos seus quartos, preparando-se para a missa na capela da Casa Santa Marta. Tedesco pontificava no centro de um grupo ao pé da escada — Lomeli o avistou com o canto do olho enquanto caminhava ao lado de O'Malley rumo ao balcão de recepção. Um membro da Guarda Suíça, com o capacete embaixo do braço, estava de pé junto ao longo balcão de madeira polida. Com ele estavam dois agentes de segurança e o arcebispo Mandorff. Havia algo de ominoso na maneira como todos olhavam direto para a frente, sem dizer nada, e ocorreu-lhe de imediato a certeza absoluta de que um dos cardeais tinha falecido.

O'Malley disse:

— Lamento por este mistério, Eminência, mas não creio que eu devesse falar alguma coisa diante do arcebispo.

— Sei exatamente do que se trata: vai me dizer que perdemos um dos nossos cardeais.

— Pelo contrário, decano: parece que adquirimos mais um. — O irlandês deu uma risadinha nervosa.

— Isso é alguma piada?

— Não, Eminência. — O rosto de O'Malley ficou sombrio. — Quero dizer precisamente isto. Um cardeal a mais apareceu.

— Como isso é possível? Deixamos alguém de fora da lista?

— Não, o nome dele nunca esteve em nossa lista. Ele diz que foi nomeado *in pectore*.

Lomeli sentiu como se tivesse esbarrado num muro invisível. Parou bruscamente bem no meio do saguão.

— É certamente um impostor, não?

— Essa foi minha reação, Eminência, mas o arcebispo Mandorff falou com ele. E acha que não.

Lomeli foi direto até Mandorff.

— Que notícia é essa que acabo de ouvir?

Por trás do balcão de recepção, duas freiras se ocupavam usando os computadores, fingindo que nada ouviam.

— O nome dele é Vincent Benítez, Eminência. É o arcebispo de Bagdá.

— Bagdá? Eu não sabia que tínhamos um arcebispo lá. É um iraquiano?

— Nem um pouco. É filipino. O Santo Padre o indicou no ano passado.

— Sim, agora acho que me lembro. — Ele tinha uma vaga lembrança de ter visto uma foto numa revista. Um prelado católico de pé junto ao esqueleto de uma igreja incendiada. Então ele agora era cardeal?

Mandorff disse:

— O senhor, entre todas as pessoas, certamente tinha conhecimento de sua elevação a cardeal, não?

— Não, não tinha. Estou surpreso.

— Bem, eu presumi que se ele tivesse sido feito cardeal, o Santo Padre teria notificado o decano do Colégio.

— Não necessariamente. Não sei se pode se lembrar, mas ele havia revisado as leis canônicas a respeito da nomeação *in pectore* um pouco antes de morrer.

Lomeli tentou soar despreocupado, embora na verdade aquela última desconsideração o magoasse mais do que todo o resto. *In pectore* ("no coração") era uma provisão mediante a qual um papa podia nomear um cardeal sem revelar seu nome, nem mesmo para seus assessores mais próximos: além do beneficiário, somente Deus tomaria conhecimento. Em todos os seus anos na Cúria, Lomeli ouvira falar de somente uma dessas indicações, em 2003, quando se disse que João Paulo II usara essa antiga prerrogativa. Até aquela data, ninguém sabia quem era o indivíduo nomeado; havia a presunção de que fosse chinês, e que teria que ser mantido anônimo para evitar perseguições. Talvez as mesmas considerações de segurança pudessem se aplicar ao representante máximo da Igreja em Bagdá. Seria esse o caso?

Ele percebia Mandorff ainda com os olhos fitos nele. O alemão suava abundantemente naquele calor. A luz do candelabro reluzia em sua calva úmida. Lomeli disse:

— Mas tenho certeza de que o Santo Padre não teria tomado uma decisão tão delicada sem pelo menos consultar o secretário de Estado. Ray, poderia por gentileza procurar o cardeal Bellini e pedir que se junte a nós?

Enquanto O'Malley se afastava, ele se virou para Mandorff.

— Acha que ele é um cardeal genuíno?

— Ele tem uma carta de indicação do falecido papa com o selo do Santo Ofício. Veja o senhor mesmo. — Ele entregou um maço de documentos a Lomeli. — E ele *é* um arcebispo, cumprindo missão num dos lugares mais perigosos do mundo. Não imagino por que motivo ele iria forjar essas credenciais, não acha?

— Imagino que não. — Os papéis de fato pareciam autênticos, aos olhos de Lomeli. Ele os devolveu. — Onde está ele agora?

— Pedi-lhe que esperasse no escritório aí de trás.

Mandorff conduziu Lomeli para dentro do balcão da recepção. Através da parede de vidro, ele pôde ver um vulto esguio sentado numa cadeira de plástico cor de laranja, num recanto, entre uma fotocopiadora e uma pilha de caixas de papel. Trajava uma batina preta comum. A cabeça estava nua, sem barrete algum. Estava inclinado para a frente, os cotovelos apoiados nos joelhos, o rosário nas mãos, a vista baixa, aparentemente rezando. Um tufo de cabelos negros caía para a frente, ocultando seu rosto.

Mandorff disse baixinho, como se eles estivessem contemplando uma pessoa adormecida:

— Ele chegou à entrada quase no momento em que ia ser fechada. Seu nome não estava na lista, é claro, e ele não está trajado como cardeal, de modo que o guarda suíço me chamou. Dei ordem para que eles o trouxessem para dentro, para fazermos a verificação. Espero ter agido corretamente.

— Sem dúvida.

O filipino dedilhava seu rosário, inteiramente absorto. Lomeli sentia-se indiscreto apenas por estar olhando, mas ao mesmo tempo tinha dificuldade de afastar o olhar. Invejava aquele homem. Havia muito tempo que não conseguia reunir um poder de concentração mental necessário para se isolar do mundo. Sua mente, naqueles dias, estava repleta de ruído. Primeiro Tremblay, pensou ele, e agora isso. Pensou que outros choques ainda o aguardavam.

Mandorff disse:

— Sem dúvida o cardeal Bellini poderá esclarecer para nós essa questão.

Lomeli ergueu os olhos e viu Bellini aproximando-se, junto com O'Malley. O antigo secretário de Estado tinha uma expressão de desconfortável perplexidade.

Lomeli disse:

— Aldo, tinha conhecimento disso?

— Eu não sabia que o Santo Padre tinha de fato mantido seu propósito e feito a indicação. — Ele espiou através do vidro na direção de Benítez como se estivesse contemplando alguma criatura mítica.

— E, no entanto, aí está ele.

— Então o papa lhe disse que tinha isso em mente?

— Sim, ele falou nessa possibilidade, há cerca de uns dois meses. Eu o aconselhei contra, com ênfase. Os cristãos já sofrem bastante naquela parte do mundo sem que precisemos inflamar a opinião dos militantes islâmicos ainda mais. Um cardeal no Iraque! Os americanos ficariam consternados. Como poderiam garantir-lhe alguma segurança?

— Presumivelmente, é por isso mesmo que o Santo Padre preferiu manter a indicação em segredo.

— Mas as pessoas acabariam descobrindo! Tudo isso acaba vazando, mais cedo ou mais tarde, especialmente daqui. Ele sabia disso melhor do que qualquer um.

— Bem, aconteça o que acontecer, de agora em diante não será mais um segredo. — Por trás do vidro, o filipino continuava manuseando as contas do rosário. — Já que você confirma a intenção do papa em fazê-lo cardeal, é lógico aceitarmos que suas credenciais são genuínas. Portanto, não temos escolha senão aceitá-lo aqui.

Deu um passo para abrir a porta. Para seu espanto, Bellini o agarrou pelo braço e sussurrou:

— Espere, decano! Será que devemos?

— E por que não?

— Estamos seguros de que o Santo Padre tinha condições reais de tomar uma decisão como essa?

— Tenha cuidado, meu amigo. Isso pode soar como heresia. — Lomeli também falava em voz baixa. Não queria que os outros ouvissem. — Não nos cabe decidir se o Santo Padre estava certo ou errado. Nosso dever é fazer com que suas vontades sejam cumpridas.

— A infalibilidade do papa cobre o terreno da doutrina. Não se estende às suas nomeações.

— Estou muito bem informado sobre os limites da infalibilidade do papa, mas isto aqui é uma questão de direito canônico. E nisso estou tão qualificado para julgar quanto você. O parágrafo 39 da Constituição Apostólica é bem específico: "No caso de algum cardeal eleitor chegar *res integra*, ou seja, antes que o novo Pastor da Igreja tenha sido eleito, deve-se permitir sua participação na eleição no estágio em que ela se encontre". Legalmente, esse homem é um cardeal.

Ele libertou o braço e abriu a porta.

Benítez ergueu o rosto quando ele entrou e vagarosamente ficou de pé. Tinha estatura um pouco abaixo da mediana, com um rosto fino, de belas feições. Era difícil atribuir-lhe uma idade. Sua pele era macia, os ossos do rosto salientes, o corpo esguio a ponto de ser emaciado. Seu aperto de mão era quase sem força. Parecia no limite da exaustão.

Lomeli disse:

— Bem-vindo ao Vaticano, arcebispo. Lamento que tenha precisado ficar esperando aqui, mas tínhamos que fazer algumas verificações. Sou o cardeal Lomeli, decano do Colégio.

— Sou eu que devo me desculpar, decano, pela minha chegada tão pouco ortodoxa. — Ele falava com uma voz quieta, precisa. — São muito generosos em me receber.

— Nem pense nisso. Tenho certeza de que há boas razões para tal. Este é o cardeal Bellini, imagino que já o conheça.

— Cardeal Bellini? Receio que não.

Benítez estendeu a mão, e por um instante Lomeli pensou que Bellini poderia recusar-se a apertá-la.

Porém, ele a aceitou, e disse:

— Sinto muito, arcebispo, mas preciso dizer que cometeu um grave engano vindo para cá.

— E por quê, Eminência?

— Porque a situação dos cristãos no Oriente Médio já é bastante perigosa sem a provocação representada por sua indicação para cardeal, e sua vinda a Roma.

— Naturalmente tenho consciência dos riscos envolvidos. Essa é uma das razões pelas quais hesitei em vir. Porém, posso lhe garantir que rezei longamente e com intensidade antes de empreender esta viagem.

— Bem, sua escolha já foi feita, e isso encerra o assunto. Entretanto, já que está aqui, tenho que lhe dizer que não sei como pode ter esperanças de retornar a Bagdá.

— É claro que retornarei, e enfrentarei as consequências da escolha da minha fé, tal como o fazem milhares de outras pessoas.

Bellini disse, com frieza:

— Não duvido nem da sua coragem nem da sua fé, arcebispo, mas seu retorno terá repercussões diplomáticas e, portanto, não será necessariamente uma decisão sua.

— Assim como não será necessariamente sua, Eminência. Será uma decisão do próximo papa.

Ele era mais duro do que parecia, pensou Lomeli. Dessa vez, Bellini ficou sem resposta, e Lomeli interveio:

— Acho que estamos nos adiantando demais, irmãos. A questão é: o senhor veio. Agora, sejamos práticos: temos que verificar se existe um quarto disponível. Onde está sua bagagem?

— Não tenho bagagem.

— Como assim? Nenhuma bagagem?

— Achei que seria melhor ir para o aeroporto de Bagdá de mãos vazias, para disfarçar minhas intenções. Sou seguido por pessoas do governo onde quer que vá. Dormi na sala de espera do aeroporto de Beirute e desembarquei em Roma duas horas atrás.

— Deus do céu. Vamos ver o que pode ser feito no seu caso.

Lomeli o conduziu para fora do escritório e para a parte da frente do balcão de recepção.

— Monsenhor O'Malley é o secretário do Colégio Cardinalício. Ele tentará conseguir as coisas de que o senhor vai precisar. Ray — disse, voltando-se para O'Malley —, Sua Eminência vai precisar de artigos de toalete, algumas roupas limpas e um hábito eclesiástico, é claro.

Benítez disse:

— Hábito eclesiástico?

— Quando formos para a Capela Sistina votar, exige-se que estejamos trajando nossa vestimenta formal. Tenho certeza de que existe algum conjunto de reserva em alguma parte do Vaticano.

— "Quando formos para a Capela Sistina votar..." — repetiu Benítez. De repente, ele ficou com uma aparência abatida. — Perdoe-me, decano. Isso é algo além das minhas expectativas. Como vou poder votar com a seriedade necessária se nem sequer conheço os candidatos? O cardeal Bellini tem razão. Eu não deveria ter vindo.

— Absurdo! — Lomeli agarrou-lhe os braços. Eram finos e ossudos, mas ainda assim ele sentiu ali uma rijeza interna, uma tensão. — Escute, Eminência. O senhor nos fará companhia no jantar esta noite. Vou apresentá-lo, e o senhor fará uma refeição conversando com seus irmãos cardeais, alguns dos quais devem ser seus conhecidos, mesmo que apenas de reputação. O senhor vai orar, como todos nós. No momento certo, o Espírito Santo vai nos guiar na direção de um nome. E será uma experiência espiritual maravilhosa para todos nós.

* * *

A missa das Vésperas tinha começado na capela do andar térreo. O som do cantochão flutuava pelo saguão inteiro. De repente, Lomeli sentiu-se muito cansado. Deixou O'Malley cuidando de Benítez e pegou o elevador para seu quarto. Lá em cima também estava infernalmente quente. Os controles do ar-condicionado pareciam não estar funcionando. Por um instante, ele esqueceu que as venezianas estavam lacradas e tentou abrir a janela. Derrotado, olhou em volta para sua cela. As luzes eram bastante intensas. As paredes caiadas de branco e o piso polido pareciam aumentar a luminosidade. Ele sentiu um princípio de dor de cabeça. Desligou as luzes do quarto, tateou até o banheiro e encontrou a cordinha que acendia a faixa de néon acima do espelho. Deixou a porta entreaberta. Depois se estirou na cama, envolto naquela luz azulada, com a intenção de rezar, mas um minuto depois já tinha adormecido.

A certa altura, sonhou que estava na Capela Sistina e que o Santo Padre estava rezando no altar, mas cada vez que ele tentava se aproximar, o ancião se afastava, até que finalmente caminhou até a porta da sacristia. Depois, virou-se, sorriu para Lomeli, abriu a porta que dava acesso à Sala das Lágrimas e mergulhou de cabeça para baixo num abismo escuro.

Lomeli acordou soltando um grito que sufocou rapidamente mordendo o nó dos dedos. Durante alguns segundos, de olhos arregalados, não fazia ideia de onde estava. Todos os objetos familiares de sua vida tinham desaparecido. Ficou deitado, esperando que as batidas do seu coração se acalmassem. Depois de algum tempo, tentou lembrar o que mais tinha visto no sonho. Havia muitas, muitas imagens, ele tinha certeza. Podia senti-las. Porém, no momento em que tentava fixá-las em pensamento, elas tremulavam e se desvaneciam como bolhas de sabão arrebentando-se. Somente a visão terrível do Santo Padre tombando naquele abismo de trevas permaneceu impressa em sua memória.

Ouviu duas vozes masculinas falando em inglês no corredor. Pareciam ser dois africanos. Houve muito ruído de chaves sendo manipuladas. Uma porta se abriu e se fechou. Um dos cardeais continuou arrastando os pés corredor afora enquanto o outro entrou no quarto ao lado e acendeu a luz. A parede era tão fina que podia ter sido feita de papelão. Lomeli podia ouvir o outro se movimentando, falando baixo consigo mesmo — imaginou que podia ser Adeyemi — e depois o som de tosse e de pigarro, seguido pela descarga do banheiro.

Olhou o relógio. Eram quase oito horas. Tinha dormido mais de uma hora e, mesmo assim, não se sentia nem um pouco repousado, como se o seu tempo de inconsciência tivesse sido mais estressante do que o tempo desperto. Pensou em todas as tarefas que tinha pela frente. *Dai-me forças, ó Senhor, para encarar esta tribulação.* Virou-se de lado cuidadosamente, sentou-se na cama, pousou os pés no chão e balançou o corpo para a frente e para trás várias vezes, adquirindo impulso para ficar de pé. Era isto a velhice: todos aqueles movimentos que antes eram praticados sem esforço — o simples ato de levantar de uma cama, por exemplo — requeriam agora uma sequência precisa de movimentos planejados. Na terceira tentativa, ele se levantou e caminhou, com o corpo rígido, a curta distância que o separava da escrivaninha.

Sentou-se, acendeu a lâmpada de leitura e a virou para incidir sobre a pasta de couro marrom. Puxou de dentro dela doze folhas de papel A5: papel de densa gramatura, cor de creme, fabricado à mão, com marca d'água, considerado da qualidade apropriada para a ocasião histórica. O texto estava numa fonte grande e clara, em espaço duplo. Depois de tudo terminado, o documento ficaria guardado para toda a eternidade nos arquivos do Vaticano.

O sermão tinha como título *Pro eligendo Romano pontifice* — "Para a eleição de um pontífice romano" — e seu objetivo, de acordo com a tradição, era discriminar as qualidades que se esperava do novo papa. Na memória recente, homilias como aquela já tinham feito pender a balança das eleições. Em 1958, o cardeal Antonio Bacci fizera uma descrição liberal do Pontífice perfeito ("possa o novo vigário de Cristo servir de ponte entre todos os níveis da sociedade, entre todas as nações...") que era praticamente um retrato verbal do cardeal Roncalli de Veneza, que de fato tornou-se o papa João XXIII. Cinco anos depois, os conservadores tentaram a mesma tática numa homilia por parte do monsenhor Amleto Tondini ("é preciso lançar dúvidas sobre os aplausos entusiásticos recebidos pelo 'Papa da Paz'"), mas tudo que conseguiram foi provocar uma tal reação por parte dos moderados, que a consideraram de mau gosto, que ela acabou favorecendo a vitória do cardeal Montini.

O discurso de Lomeli, ao contrário, tinha sido cuidadosamente construído para garantir que fosse neutro até o ponto da insipidez. "Nossos papas recentes têm sido todos agentes incansáveis da paz e da cooperação a nível internacional. Oremos para que o futuro papa dê continuidade a esta obra incessante de caridade e amor..." Ninguém podia erguer objeções contra isso, nem mesmo Tedesco, capaz de farejar relativismos tão depressa quanto um cão treinado fareja uma trufa. Era a perspectiva da missa propriamente dita que o perturbava: sua própria capacidade espiritual. Ele estaria sob imenso escrutínio. As câmeras de televisão estariam todas voltadas para o seu rosto.

Ele pôs de lado o discurso e foi até o genuflexório. Era feito de madeira simples, sem adornos, exatamente igual ao que o Santo Padre tinha em seus aposentos. Ajoelhou-se, segurou os apoios de ambos os lados e abaixou a cabeça, e naquela posição permaneceu por quase meia hora, até o momento de descer para a ceia.

4. *In pectore*

O salão de jantar era o maior aposento da Casa Santa Marta. Ocupava todo o lado direito do saguão, aberto para ele, com um piso de mármore branco e um teto de vidro. A fileira de vasos de plantas que antes isolava a seção onde o Santo Padre fazia suas refeições tinha sido removida. Quinze grandes mesas redondas tinham sido dispostas, cada uma para oito comensais, com garrafas de água e de vinho no centro das toalhas de renda branca. Quando Lomeli emergiu do elevador, o local já estava repleto. O barulho das vozes ricocheteando nas superfícies polidas tinha um tom de camaradagem e de expectativa, como a noite de abertura de uma convenção empresarial. Muitos dos cardeais já tinham sido servidos de uma bebida pelas irmãs de São Vicente de Paulo.

Lomeli olhou ao redor buscando Benítez e o viu de pé, sozinho, atrás de uma coluna do lado de fora do refeitório. O'Malley tinha conseguido encontrar uma batina com a faixa vermelha e o barrete de cardeal, mas as vestes eram um pouco grandes para ele. Parecia perdido dentro delas. Lomeli aproximou-se.

— Eminência, já está instalado? Monsenhor O'Malley lhe conseguiu um quarto?

— Sim, decano, muito obrigado. Estou no andar de cima. — Ele estendeu a mão mostrando a chave, com uma espécie de espanto por se encontrar num local como aquele. — Falaram que tem uma vista maravilhosa para a cidade, mas não consegui abrir as venezianas.

— É para impedir que possa trair nossos segredos, ou que receba informação do mundo exterior — disse Lomeli, e depois, notando a expressão perplexa de Benítez, complementou: — É brincadeira, Eminência. É assim nos quartos de todos nós. Bem, não pode ficar parado aí a noite inteira. Isso não vai adiantar. Venha comigo.

— Estou perfeitamente bem aqui, decano, só observando.

— Tolice. Venha, vou apresentá-lo.
— Isto é mesmo necessário? Todas as pessoas estão conversando...
— O senhor é um cardeal agora. Isso exige certa autoconfiança.

Ele tomou o filipino pelo braço e o impeliu para o meio do salão, saudando amigavelmente as freiras que esperavam para servir a refeição, esgueirando-se por entre as mesas até encontrar um espaço para os dois. Pegou uma faca e bateu com ela num copo de vinho, e o silêncio foi baixando sobre o salão, com exceção do arcebispo emérito de Caracas, que continuou falando em voz alta até que seus companheiros acenaram para que se calasse, apontando na direção de Lomeli. O venezuelano relanceou os olhos pelo ambiente, mexendo em seu aparelho de surdez. Um silvo cortante brotou dali, fazendo as pessoas mais próximas contraírem o rosto e encolherem os ombros. Ele ergueu uma mão, pedindo desculpas.

Lomeli inclinou-se na sua direção.

— Obrigado, Eminência. Meus irmãos — disse ele —, podem se sentar.

Esperou até que todos estivessem acomodados.

— Eminências, antes de começarmos a nossa ceia, gostaria de apresentar a todos um novo membro da nossa Ordem, cuja existência era desconhecida por todos nós e que chegou ao Vaticano apenas poucas horas atrás. — Houve um murmúrio agitado de surpresa. — Este é um procedimento completamente legítimo, conhecido como indicação *in pectore*. Os motivos pelos quais teve que ser feito desta forma são conhecidos apenas por Deus e pelo falecido Santo Padre, mas creio que podemos fazer suposições fundamentadas. O ministério do nosso novo irmão é um dos mais perigosos que há. Ele não enfrentou uma jornada fácil para poder estar hoje aqui entre nós. Rezou muito, e rezou profundamente, antes de se pôr a caminho. Uma razão a mais para que o recebamos de maneira calorosa. — Ele olhou na direção de Bellini, que tinha os olhos cravados na toalha da mesa. — Pela Graça de Deus, uma irmandade de cento e dezessete tornou-se agora uma de cento e dezoito. Bem-vindo à nossa Ordem, Vincent Benítez, cardeal arcebispo de Bagdá.

Ele virou-se para Benítez e o aplaudiu. Durante alguns constrangedores segundos, suas mãos foram as únicas a bater palmas. Porém, gradualmente, outras foram se juntando até que aquilo se transformou numa calorosa ovação. Benítez olhou em torno, com admiração, para todos aqueles rostos sorridentes.

Quando os aplausos cessaram, Lomeli fez um gesto indicando o salão e disse:

— Eminência, poderia dar a bênção para a nossa ceia?

Benítez fez uma expressão tão alarmada que por um momento absurdo passou pela mente de Lomeli que ele jamais dera as graças antes. No entanto, ele murmurou:

— Pois não, decano. Será uma honra.

Ele fez o sinal da cruz e abaixou a cabeça. Os cardeais o imitaram. Lomeli fechou os olhos e esperou. Durante um longo tempo, fez-se silêncio. E então, justo quando Lomeli começava a se perguntar se algo teria lhe acontecido, Benítez falou.

— Dai-nos a Vossa bênção, Senhor, e os Dons que são Vossos, e que estamos prontos para receber de Vossa generosidade. Abençoai também todos aqueles que não podem compartilhar esta refeição. E ajudai-nos, Senhor, enquanto comemos e bebemos, a lembrar os famintos e os sedentos, os doentes e os abandonados, bem como as irmãs que prepararam esta ceia para nós, e que nos servem. Através de Cristo, nosso Senhor. Amém.

— Amém.

Lomeli fez o sinal da cruz.

Os cardeais ergueram a cabeça e desdobraram os guardanapos. As freiras de uniformes azuis que estavam à espera para servir a ceia começaram a vir da cozinha, trazendo as terrinas de sopa. Lomeli tomou Benítez pelo braço e olhou ao redor, procurando uma mesa onde pudessem ser recebidos amigavelmente.

Ele conduziu o filipino para junto dos seus compatriotas, o cardeal Mendoza e o cardeal Ramos, arcebispos de Manila e de Cotabato, respectivamente. Estavam numa mesa com vários outros cardeais da Ásia e da Oceania, e os dois homens se levantaram para saudá-los. Mendoza foi especialmente efusivo. Rodeou a mesa e agarrou a mão de Benítez.

— Estou tão orgulhoso. *Estamos* tão orgulhosos. *O país inteiro* ficará orgulhoso quando souber da sua elevação a cardeal. Decano, sabia que este homem é uma lenda para nós, na diocese de Manila? Sabe o que ele fez? — Virou-se para Benítez. — Quanto tempo faz, agora? Vinte anos?

Benítez disse:

— Está mais para trinta, Eminência.

— Trinta! — Ele passou a rememorar, em tom de reminiscência, uma porção de nomes de lugares: Tondo e San Andrés, Bahala Na e Kuratong Balleng, Payatas e Bgong Silangan... De início, aqueles nomes nada significavam para Lomeli, mas gradualmente ele entendeu que se referiam ou às favelas em que Benítez tinha servido como padre ou às gangues de rua que ele tinha enfrentado quando construía missões de socorro da Igreja para suas vítimas, a maior parte delas formada por crianças prostituídas e viciados em drogas. As missões ainda existiam, e as pessoas de lá ainda falavam no "padre da voz gentil" que as construíra.

— É na verdade um prazer enorme para nós dois podermos, enfim, conhecê-lo — concluiu Mendoza, fazendo um gesto que incluía Ramos nesse sentimento. Ramos concordou com entusiasmo.

— Espere — disse Lomeli. Ele franziu a testa. Queria ter certeza de que tinha entendido corretamente. — Vocês três ainda não se conheciam?

— Pessoalmente, não.

Os cardeais abanaram negativamente a cabeça, e Benítez completou:

— Faz muitos anos que deixei as Filipinas.

— Quer dizer então que esteve no Oriente Médio todo este tempo?

Uma voz exclamou por trás dele:

— Não, decano. Por um longo tempo ele esteve conosco, na África!

Oito cardeais africanos estavam sentados na mesa vizinha. O que tinha falado, o idoso arcebispo emérito de Kinshasa, Beaufret Muamba, ficou de pé, fez um sinal a Benítez para que se aproximasse e o abraçou de encontro ao peito, dizendo: "Bem-vindo! Bem-vindo!", antes de conduzi-lo em volta da mesa. Um por um, os cardeais pousaram suas colheres de sopa e se ergueram para lhe apertar a mão.

Observando-os, ficou claro para Lomeli que aqueles homens também nunca haviam se encontrado pessoalmente com Benítez. Tinham ouvido falar nele, obviamente. Tinham mesmo uma certa reverência por ele. Porém, seu trabalho tinha sido realizado em lugares remotos, até mesmo fora da estrutura tradicional da Igreja. Do que Lomeli foi capaz de escutar — observando tudo de perto, sorrindo, assentindo, e o tempo todo escutando o mais que podia, tal como aprendera a fazer quando diplomata —, entendeu que o ministério de Benítez na África tinha sido como o seu trabalho de rua em Manila: ativo e perigoso. Envolvera a criação de clínicas e abrigos para moças estupradas durante as guerras civis do continente.

Tudo estava ficando mais claro para ele agora. Ah, sim, podia ver exatamente por que razões a pessoa daquele padre-missionário exercera tanto apelo sobre o Santo Padre, que tantas vezes reafirmara sua crença de que Deus podia ser encontrado mais facilmente nos lugares mais pobres e mais desesperados da Terra, e não nas confortáveis paróquias do Primeiro Mundo, e que era preciso ter uma grande coragem para partir à sua procura. *Se alguém quer vir após mim, negue-se a si mesmo, tome sua cruz e siga-me. Pois aquele que quiser salvar a sua vida, a perderá, mas o que perder a sua vida por causa de mim, a encontrará.* Benítez era precisamente o tipo de homem que jamais ascenderia pelos degraus dos compromissos da Igreja, e que nem sonharia em fazê-lo, e seria sempre alguém pouco à vontade em ocasiões sociais. De que outra maneira, então, ele poderia ser catapultado para dentro do Colégio dos Cardeais, a não ser por um ato extraordinário de proteção? Sim, tudo isso Lomeli era capaz de compreender agora. O único aspecto que o deixava intrigado era o segredo. Seria mesmo mais perigoso para Benítez ser identificado como cardeal do que como arcebispo? E por que o Santo Padre não quisera fazer de ninguém seu confidente naquele assunto?

Alguém por trás dele pediu licença, educadamente, tentando passar. O arcebispo de Kampala, Oliver Nakitanda, estava trazendo uma cadeira extra e um jogo de talheres a mais, que fora buscar numa mesa próxima, e os cardeais estavam todos afastando seus assentos, dando espaço para que Benítez se juntasse a eles. O novo arcebispo de Maputo, cujo nome Lomeli tinha esquecido, acenou para uma das freiras pedindo que fosse servida mais uma sopa. Benítez recusou uma taça de vinho.

Lomeli desejou-lhe *bon appétit* e virou-se para se afastar. A duas mesas de distância, o cardeal Adeyemi comandava uma animada mesa, e os comensais, africanos, riam alto escutando uma de suas famosas histórias. Mesmo assim, o nigeriano parecia distraído, e Lomeli notou que, de vez em quando, ele relanceava os olhos na direção de Benítez com uma expressão de perplexidade e irritação.

O número de cardeais italianos no Conclave era tão desproporcional que eram necessárias mais de três mesas para acomodar todos. Uma delas estava ocupada por Bellini e seus partidários de tendência liberal. Na segunda, Tedesco encabeçava os tradicionalistas. A terceira tinha cardeais que ou estavam indecisos entre as duas facções, ou nutriam secretamente ambições próprias. Lomeli constatou, com acabrunhamento que, em todas as três, havia uma cadeira reservada para ele. Foi Tedesco quem primeiro o avistou.

— Decano! — chamou, fazendo um sinal para que Lomeli se juntasse a eles, com uma firmeza que tornou impensável a recusa.

Tinham terminado a sopa e estavam se dedicando às entradas. Lomeli sentou-se de frente para o patriarca de Veneza e aceitou meia taça de vinho. Por uma questão de polidez, aceitou também um pouco de presunto e mozarela, mesmo sem ter nenhum apetite. Em volta da mesa sentavam-se os arcebispos conservadores — Agrigento, Florença, Palermo, Perúgia — e Tutino, o prefeito da Congregação para os Bispos, caído em desgraça, que sempre fora considerado um liberal e que agora imaginava, sem dúvida, que um pontificado de Tedesco poderia ser capaz de resgatar-lhe a carreira.

Tedesco comia de maneira curiosa. Segurava o prato na mão esquerda e o esvaziava rapidamente usando um garfo com a direita. Ao mesmo tempo, olhava com frequência para os lados, como se temesse que alguém pudesse vir lhe roubar a refeição. Lomeli imaginava que isso era o resultado de vir de uma família numerosa e faminta.

— Então, decano — perguntou ele, com a boca cheia —, sua homilia já está pronta?

— Está, sim.
— E será em latim, espero?
— Será em italiano, Goffredo, como você sabe muito bem.

Os outros cardeais tinham interrompido suas conversas privadas e estavam todos escutando. Ninguém era capaz de prever o que Tedesco diria.

— Mas que pena. Se fosse eu a fazer a homilia, insistiria que fosse em latim.

— Mas nesse caso ninguém iria entender nada, Eminência, e isso seria uma tragédia.

Tedesco foi o único que deu uma risada.

— Sim, sim, confesso que o meu latim é pobre, mas eu forçaria vocês a ouvi-lo mesmo assim, apenas para marcar minha posição. Porque o que eu tentaria dizer, no meu pobre latim de camponês, é isto: que as mudanças quase invariavelmente produzem o resultado oposto à melhoria que pretendiam introduzir, e que devemos ter isso em mente quando formos fazer a nossa escolha do novo papa. O abandono do latim, por exemplo... — Ele limpou a gordura dos lábios grossos e olhou para o guardanapo. Por um momento pareceu distraído, mas depois retomou a fala. — Olhe ao seu redor neste salão, decano. Veja como, inconscientemente, instintivamente, nós nos organizamos de acordo com as nossas línguas de nascimento. Aqui estamos nós italianos, perto da cozinha, o que faz bastante sentido. Os falantes do espanhol estão ali. Os falantes do inglês, do outro lado, perto da recepção. No entanto, quando éramos garotos, decano, e a Missa Tridentina era ainda a liturgia oficial no mundo inteiro, os cardeais de um Conclave eram capazes de conversar uns com os outros em latim. Porém, em 1962 os liberais decidiram que deveríamos nos ver livres de uma língua morta, para facilitar a comunicação. E o que vemos agora? Tudo que conseguiram foi tornar a comunicação mais difícil!

— Isso pode ser verdade no âmbito restrito de um Conclave, mas dificilmente se aplica à missão da Igreja universal.

— A Igreja universal? Mas como uma coisa pode ser considerada universal se ela fala cinquenta idiomas diferentes? Linguagem é algo vital, pois, da linguagem, com o tempo, se eleva o pensamento, e do pensamento se elevam a filosofia e a cultura. Já se completaram sessenta anos do Concílio Vaticano II e, a esta altura, o significado de ser católico na Europa não é o mesmo de ser católico na África, na Ásia ou na América do Sul. Nós nos tornamos uma confederação, na melhor das hipóteses. Olhe para o salão, decano, olhe para o modo como a linguagem nos divide mesmo durante uma ocasião simples como esta ceia, e diga-me se não existe verdade no que afirmo.

Lomeli recusou-se a responder. Achou que a argumentação do outro era despropositada, mas continuou com a determinação de se manter neutro. Não iria se envolver numa discussão. Além disso, ninguém era capaz de saber quando Tedesco estava apenas provocando ou quando falava a sério.

— Tudo que posso dizer é que, se é assim que vê as coisas, Goffredo, vai achar minha homilia um grande desapontamento.

— O abandono do latim — insistiu Tedesco — levará mais cedo ou mais tarde ao abandono de Roma. Anote o que estou dizendo.

— Ora, o que é isso! Um exagero, mesmo vindo de você.

— Estou falando totalmente sério, decano. Em breve haverá homens perguntando abertamente: *Por que Roma?* Alguns já falam assim aos cochichos. Não existe nenhuma regra na doutrina ou nas Escrituras dizendo que o papa deve presidir a Igreja a partir de Roma. Ele pode edificar o Trono de São Pedro em qualquer ponto da Terra. Nosso misterioso novo cardeal é das Filipinas, creio eu, não é?

— Sim, sabe muito bem que ele é de lá.

— Então temos agora três cardeais eleitores daquele país, que tem, quanto é mesmo? Oitenta e quatro milhões de católicos. Na Itália, temos cinquenta e sete milhões, dos quais a grande maioria jamais sequer comungou, e, no entanto, temos *vinte e seis* cardeais eleitores! Acha que uma tal anomalia vai persistir por muito tempo? Se acha, é um tolo. — Ele jogou o guardanapo na mesa. — Ora, falei de maneira muito dura, e peço desculpas, mas acho que este Conclave pode ser a nossa última chance de preservar nossa Mãe, a Igreja. Mais dez anos iguais aos dez anos mais recentes, e mais um papa igual ao último que tivemos, e a Igreja como a conhecemos deixará de existir.

— Então, para todos os efeitos, está dizendo que o próximo papa terá que ser um italiano.

— Sim, é o que afirmo! Por que não? Não temos um papa italiano há quarenta anos. Nunca houve um intervalo longo como este em toda a História. Temos que recuperar o papado, decano, e salvar a Igreja Romana. Será que todos os italianos não concordariam com isso?

— Nós, italianos, bem que podemos concordar neste ponto, Eminência, mas como nunca poderemos concordar em mais nada, desconfio que as chances estão contra nós. Bem, agora preciso circular entre os nossos colegas. Boa noite a todos.

E com isso Lomeli se ergueu, fez uma reverência para os cardeais e foi se sentar na mesa de Bellini.

— Não vamos lhe perguntar o quanto se divertiu compartilhando a mesa com o patriarca de Veneza. Seu rosto nos diz tudo que há para dizer.

O ex-secretário de Estado estava sentado ao lado da sua guarda pretoriana: Sabbadin, o arcebispo de Milão; Landolfi, de Turim; Dell'Acqua, de Bolonha; e um par de membros da Cúria — Santini, que não apenas era prefeito da Congregação para a Educação Católica, mas também cardeal-diácono sênior, o que significava que lhe caberia anunciar o nome do novo papa do balcão da Basílica de São Pedro; e o cardeal Panzavecchia, que geria o Conselho Pontifício para a Cultura.

— Uma coisa eu concedo em favor dele — replicou Lomeli, servindo-se de outra taça de vinho para sossegar sua irritação. — Ele claramente não tem a menor intenção de abrandar seus pontos de vista para angariar votos.

— Sim, nunca agiu assim. Eu o admiro bastante por isso.

Sabbadin, que tinha certa reputação de cinismo, e que era o mais próximo de um coordenador de campanha que Bellini era capaz de ter, disse:

— Foi muito astuto da parte dele ficar afastado de Roma e chegar somente hoje. Com Tedesco, menos é sempre mais. Uma entrevista desabrida para um jornal qualquer poderia acabar com ele. Em vez disso, ele deverá se sair bem amanhã, imagino.

Lomeli disse:

— Defina "bem".

Sabbadin olhou na direção de Tedesco. Sua cabeça moveu-se apreciativamente de um lado para outro, como um fazendeiro avaliando um animal no mercado.

— Eu diria que ele tem uns quinze votos na primeira rodada de votação.

— E o seu candidato?

Bellini tapou os ouvidos.

— Não me diga! Não quero saber.

— Entre vinte e vinte e cinco. Certamente estará à frente na primeira rodada. É amanhã à noite que o trabalho sério começa. De alguma maneira, temos que dar a ele uma maioria de dois terços. Isso significa setenta e nove votos.

Uma expressão de agonia passou pelo rosto longo e pálido de Bellini. Lomeli pensou que ele agora parecia, mais do que nunca, um santo martirizado. Ele disse:

— Por favor, não vamos falar mais nisso. Não vou pronunciar uma única palavra na intenção de ganhar um voto que seja. Se os nossos colegas não me conhecem a esta altura, depois de todos esses anos, não há nada que eu possa dizer no espaço de uma única noite que vá convencê-los.

Ficaram em silêncio enquanto as freiras andavam em volta da mesa, servindo o prato principal, escalope de vitela. A carne parecia um tanto borrachuda, o molho, congelado. Se alguma coisa pode contribuir para que este Conclave tenha uma conclusão rápida, pensou Lomeli, é a comida. Depois que as irmãs serviram o derradeiro prato, Landolfi — que, com sessenta e dois anos, era o mais jovem do grupo — disse, no seu tom costumeiro, cheio de deferência:

— Não terá que dizer coisa alguma, Eminência. Terá que deixar isso ao nosso cargo, naturalmente. Porém, se ouvirmos dos indecisos a pergunta quanto aos pontos que Vossa Eminência defende, como gostaria que respondêssemos?

Bellini fez um sinal de cabeça na direção de Tedesco.

— Digam-lhes que eu defendo tudo que *ele* não defende. As crenças dele são sinceras, mas são um absurdo sincero. Nós nunca voltaremos aos tempos da liturgia latina, ou de padres celebrando a missa de costas para a congregação, e famílias de dez crianças porque mamãe e papai não têm opção. Esse foi um tempo feio, repressivo, e temos que nos alegrar com o fato de que já passou. Digam a eles que eu defendo o respeito pela fé alheia, e a tolerância com pontos de vista diferentes no interior da nossa própria Igreja. Digam a eles que eu acredito que os bispos deviam ter mais poder, e que as mulheres deveriam desempenhar um papel maior dentro da Cúria...

— Espere — disse Sabbadin, interrompendo-o. — É isso mesmo? — Ele fez uma careta, e um ruído desdenhoso com a língua. — Acho que devíamos deixar esse tema das mulheres totalmente de fora. Só vai servir para dar a Tedesco uma chance de criar perturbação. Ele vai dizer que você é secretamente a favor da ordenação de mulheres, e você não é.

Talvez fosse imaginação de Lomeli, mas pareceu haver um brevíssimo relâmpago de hesitação antes de Bellini responder:

— Eu concordo que o tema da ordenação de mulheres está encerrado durante o meu tempo de vida, e provavelmente por muitas gerações vindouras.

— Não, Aldo — replicou Sabbadin, com firmeza. — Ele está encerrado *para sempre*. Foi decretado pela autoridade papal: o princípio de um corpo sacerdotal exclusivamente masculino está fundamentado na Palavra escrita de Deus...

— ... e estabelecido infalivelmente pelo magistério ordinário e universal. Sim, eu conheço as regras. Talvez não seja a mais sábia das muitas declarações de São Paulo, mas é assim. Não, é claro que eu não estou propondo a ordenação de mulheres, mas não há nada que nos impeça de trazer mulheres para dentro da Cúria nos níveis mais altos. O trabalho é administrativo, e não sacerdotal. O falecido Santo Padre falou disso muitas vezes.

— É verdade, mas ele nunca o praticou. Como poderá uma mulher instruir um bispo, isso sem falar em *escolher* um bispo, quando ela não tem autoridade sequer para celebrar uma Comunhão? O Colégio irá enxergar isso como uma ordenação trazida pela porta dos fundos.

Bellini experimentou por duas vezes seu pedaço de vitela e depois pousou o garfo. Apoiou os cotovelos na mesa, inclinou-se para a frente e olhou os interlocutores, de um em um.

— Meus irmãos, escutem-me, por favor. Permitam-me ser absolutamente claro. Eu não estou em busca do papado. Ele me dá medo. Portanto, não tenho nenhuma intenção de esconder meus pontos de vista ou de fingir ser alguma coisa que não sou. Eu os exorto... eu lhes imploro... que não façam campanha pelo meu nome. Nem uma palavra sequer. Está bem entendido? Agora, receio ter perdido o apetite e, se me permitem, vou me retirar para o meu quarto.

Eles o olharam enquanto ele se afastava, sua silhueta parecida com a de uma cegonha oscilando entre as mesas, muito empertigada, até chegar no saguão e desaparecer escada acima. Sabbadin tirou os óculos, bafejou nas lentes, deu-lhes polimento com o guardanapo, e colocou-os de volta. Abriu uma pequena caderneta preta.

— Bem, meus amigos, vocês o ouviram. Agora sugiro que façamos a divisão das tarefas. Rocco — disse ele para Dell'Acqua —, seu inglês é o melhor; você conversa com os norte-americanos, e com os nossos colegas da Grã-Bretanha e da Irlanda. Quem aqui fala bem o espanhol? — Panzavecchia ergueu a mão. — Excelente. Os sul-americanos podem ficar sob sua responsabilidade. Eu falarei pessoalmente com todos os italianos que estão com medo de Tedesco, ou seja, a maioria. Gianmarco — disse ele a Santini —, presumo que o seu trabalho à frente da Congregação para a Educação o tenha feito conhecer muitos dos africanos... poderia encarregar-se deles? Desnecessário lembrar que evitaremos qualquer menção à presença de mulheres na Cúria.

Lomeli cortou sua vitela em pequenos pedaços e os comeu de um em um. Ficou ouvindo enquanto Sabbadin fazia sua ronda de instruções ao redor da mesa. O pai do arcebispo de Milão tinha sido um proeminente senador da Democracia Cristã; ele já saíra do berço sabendo como contar votos; Lomeli supôs que seria dele o cargo de secretário de Estado num pontificado de Bellini. Quando ele terminou de designar as missões, fechou sua caderneta, serviu-se de uma taça de vinho e se recostou, com uma expressão satisfeita.

Lomeli ergueu os olhos do prato.

— Pelo que vejo, você não acha que nosso amigo foi sincero quando disse que não deseja ser papa.

— Ah, ele é totalmente sincero, e essa é uma das razões pelas quais eu o apoio. Os homens perigosos, os que têm que ser detidos, são aqueles que, de fato, desejam ser papas.

Lomeli tinha ficado de olho em Tremblay durante a noite inteira, mas foi somente no final da ceia, quando os cardeais estavam se enfileirando para o cafezinho no saguão, que teve a chance de se aproximar dele. O canadense estava num canto afastado, segurando uma xícara e o pires, e dando ouvidos ao arcebispo de Colombo, Asanka Rajapakse, considerado por uma espécie de consenso uma das figuras mais enfadonhas do Conclave. Os olhos de Tremblay estavam cravados nele. Tinha o corpo um tanto inclinado para a frente, e assentia com ênfase. Ocasionalmente, Lomeli o ouvia murmurar: "Claro... claro que sim...". Esperou nas proximidades. Percebeu que Tremblay tinha notado sua presença, mas o estava ignorando, na esperança de que ele desistisse e se afastasse. Porém, Lomeli estava decidido a esperar e, no final, foi Rajapakse, cujos olhos de vez em quando iam no seu rumo, que relutantemente interrompeu o próprio monólogo e disse:

— Acho que o decano quer lhe falar.

Tremblay virou-se e deu um sorriso.

— Olá, Jacopo! — exclamou. — Está sendo uma noite adorável. — Seus dentes estavam ainda mais brancos do que de costume. Lomeli desconfiou que ele tivesse mandado dar um polimento para aquela ocasião.

Lomeli disse:

— Será que eu poderia falar com você por alguns instantes, Joe?

— Sim, naturalmente. — Ele virou-se para Rajapakse. — Podemos retomar nossa conversa mais tarde? — O cingalês cumprimentou os dois homens com um aceno e se afastou. Tremblay pareceu lamentar o fim da conversa, e quando se virou para encarar Lomeli, havia em seu rosto um traço de aborrecimento. — Do que se trata?

— Podíamos conversar num local mais reservado? Seu quarto, talvez?

Os dentes brilhantes de Tremblay desapareceram. Sua boca se curvou para baixo. Lomeli achou que ele iria recusar-se.

— Bem, suponho que sim, se é necessário. Mas que seja breve, se não se importa. Ainda há alguns colegas com quem preciso falar.

Seu quarto ficava no primeiro andar. Ele conduziu Lomeli subindo as escadas e ao longo do corredor. Caminhava depressa, como se estivesse ansioso para que aquilo acabasse logo. Seu quarto era uma suíte, idêntica à do Santo Padre. Todas as luzes — o candelabro central, as lâmpadas da cabeceira e da escrivaninha, até mesmo as do banheiro — tinham sido deixadas acesas. O quarto tinha um aspecto antisséptico, cintilando como uma sala de cirurgia, totalmente despido de objetos pessoais, a não ser um spray capilar em cima da bancada. Tremblay fechou a porta. Não convidou Lomeli para se sentar.

— Do que se trata?

— Tem a ver com a sua audiência final com o Santo Padre.

— O que tem?

— Ouvi dizer que foi uma conversa difícil. Foi?

Tremblay esfregou o rosto e franziu a testa, como que fazendo um grande esforço de memória.

— Não. Não que eu me lembre.

— Bem, para ser mais específico, disseram-me que o Santo Padre exigiu sua renúncia de todos os cargos.

— Ah! — A expressão dele se suavizou. — Essa ideia absurda. Partiu do arcebispo Woźniak, eu presumo.

— Isso não posso dizer.

— Pobre Woźniak. Sabe o que acontece? — A mão de Tremblay fez o gesto de balançar no ar um copo imaginário. — Precisamos cuidar para que ele receba um tratamento adequado, quando tudo isso acabar.

— Então não há verdade alguma na alegação de que você foi demitido naquela audiência?

— Nenhuma verdade, em absoluto. Que coisa mais absurda! Pergunte ao monsenhor Morales. Ele estava presente.

— Perguntaria, se pudesse, mas evidentemente agora não posso, visto que estamos isolados.

— Posso lhe garantir que ele confirmará tudo que estou lhe dizendo.

— Sem dúvida. Mas, ainda assim, tudo me parece muito curioso. Pode imaginar algum motivo para que uma história assim esteja circulando?

— Penso que a resposta seja óbvia, decano. Meu nome tem sido mencionado como um possível futuro papa. Uma sugestão ridícula, nem preciso dizer, mas o senhor deve ter ouvido os mesmos rumores. E alguém deseja "queimar" o meu nome através de falsos boatos.

— E acha que essa pessoa é Woźniak?

— Quem mais poderia ser? Sei com certeza que ele procurou Morales com uma história a respeito de algo que o Santo Padre lhe teria dito. Sei disso porque Morales me contou. Devo dizer também que ele nunca se atreveu a falar diretamente *comigo* a respeito.

— E você atribui isso inteiramente a uma conspiração maldosa para lançar descrédito sobre o seu nome?

— Receio que, no final das contas, não passe disso. Uma coisa muito triste. — Tremblay juntou as mãos. — Lembrarei do arcebispo nas minhas preces hoje à noite, e pedirei a Deus que o ajude a superar suas dificuldades. Agora, se me permite, gostaria de descer novamente.

Fez um movimento na direção da porta. Lomeli se interpôs.

— Conceda-me apenas mais uma pergunta, para que eu possa descansar minha consciência: pode me dizer sobre o que você e o Santo Padre conversaram naquela audiência final?

Uma expressão ofendida brotava com a mesma facilidade em Tremblay quanto um ar de devoção ou um sorriso. Sua voz ganhou um tom metálico.

— Não, decano, não posso. E, para ser sincero, estou chocado ao vê-lo me pedir que revele o conteúdo de uma conversa privada, uma conversa privada e muito preciosa, uma vez que foram aquelas as últimas palavras que troquei com o Santo Padre.

Lomeli pôs a mão no coração, e inclinou levemente a cabeça, num pedido de desculpas.

— Entendo perfeitamente. Queira me perdoar.

O canadense estava mentindo, é claro. Ambos sabiam. Lomeli deu um passo para o lado. Tremblay abriu a porta. Em silêncio, os dois caminharam de volta ao longo do corredor e até as escadas, onde se separaram, o canadense descendo rumo ao saguão para retomar suas conversas, e o decano num passo fatigado, subindo mais um lance de degraus rumo ao seu quarto e a suas dúvidas.

5. *Pro eligendo Romano pontifice*

Naquela noite ele se deitou na escuridão com o rosário da Virgem Maria em volta do pescoço e os braços cruzados sobre o peito. Era uma posição que ele adotara desde a puberdade, para evitar as tentações da carne. O objetivo era permanecer assim até o despertar. Agora, quase sessenta anos depois, quando aquelas tentações não representavam mais perigo, ele continuava a dormir assim, pelo simples hábito, como uma efígie num sepulcro.

O celibato não o fizera sentir-se assexuado nem frustrado, como o mundo secular geralmente imagina que seja um sacerdote, mas, em vez disso, forte e pleno. Ele costumava imaginar a si mesmo como um guerreiro num castelo medieval: um herói solitário e intocável, acima da humanidade comum. *Se alguém vem a mim e não odeia seu próprio pai e mãe, mulher, filhos, irmãos, irmãs e até a própria vida, não pode ser meu discípulo.* Não era totalmente ingênuo. Sabia o que era experimentar o desejo, e ser desejado, tanto por mulheres quanto por homens. E ainda assim jamais sucumbira à atração física. Sua glória era sua solidão. Somente quando foi diagnosticado com câncer de próstata que começou a meditar no que teria deixado de aproveitar. Porque, quem era ele agora? Não era mais o cavaleiro em armadura reluzente: apenas mais um velho impotente, não mais heroico do que qualquer paciente mediano num asilo para idosos. Às vezes ele se perguntava qual seria o significado daquilo tudo. A tortura de todas as noites não era mais a da luxúria, e sim a do arrependimento.

No quarto vizinho, soava o ronco do cardeal africano. A fina parede divisória parecia vibrar como uma membrana a cada respiração estertorante. Ele tinha certeza de que era Adeyemi. Ninguém mais poderia fazer tanto barulho, mesmo adormecido. Tentou contar os roncos na esperança de que a série repetitiva acabasse por fazê-lo adormecer. Quando chegou aos quinhentos, desistiu.

Desejou poder abrir as venezianas para deixar entrar um pouco de ar fresco. Sentia-se claustrofóbico. O grande sino de São Pedro parara de bater à meia-noite. Naquele quarto lacrado, as horas escuras da madrugada eram longas e indistintas.

Ele acendeu a lâmpada de cabeceira e leu algumas páginas das *Meditações antes da missa*, de Guardini.

> Se alguém me perguntasse onde principia a vida litúrgica, eu poderia responder: com o aprendizado da calma... Aquela calma cheia de atenção, onde a palavra de Deus pode deitar raízes. Ela deve ser firmada antes do início do serviço litúrgico, se possível no silêncio durante a ida para a igreja, ou, melhor ainda, num breve período de compostura na noite da véspera.

Mas como alcançar tal compostura? Essa era a pergunta para a qual Guardini não oferecia resposta, e, em vez de compostura, à medida que a noite avançava, o ruído na mente de Lomeli tornava-se mais estridente do que o de costume. *A outros salvou, a si mesmo não pode salvar!* — o sarcasmo dos escribas e dos anciãos ao pé da Cruz. O paradoxo no coração dos Evangelhos. O padre que celebra a missa e, no entanto, é incapaz de alcançar a comunhão.

Ele teve o vislumbre de um grande facho de escuridão projetando-se do alto dos céus sobre ele, fervilhante de cacofonias, cheio de vozes de escárnio. Uma divina revelação da dúvida.

A certa altura, em desespero, pegou o *Meditações* de Guardini e o atirou na parede. O livro chocou-se contra ela produzindo um ruído surdo, e o ronco no quarto ao lado cessou por um minuto. Mas logo recomeçou.

Às 6h30, o alarme soou por toda a Casa Santa Marta, com o clangor de um sino de seminário. Lomeli abriu os olhos. Estava encolhido, dormindo de lado. Sentia-se zonzo, despreparado. Não fazia ideia de quanto tempo tinha dormido, apenas que não teriam sido mais do que uma ou duas horas. A súbita lembrança de todas as obrigações do dia passou por ele como uma onda de náusea, e por um instante foi incapaz de fazer qualquer movimento. Normalmente, sua rotina ao despertar era meditar por quinze minutos e depois se levantar e dizer suas preces matinais. Porém, quando por fim conseguiu concentrar toda sua força de vontade e pôr os pés no chão, foi direto para o banheiro e tomou a ducha mais quente que pôde suportar. A água fumegante castigou seus ombros e suas costas. Ele se mexeu e se virou embaixo do jato, soltando exclamações de dor. Depois, limpou a umidade do espelho e examinou com desagrado a pele vermelha e escaldada. *Meu corpo é de barro, minha boa reputação é um vapor, meu fim serão as cinzas.*

Ele se sentia muito tenso para descer e tomar o desjejum na companhia de outros. Ficou no quarto, ensaiando sua homilia e tentando rezar, e só desceu para o térreo no último minuto.

O saguão era um mar vermelho de cardeais trajados para a curta procissão até a Basílica. Os oficiais do Conclave, liderados pelo arcebispo Mandorff e pelo monsenhor O'Malley, tinham recebido permissão para ir à Casa Santa Marta prestar ajuda; o padre Zanetti estava esperando ao pé da escada para ajudar Lomeli a se vestir. Foram para a mesma sala de espera, em frente à capela, onde ele havia conversado com Woźniak na noite anterior. Quando Zanetti perguntou como tinha dormido, ele respondeu: "Dormi profundamente, obrigado", e esperou que o jovem padre não percebesse os círculos escuros embaixo dos seus olhos e o modo como suas mãos tremiam quando lhe entregou o texto do sermão para guardar consigo. Enfiou a cabeça na abertura da grossa casula vermelha que havia sido usada por sucessivos decanos do Colégio dos Cardeais nos últimos vinte anos e estendeu os braços enquanto Zanetti se movia ao seu redor como um alfaiate, puxando aqui, ajustando ali. O manto pesou sobre seus ombros. Ele rezou em silêncio: *Senhor, Vós que dissestes: "Meu jugo é suave e meu fardo é leve", ajudai-me a conduzir o meu de maneira a ser digno da Vossa graça. Amém.*

Zanetti parou diante dele e colocou sobre sua cabeça a alta mitra de seda branca. O padre recuou um passo para ver se estava alinhada corretamente, apertou os olhos, avançou e moveu-a um milímetro, depois deu a volta por trás de Lomeli, puxou os laços e os ajustou. Pareciam preocupantemente frouxos. Por fim, entregou-lhe o báculo. Lomeli ergueu na mão esquerda o cajado de pastor, todo dourado, experimentando-lhe o peso. *Você não é um pastor*, disse uma voz conhecida. *É um administrador.* Sentiu um impulso súbito de devolvê-lo, de rasgar as vestimentas, de confessar a todos que era uma fraude e depois sumir. Sorriu, e assentiu.

— Está tudo ótimo — disse. — Obrigado.

Um pouco antes das dez horas, os cardeais começaram a deixar a Casa Santa Marta, saindo aos pares pelas portas de vidro, por ordem de idade, sendo verificados por O'Malley e sua prancheta. Lomeli, apoiando-se no báculo, esperou com Zanetti e Mandorff junto ao balcão de recepção. A eles tinha se reunido o ajudante de Mandorff, o decano do mestre das Celebrações Litúrgicas Pontifícias, um rubicundo e jovial monsenhor italiano chamado Epifano, que seria seu assistente principal durante a missa. Lomeli não falou com ninguém, não olhou para ninguém. Ainda tentava em vão abrir um espaço para Deus em sua mente. *Trindade Eterna, pretendo pela Vossa graça celebrar uma missa em Vossa glória, e para o benefício de todos, tanto vivos quanto mortos, pelos quais Cristo morreu, e aplicar o fruto deste ministério para a escolha de um novo papa...*

Finalmente foi a sua vez de sair para a manhã branca de novembro. A fila dupla de cardeais trajando escarlate se estendia sobre as pedras do pavimento até o Arco dos Sinos, onde desapareciam no interior da Basílica. Mais uma vez, ouviu-se o helicóptero sobrevoando a área em volta; mais uma vez, o rumor distante das manifestações lhes chegou junto com a brisa fria. Lomeli tentou se isolar dessas distrações, mas era impossível. A cada vinte passos, viam-se agentes de segurança, que curvavam a cabeça à sua passagem, enquanto ele os abençoava. Passou sob o Arco com seus assistentes, cruzou a pequena praça dedicada aos primeiros mártires, atravessou o pórtico da Basílica, as imensas portas de bronze e entrou no recinto brilhantemente iluminado, todo aceso para as câmeras de televisão, e onde uma congregação de vinte mil fiéis estava à espera. Ele ouviu o cântico do coro ressoando embaixo da cúpula e o vasto roçagar da multidão inquieta. A procissão se deteve. Ele manteve os olhos fitos lá na frente, esperando que lhe viesse a calma, consciente da multidão gigantesca que se comprimia à sua volta — freiras e padres, clérigos leigos, todos olhando para ele, sussurrando, sorrindo.

Trindade Eterna, pretendo pela Vossa graça celebrar uma missa em Vossa glória...

Depois de poucos minutos, eles voltaram a caminhar, indo pela aleia central da nave. Olhou para um lado e para o outro, apoiando-se no báculo em sua mão esquerda, fazendo gestos vagos com a direita, enviando bênçãos para o mar de rostos indistintos. Viu-se fugazmente num gigantesco monitor de TV — um vulto ereto, trajando vestimentas elaboradas, sem expressão alguma, andando como se estivesse em transe. *Quem é esse boneco, esse homem oco?* Ele se sentia inteiramente incorpóreo, como se estivesse flutuando em torno da própria imagem.

No fim da aleia, onde a ábside permitia ver toda a cúpula do domo, fizeram uma pausa ao lado da estátua de São Longino, de Bernini, bem perto de onde o coro continuava cantando, e esperaram até que os últimos pares de cardeais subissem os degraus, beijassem o altar e descessem. Somente depois de completada essa complexa coreografia, Lomeli foi liberado para caminhar dando a volta por trás do altar. Inclinou-se ao passar por ele. Epifano adiantou-se, recebeu o báculo e o repassou para um sacristão. Então retirou a mitra da cabeça de Lomeli, dobrou-a e a entregou a um segundo acólito. Pela força do hábito Lomeli ergueu a mão e tocou o solidéu, para se certificar de que continuava no lugar.

Juntos, ele e Epifano subiram os sete largos degraus acarpetados que levavam ao altar. Lomeli curvou-se novamente e beijou a toalha branca. Endireitou-se e arregaçou as mangas da casula como se estivesse indo lavar as mãos. Recebeu o turíbulo fumegante, cheio de brasas e incenso, das mãos de um ajudante, e o fez oscilar como um pêndulo diante do altar — sete vezes daquele lado e, depois, dando a volta, um incensamento isolado diante de cada um dos outros três. A fumaça de cheiro adocicado lhe despertava sentimentos que iam além da memória. De canto de olho, ele viu vultos de trajes escuros conduzindo o seu trono para a posição. Devolveu o turíbulo, fez mais uma reverência e permitiu que o conduzissem até a parte da frente do altar. Um sacristão erguia o missal, aberto na página correta; outro estendia um microfone preso ao pedestal.

Em outros tempos, na juventude, Lomeli tinha desfrutado de uma modesta fama pela riqueza de sua voz de barítono. Porém, ela havia se tornado mais rasa com a idade, como um bom vinho que envelheceu demais. Ele cruzou os dedos das mãos, fechou os olhos por um momento, respirou fundo e entoou, num cantochão oscilante amplificado para toda a Basílica:

— *In nomine Patris et Filii et Spiritus Sancti...*

E da colossal congregação, ergueu-se a resposta num murmúrio melodioso:

— *Amen.*

Ele ergueu as mãos em sinal de bênção e entoou novamente, estendendo as três sílabas até se tornarem seis:

— *Pa-a-x vob-i-is.*

Eles responderam:

— *Et cum spiritu tuo.*

E ele começou.

Depois de tudo, ninguém que assistisse a uma gravação daquela missa seria capaz de imaginar o tumulto íntimo que reinava no seu celebrante, pelo menos não até o momento em que ele deu início a sua homilia. É bem verdade que suas mãos tremeram ocasionalmente durante o Ato de Penitência, mas não mais do que seria de esperar num homem de setenta e cinco anos. É verdade também que, por uma ou duas vezes, ele pareceu não saber ao certo o que se esperava dele em seguida, por exemplo, antes da leitura do Evangelho, quando teria que colocar mais incenso nas brasas do turíbulo. No entanto, em sua maior parte, o seu desempenho foi cheio de segurança. Jacopo Lomeli, da diocese de Gênova, subira aos graus mais altos dos concílios da Igreja Romana pelas qualidades que voltou a demonstrar naquele dia: impassividade, gravidade, calma, dignidade, firmeza.

A primeira leitura foi feita em inglês, por um padre jesuíta americano, que escolheu um trecho do profeta Isaías (*O espírito do Senhor*

Iahweh está sobre mim). A segunda foi proclamada em espanhol por uma mulher proeminente no Movimento dos Focolares, e vinha da Carta de São Paulo aos Efésios, descrevendo como Deus criou a Igreja (*cujo Corpo, em sua inteireza, bem ajustado e unido por meio de toda junta e ligadura, realiza o seu crescimento para sua própria edificação no amor*). Sua voz era monótona. Lomeli sentou-se no trono e tentou concentrar-se traduzindo mentalmente as palavras que lhe eram tão familiares.

E ele é que concedeu a uns ser apóstolos, a outros profetas, a outros evangelistas, a outros pastores e doutores...

Diante dele, em semicírculo, espalhava-se o Colégio dos Cardeais por inteiro: suas duas metades — aqueles indicados para participar do Conclave e aqueles, mais ou menos na mesma quantidade, com mais de oitenta anos e, portanto, não mais autorizados a votar. (O papa Paulo VI havia introduzido o limite de idade cinquenta anos antes, e a renovação constante aumentara consideravelmente o poder do Santo Padre de formatar o Conclave à sua própria imagem.) Como era amargo o ressentimento daqueles indivíduos decrépitos pela perda do poder! Como tinham inveja dos colegas mais jovens! Ele quase podia ler isso em suas fisionomias, dali de onde estava sentado.

... para aperfeiçoar os santos em vista do ministério, para a edificação do Corpo de Cristo...

Os olhos dele passearam ao longo das quatro fileiras de assentos, bem separadas entre si. Rostos astutos, rostos entediados, rostos inundados de êxtase religioso; havia um cardeal adormecido. Sua aparência era a que ele atribuía, em sua imaginação, aos senadores vestidos de toga da Roma antiga nos dias da velha república. Aqui e ali ele assinalava a presença dos concorrentes mais fortes — Bellini, Tedesco, Adeyemi, Tremblay — sentados bem distantes uns dos outros, cada um preocupado com seus próprios pensamentos, e ocorreu-lhe o quanto o Conclave era um instrumento imperfeito, arbitrário, feito pelo homem. Não tinha nenhuma base, absolutamente, nas Sagradas Escrituras. Não havia nada em São Paulo dizendo que Deus havia criado cardeais. Onde será que eles se encaixavam na imagem de São Paulo sobre Sua Igreja como um corpo vivo?

... para aperfeiçoar os santos em vista do ministério, para a edificação do Corpo de Cristo..., cujo corpo em sua inteireza, bem ajustado e unido por meio de toda junta e ligadura, com a operação harmoniosa de cada uma das suas partes, realiza o seu crescimento para a sua própria edificação no amor...

A leitura se encerrou. O Evangelho foi aplaudido. Lomeli continuou sentado imóvel no seu trono. Tinha a sensação de haver captado o vislumbre de uma revelação, mas não sabia ao certo o que tinha sido. O turíbulo fumegante foi trazido à sua frente, junto com um pratinho de incenso e uma pequena concha de prata. Epifano teve que guiá-lo, conduzindo sua mão enquanto espargia o incenso sobre as brasas. Depois que o incenso foi levado, Epifano fez um gesto pedindo-lhe para ficar de pé e, quando ergueu os braços para remover a mitra, olhou com ansiedade para o seu rosto e sussurrou:

— Sente-se bem, Eminência?

— Sim, sim, estou bem.

— Está quase no momento da sua homilia.

— Entendi.

Fez um esforço para recompor a postura durante o cântico do Evangelho de São João (... *mas fui eu que vos escolhi e vos designei para irdes e produzirdes fruto...*). E logo a parte dos Evangelhos estava encerrada. Epifano recebeu o seu báculo. Era o momento em que ele devia se sentar enquanto sua mitra era recolocada. Porém, ele se esqueceu, e isso fez com que Epifano, que tinha braços curtos, tivesse que se esticar desajeitadamente para colocá-la de volta em sua cabeça. Um sacristão lhe entregou as páginas do texto, costuradas umas às outras com uma fita vermelha, no canto superior esquerdo. O microfone foi trazido à sua frente. Os acólitos recuaram.

De repente ele estava fitando os olhos sem vida das câmeras de televisão e a vasta magnitude da congregação, imensa demais para ser captada, meio que dividida em blocos de cores diferentes: o negro das freiras e dos leigos à distância, perto das portas de bronze; o branco dos padres na altura da metade da nave; o roxo dos bispos no topo; o escarlate dos cardeais aos seus pés, já embaixo da cúpula. Um silêncio de expectativa desceu sobre a Basílica.

Baixou os olhos para o texto. Tinha repassado tudo durante horas naquela manhã, mas agora aquilo lhe parecia inteiramente estranho. Olhou as linhas até estar consciente de uma certa agitação de desconforto à sua volta e percebeu que precisava começar logo.

— Caros irmãos e irmãs em Cristo...

De início, foi lendo automaticamente.

— Neste momento de grande responsabilidade na história da Santa Igreja de Cristo...

As palavras saíam da sua boca, projetavam-se no nada, e pareciam expirar a meio caminho ao longo da nave e caírem mortas do ar. Somente quando ele mencionou o falecido Santo Padre, "cujo brilhante pontificado foi uma graça de Deus", houve um crescendo gradual de aplauso que principiou entre os leigos na extremidade da Basílica e veio rolando em direção ao altar até ser incorporado, com um pouco menos de entusiasmo, pelos cardeais. Ele precisou fazer uma pausa até que o aplauso cessasse.

— Agora, temos que pedir ao Senhor que nos envie um novo Santo Padre, através da solicitude pastoral dos cardeais, e nesta hora devemos nos lembrar antes de tudo da fé e da promessa de Jesus Cristo, quando disse àquele que ele escolheu: "Tu és Pedro, e sobre esta pedra edificarei minha Igreja, e as portas do Hades nunca prevalecerão contra ela. Eu te darei as chaves do Reino dos Céus".

"E até este dia o símbolo autêntico da autoridade papal continua a ser um par de chaves. A quem estas chaves devem ser confiadas? Elas são a mais solene e a mais sagrada das responsabilidades que qualquer um de nós pode ser chamado a exercer durante nossa vida inteira, e devemos orar ao Senhor pedindo a amorosa ajuda que ele sempre reserva para sua Santa Igreja, e pedir-lhe que nos oriente no rumo da escolha certa."

Lomeli virou a página seguinte e correu os olhos por ela com brevidade. Trivialidades atrás de trivialidades, caprichosamente entrelaçadas. Uma rápida olhada na terceira página, na quarta. Não eram nada melhores. Num impulso, ele se virou e colocou o texto da homilia no assento do trono, e voltou o rosto novamente para o microfone.

— Mas vocês já sabem disso tudo. — Alguns riram. Logo abaixo de onde estava, pôde ver alguns cardeais virando-se uns para os outros, alarmados. — Deixem-me dizer o que tenho no coração, só por um momento. — Ele fez uma nova pausa para coordenar as ideias. Sentia-se completamente calmo.

"Cerca de trinta anos depois que Jesus confiou as chaves da Sua Igreja a são Pedro, são Paulo o apóstolo veio aqui para Roma. Ele tinha estado pregando por todo o Mediterrâneo, lançando as fundações da nossa Igreja Mãe, e quando veio para esta cidade, foi jogado na prisão, porque as autoridades o temiam — do ponto de vista delas, ele era um revolucionário. E como um revolucionário, ele prosseguiu em seu trabalho, mesmo dentro de uma cela, e em 62 ou 63, ele enviou um dos seus ministros, Tíquico, de volta a Éfeso, onde ele vivera durante três anos, para entregar aquela extraordinária epístola aos fiéis, uma parte da qual acabamos de ouvir.

"Repassemos o que acabamos de escutar. Paulo diz aos efésios — que eram, lembremos, uma mistura de gentios e de judeus — que o dom de Deus para a Igreja é a sua variedade: alguns são criados por Ele para serem apóstolos, outros para serem profetas, outros evangelistas, outros pastores e outros doutores, e eles todos juntos criam uma unidade nos trabalhos a seu serviço 'para a edificação do corpo do Cristo...'. Eles *criam uma unidade no trabalho a seu serviço*. São pessoas diferentes — e podemos supor que são pessoas fortes, com personalidades de peso, que não temem as perseguições — servindo cada um ao seu diferente modo a Igreja: é o trabalho a seu serviço que os reúne e que cria a Igreja. Deus poderia, afinal de contas, ter produzido um único arquétipo para servi-lo. Em vez disso, ele criou o que um naturalista poderia chamar de um ecossistema de místicos, sonhadores e construtores de obras práticas, até mesmo administradores, com diferentes forças e diferentes impulsos, e disso tudo ele compõe o corpo de Cristo."

A Basílica estava em absoluta imobilidade, com exceção de um operador de câmera solitário, que percorria a base do altar, filmando-o. A mente de Lomeli estava totalmente concentrada. Ele nunca tinha estado mais seguro daquilo que queria dizer.

— Na segunda parte das nossas leituras, ouvimos Paulo reforçando esta imagem de Cristo como um corpo vivo. "Mas, seguindo a verdade em amor, cresceremos em tudo em direção àquele que é a Cabeça, Cristo, cujo corpo em sua inteireza, bem ajustado e unido por meio de toda junta e ligadura, com a operação harmoniosa de cada uma das suas partes, realiza o seu crescimento para a sua própria edificação no amor..." Mãos são mãos, assim como pés são apenas pés, e eles servem ao Senhor de maneiras diferentes. Em outras palavras, não devemos temer a diversidade, porque é essa variedade que confere ao nosso Cristo a sua força. E em seguida, diz Paulo, quando tivermos alcançado a completude na verdade e no amor, "não seremos mais crianças, joguetes das ondas, agitados por todo vento de doutrina, presos pela artimanha dos homens e da sua astúcia que nos induz ao erro".

"Eu considero esta ideia do corpo e da cabeça uma bela metáfora para a sabedoria coletiva: a de uma comunidade religiosa trabalhando em conjunto para crescer em Cristo. Para trabalharmos juntos, e crescermos juntos, temos que ser tolerantes, porque todos os membros do corpo são necessários. Nenhuma pessoa ou nenhuma facção deve procurar submeter as demais. 'Sede submissos uns aos outros no temor de Cristo', é o que Paulo exorta aos fiéis em outra parte da mesma Epístola.

"Meus irmãos e minhas irmãs, no transcurso de uma longa vida a serviço de nossa Igreja Mãe, deixem-me dizer-lhes que o pecado que vim a temer mais do que todos foi a certeza. A certeza é o grande inimigo da união. A certeza é o inimigo mortal da tolerância. Mesmo Cristo não tinha certeza quando chegou seu fim. '*Eli, Eli, lamu sabachtani?*' Isso foi o que ele gritou em sua agonia, na nona hora da Cruz. 'Meu Deus, meu Deus, por que me abandonaste?' Nossa fé é uma coisa viva precisamente *porque* ela caminha de mãos dadas com a dúvida. Se existisse apenas a certeza, e não houvesse dúvida alguma, não haveria o mistério, e, em consequência, não haveria a necessidade da fé.

"Oremos para que o Senhor nos conceda um papa que tenha dúvidas, e que pelas suas dúvidas continue a fazer da fé católica uma coisa viva capaz de inspirar o mundo inteiro. Oremos para que ele nos conceda um papa capaz de pecar, e de pedir perdão, e de seguir em frente. É isso que pedimos ao Senhor, através da intercessão de Maria, a mais santa, Rainha dos Apóstolos, e de todos os mártires e santos, que ao longo do curso da História tornaram esta Igreja de Roma gloriosa através dos tempos. Amém."

Ele recolheu do assento do trono a homilia não lida e a entregou a monsenhor Epifano, que a recebeu de suas mãos com um olhar desconcertado, como se não soubesse ao certo o que fazer com ela. Não tinha sido lida, então deveria ir ou não para o Arquivo do Vaticano? Depois, Lomeli se sentou. Por tradição, seguia-se agora um silêncio de um minuto e meio para que o sentido do sermão pudesse ser absorvido. Apenas uma tosse ocasional perturbou aquele imenso recolhimento. Lomeli não era capaz de medir a reação geral. Talvez estivessem todos em estado de choque. Se estivessem, então que fosse assim. Ele sentia-se mais próximo de Deus agora do que tinha se sentido por muitos meses — talvez mais próximo do que tinha se sentido antes em toda sua vida. Fechou os olhos e rezou: *Ó Senhor, espero que minhas palavras tenham servido ao Vosso propósito, e agradeço a Vós por terdes me concedido a coragem de dizer o que estava em meu coração, e a força física e mental para fazê-lo.*

Quando terminou o período de reflexão, um sacristão trouxe o microfone novamente e Lomeli ergueu-se e cantou a primeira linha do Credo — "*Credo in unum deum*". Sua voz estava mais firme do que antes. Sentiu um grande influxo de energia espiritual, e esse poder permaneceu com ele, de modo que em cada estágio da Eucaristia que se seguiu ele teve consciência da presença do Espírito Santo. Aquelas longas passagens cantadas em latim, uma perspectiva que o enchia de ansiedade — a Oração Universal, o Canto de Ofertório, o Prefácio, o Sanctus, a Oração Eucarística e o Rito da Comunhão —, cada palavra e cada nota delas lhe pareceram vivas pela presença do Cristo. Desceu até a nave para oferecer a Comunhão a um grupo selecionado de membros da congregação, enquanto, à sua volta e por trás dele, os cardeais se enfileiravam para subir até o altar. Até quando estava pousando as hóstias sobre as línguas dos comungantes, ele meio que percebia os olhares que seus colegas lhe lançavam. Percebia que estavam atônitos. Lomeli — o suave, o confiável, o competente Lomeli; Lomeli o advogado; Lomeli o diplomata — acabava de fazer algo que nenhum deles jamais teria esperado. Tinha dito algo provocativo. E ele mesmo jamais imaginaria ser capaz daquilo.

Às 11h52, ele entoou os Ritos de Conclusão, "*Benedicat vos omnipotens Deus*", e fez o sinal da cruz três vezes, para o norte, para o leste e para o sul: "*Pater... et Filius... et Spiritus Sanctus*".
— Amen.
— Ide, a missa terminou.
— Graças ao Senhor.
Ele permaneceu junto ao altar com as mãos cruzadas sobre o peito enquanto o coro e a congregação cantavam a *Antiphona mariana*. Enquanto os cardeais desfilavam em pares retirando-se pela nave e saindo da Basílica, ele os examinava sem emoção. Sabia não ser o único a pensar que, na próxima vez que voltassem ali, um deles seria papa.

6. Capela Sistina

Lomeli e seus ajudantes chegaram de volta à Casa Santa Marta alguns minutos depois do restante dos cardeais. Estavam todos retirando suas vestimentas no saguão, e quase no mesmo instante ele sentiu uma mudança na atitude de todos para com ele. De início, ninguém se aproximou para lhe falar, e quando ele entregou o báculo e a mitra a Zanetti, notou que o jovem padre evitou seu olhar. Mesmo o monsenhor O'Malley, que se ofereceu para ajudá-lo a ver-se livre da casula, parecia reticente. Lomeli esperava que ele pelo menos fizesse uma das suas piadas cheias de familiaridade, mas, em vez disso, ele perguntou:

— Vossa Eminência gostaria de orar enquanto são retiradas as vestimentas?

— Acho que já orei o bastante por esta manhã, Ray, você não concorda?

Ele se limitou a abaixar a cabeça e deixar que a casula fosse retirada. Era um alívio tirar aquele peso dos ombros. Ele girou o pescoço algumas vezes, para relaxar a tensão dos músculos. Alisou o cabelo e certificou-se de que o solidéu estava na posição correta antes de virar-se e olhar para o saguão. O cronograma concedia aos cardeais um longo intervalo dedicado ao almoço, duas horas e meia em que poderiam fazer o que quisessem, antes que uma frota de seis micro-ônibus chegasse à Casa Santa Marta para conduzi-los ao local da votação. Alguns já estavam se encaminhando para os andares superiores, para descansar e meditar no quarto.

O'Malley disse:

— A Sala de Imprensa esteve ligando.

— É mesmo?

— Os jornalistas perceberam a presença de um cardeal cujo nome não aparece em nenhuma das listas oficiais. Alguns dos mais bem informados já o identificaram como o arcebispo Benítez. A Sala quer saber de que modo deve abordar o caso.

— Diga-lhes que confirmem a informação, e que expliquem as circunstâncias. — Ele podia avistar Benítez de pé próximo ao balcão de recepção, conversando com os outros dois cardeais das Filipinas. Usava o solidéu num ângulo meio oblíquo, como o boné de um estudante. — Suponho que precisamos também fornecer a eles alguns detalhes biográficos. Você certamente tem acesso ao arquivo dele na Congregação para os Bispos, não?

— Sim, Eminência.

— Pode preparar um documento para eles, e depois deixar uma das cópias comigo? Eu mesmo gostaria de saber um pouco mais a respeito do nosso novo colega.

— Sim, Eminência. — O'Malley estava rabiscando na sua prancheta. — Outra coisa. A Sala de Imprensa gostaria de divulgar o texto da sua homilia.

— Receio que eu não tenha cópia dele.

— Não há problemas. Podemos fazer uma transcrição a partir da gravação. — Ele rabiscou outra anotação.

Lomeli ainda estava à espera de algum comentário dele sobre o seu sermão. Perguntou:

— Há mais alguma coisa que queira me dizer?

— Acho que isso é tudo que tenho para incomodá-lo agora, Eminência. Mais alguma instrução?

— Na verdade, tenho mais uma coisa. — Lomeli hesitou. — Um assunto delicado. Conhece monsenhor Morales? Ele trabalhava no escritório do falecido Santo Padre.

— Não o conheço pessoalmente, mas tenho referências sobre ele.

— Existe alguma possibilidade de que você possa ter uma conversa com ele, confidencialmente? Isso precisa ser hoje. Tenho certeza de que ele se encontra em Roma.

— *Hoje?* Não vai ser fácil, Eminência.

— Sim, eu sei. Sinto muito. Talvez você possa fazer isso enquanto estamos ocupados com a votação. — Ele abaixou a voz para que nenhum dos cardeais que trocavam de vestimenta ao redor deles pudesse ouvir. — Use a minha autoridade. Diga-lhe que, como decano, preciso saber o que aconteceu na última audiência ocorrida entre o Santo Padre e o cardeal Tremblay. Aconteceu alguma coisa que pudesse impedir o cardeal Tremblay de assumir o papado? — O'Malley, geralmente imperturbável, o encarou de boca aberta. — Peço desculpas por encarregá-lo de uma missão tão constrangedora. Evidentemente, eu mesmo cuidaria disso, mas agora estou oficialmente proibido de manter contato com quem estiver fora do Conclave. Não preciso lhe dizer que não deve sequer pensar em comentar isso com quem quer que seja.

— Claro que não.

— Deus o abençoe. — Deu um tapinha no braço de O'Malley. Não conseguia reprimir por mais tempo sua curiosidade. — Vamos, Ray, percebi que você não comentou nada a respeito da minha homilia. Em geral você não é tão diplomático. Será que me saí assim tão mal?

— Longe disso, Eminência. Falou extremamente bem, embora eu ache que muitas sobrancelhas se ergueram pelo lado da Congregação para a Doutrina da Fé. Mas diga-me: foi realmente de improviso?

— Para ser sincero, sim. — Ele ficou levemente desapontado pela implicação de que a sua atitude espontânea pudesse ter sido vista como uma encenação.

— Pergunto apenas porque o senhor pode acabar descobrindo que ela teve um efeito considerável.

— Bem... um efeito positivo, certamente?

— Com toda certeza. Embora eu tenha ouvido murmúrios de que Vossa Eminência está tentando indicar o novo papa.

A primeira reação de Lomeli foi dar uma gargalhada.

— Não está falando sério!

Até aquele momento, não lhe ocorrera que suas palavras podiam ser interpretadas como uma tentativa de manipular os votos nesta ou naquela direção. Ele dissera simplesmente aquilo que lhe tinha sido inspirado pelo Espírito Santo. Infelizmente, não conseguia lembrar agora as palavras exatas que empregara. Era esse o perigo de falar sem um texto pronto, e era por isso que ele nunca o fizera antes.

— Estou apenas relatando o que ouvi, Eminência.

— Mas isso é absurdo! O que foi que defendi? Três coisas, apenas. União. Tolerância. Humildade. Será que há colegas agora lutando por um papa que seja cismático, intolerante e arrogante? — O'Malley abaixou a cabeça em sinal de deferência, e Lomeli percebeu que tinha erguido demais a voz. Alguns cardeais próximos haviam se voltado para olhar para ele. — Desculpe-me, Ray. E dê-me licença; vou subir para o meu quarto durante uma hora. Estou me sentindo bastante esgotado.

Tudo que ele desejava naquela competição era permanecer neutro. Neutralidade havia sido o leitmotiv em toda sua carreira. Quando os tradicionalistas assumiram o controle da Congregação para a Doutrina da Fé nos anos 1990, ele manteve a cabeça abaixada e prosseguiu em seu trabalho como núncio papal nos Estados Unidos. Vinte anos depois, quando o falecido Santo Padre decidiu livrar-se da velha guarda e lhe pediu o posto de secretário de Estado, ele ainda assim o serviu fielmente no papel inferior de Decano. *Servus fidelis*: tudo que importava era a Igreja. Ele dissera naquela manhã o que de fato pensava. Tinha visto em primeira mão o prejuízo que podia ser causado pela certeza inflexível em matéria de fé.

Agora, no entanto, enquanto se dirigia para o elevador, ele descobriu para seu desalento que, embora estivesse recebendo de alguns um reconhecimento amistoso — um ou outro tapinha nas costas, alguns sorrisos —, tudo vinha inteiramente da ala liberal. Um número equivalente de cardeais assinalados em seus arquivos como tradicionalistas franziam a testa ou davam-lhe as costas. O arcebispo Dell'Acqua, de Bolonha, que estava na mesa de Bellini na noite da véspera, o saudou, alto o bastante para toda a recepção ouvi-lo: "Muito bem dito, decano!". Porém, o cardeal Gambino, arcebispo de Perúgia, um dos mais ferrenhos apoiadores de Tedesco, ostensivamente balançou o dedo para ele, numa silenciosa reprovação. Para completar, quando as portas do elevador se abriram, ali estava Tedesco em pessoa, com o rosto afogueado e sem dúvida a caminho de um almoço antecipado, na companhia do arcebispo emérito de Chicago, Paul Krasinski, que se apoiava numa bengala. Lomeli deu um passo de lado para lhes dar passagem.

Ao cruzar com ele, Tedesco falou, com secura:

— Meu Deus, aquela foi uma nova interpretação dos Efésios, decano. Retratar São Paulo como um apóstolo da dúvida! Nunca tinha ouvido falar nisso antes. — Ele deu meia-volta, decidido a iniciar uma discussão. — Não foi ele quem também escreveu, aos coríntios: "E, se a trombeta emitir um som confuso, quem se preparará para a guerra?".

Lomeli, dentro da cabine, apertou o botão do segundo andar e disse:

— Talvez lhe fosse mais palatável se tivesse sido dito em latim, patriarca?

As portas se fecharam, cortando ao meio a resposta de Tedesco.

Ele estava na metade do corredor quando constatou que tinha batido a porta do quarto deixando a chave do lado de dentro. Sentiu brotar em si uma autocomiseração infantil. O padre Zanetti não poderia estar cuidando melhor das coisas dele? Será que ele próprio tinha que pensar em tudo? Não havia nada a fazer senão dar meia-volta, descer as escadas e explicar sua distração à freira no balcão de recepção. Ela desapareceu no escritório dos fundos e voltou em companhia da irmã Agnes, das Filhas da Caridade de São Vicente de Paulo, uma francesa minúscula na casa dos sessenta. Seu rosto era fino e delicado, seus olhos de um azul cristalino. Um dos seus remotos antepassados aristocráticos havia sido membro da Ordem durante a Revolução Francesa, guilhotinado em plena praça por se recusar a jurar lealdade ao novo regime. A irmã Agnes tinha a reputação de ser a única pessoa capaz de causar medo no falecido Santo Padre, e, por esse motivo, ele frequentemente buscava sua companhia. "Agnes", dizia ele, "sempre me dirá a verdade."

Depois que Lomeli repetiu seu pedido de desculpas, ela deu uns estalidos com a língua e lhe estendeu a chave-mestra.

— Só posso lhe dizer, Eminência, é que espero que cuide melhor das Chaves de São Pedro do que cuida das chaves do seu quarto.

Àquela altura, a maioria dos cardeais já havia se retirado do saguão rumo aos seus quartos para um pouco de descanso, ou para almoçar no salão. Diferentemente do jantar, o almoço era ao estilo self-service. O ruído dos pratos e dos talheres, o cheiro de comida quente, o zum-zum-zum agradável das conversas — tudo aquilo era uma tentação para Lomeli. Porém, olhando a fila, ele deduziu que seu sermão estaria sendo o tópico principal das conversas. Seria melhor deixar que o sermão falasse por si só.

Na curva da escada, ele encontrou Bellini, que descia. Estava sozinho, e ao passar por Lomeli, parou no mesmo degrau e disse, em voz baixa:

— Não sabia que você era tão ambicioso.

Por um instante, Lomeli não teve certeza de ter ouvido direito.

— Que coisa extraordinária para dizer!

— Não quis ofendê-lo, mas há de concordar que você... Como posso exprimir? "Emergiu das sombras", seria essa a expressão?

— E como, para ser preciso, alguém pode permanecer nas sombras se tem que celebrar uma missa televisionada na Basílica de São Pedro durante duas horas?

— Ora, agora está sendo dissimulado, Jacopo. — A boca de Bellini se retorceu num sorriso medonho. — Sabe muito bem do que estou falando. E pensar que há pouco tempo você estava pensando em renunciar! Mas agora?... — Ele encolheu os ombros e o sorriso voltou. — Quem sabe o rumo que as coisas podem tomar?

Lomeli foi tomado de uma fraqueza, como se experimentasse um acesso de vertigem.

— Aldo, esta conversa está sendo muito estressante para mim. Você realmente não acredita que eu tenho o mais leve desejo, ou a chance mais remota, de ser eleito papa, acredita?

— Meu querido amigo, todos os homens neste edifício têm essa chance, pelo menos em teoria. E todo cardeal já fantasiou, mesmo que não passasse disso, que um dia poderia ser eleito, e já imaginou o nome pelo qual gostaria que seu papado fosse conhecido.

— Bem, *eu* jamais...

— Negue, se quiser, mas dê-se ao trabalho de buscar em seu coração e depois me diga se não estou certo. E agora, se me dá licença, prometi ao arcebispo de Milão que desceria para o salão e tentaria conversar com alguns dos nossos colegas.

Depois que ele se foi, Lomeli ficou imóvel no meio da escada. Bellini estava evidentemente sob o mais terrível estresse, de outro modo não teria se dirigido a ele naqueles termos. Porém, quando chegou ao quarto, trancou-se lá dentro e deitou na cama com a esperança de descansar um pouco, descobriu que não conseguia afastar da mente aquela acusação. Será que havia mesmo, no mais profundo da sua alma, um demônio ambicioso cuja existência ele se negara a aceitar durante todos aqueles anos? Tentou fazer um exame honesto da própria consciência e, no final, sua conclusão foi de que Bellini estava errado, até onde ele era capaz de dizer.

E então outra possibilidade lhe ocorreu — uma que, por mais absurda que fosse, era muito mais alarmante. Ele quase tinha medo de pensar naquilo.

E se Deus tivesse planos para ele? Isso não explicaria por que ele havia sido arrebatado por aquele impulso extraordinário, na basílica? Aquelas poucas frases, que ele agora tinha tanta dificuldade de lembrar, não teriam sido na verdade uma manifestação do Espírito Santo através dele?

Tentou rezar, mas Deus, que tinha estado tão próximo alguns minutos atrás, sumira de novo, e seus pedidos de orientação também pareceram desaparecer no éter.

Era um pouco antes das duas da tarde quando Lomeli finalmente conseguiu se levantar da cama. Despiu-se até ficar apenas com a roupa de baixo e as meias, abriu o armário e dispôs sobre a colcha os vários elementos de seu hábito eclesiástico. Cada item, ao ser removido do seu invólucro de celofane, exalava aquele doce aroma químico do fluido da lavagem a seco — um cheiro que sempre lhe trazia à memória seus anos na residência de núncio papal em Nova York, quando todo o seu serviço de lavanderia era feito na East 72nd Street. Por um instante, fechou os olhos e voltou a ouvir o ruído incessante e remoto das buzinas no trânsito de Manhattan.

Cada uma daquelas peças de roupa tinha sido feita sob medida pela Gammarelli, a alfaiataria papal desde 1798, em sua famosa loja atrás do Panteão, e ele vestiu-se devagar, meditando sobre a natureza sagrada de cada peça do vestuário, num esforço para intensificar sua vigilância espiritual.

Enfiou os braços na batina de lã escarlate, e abotoou os trinta e três botões que desciam do pescoço aos tornozelos — um botão para cada ano da vida de Cristo. Em volta da cintura, amarrou a faixa larga de seda vermelha, ou *fascia*, projetada para fazê-lo se lembrar do seu voto de castidade, e cuidou para que a sua extremidade debruada ficasse pendendo à altura da metade da coxa esquerda. Depois puxou por sobre a cabeça o roquete de linho branco, o símbolo, juntamente com a mozeta, de sua autoridade judicial. Os dois terços inferiores e os punhos eram de renda branca com uma estampa floral. Prendeu as fitas numa laçada no pescoço, e puxou o roquete para baixo para que descesse até pouco abaixo dos joelhos. Finalmente, pôs a mozeta, uma capa escarlate, de nove botões, com mangas até os cotovelos.

Foi buscar sua cruz peitoral que estava na mesa de cabeceira e a beijou. João Paulo II o tinha presenteado pessoalmente com ela, para comemorar sua chamada de volta ao Vaticano, quando estava em Nova York, para servir como secretário para as Relações com os Estados. Àquela altura, o mal de Parkinson do papa estava terrivelmente avançado; suas mãos se agitavam tanto quando tentou lhe entregar a cruz, que acabou soltando-a no chão. Lomeli retirou a corrente de ouro da cruz e a substituiu por um cordão de seda vermelha e dourada. Murmurou a prece habitual para pedir proteção (*Munire digneris me...*) e pendurou a cruz ao pescoço, deixando-a perto do coração. Depois, sentou-se na beira da cama e enfiou os pés num par de sapatos de couro negro, bastante usados, e amarrou os cadarços. Somente um item restava: o barrete de seda escarlate, que ele pôs por cima do solidéu.

Atrás da porta do banheiro, havia um espelho de corpo inteiro. Ele acendeu a luz, que piscava um pouco, e se examinou no clarão azulado: primeiro a frente, depois o lado esquerdo, depois o direito. Seu perfil tinha se tornado mais adunco com a idade. Ele se achou parecido com um pássaro velho em plena muda de plumagem. A irmã Angélica, que cuidava da sua casa, vivia lhe dizendo que estava muito magro, que deveria comer mais. Em seu apartamento, ainda estavam penduradas roupas que ele vestira quando era um jovem padre, mais de quarenta anos antes, e que ainda se ajustavam nele com perfeição. Passou as mãos sobre o estômago. Estava com fome. Tinha perdido tanto o café da manhã quanto o almoço. Que seja, pensou. As pontadas de fome lhe serviriam como uma útil mortificação da carne, e uma lembrança constante, durante a primeira rodada de votação, da agonia muito maior que foi o sacrifício de Cristo.

* * *

Às 14h30 os cardeais começaram a embarcar na frota de micro-ônibus que durante a tarde tinha vindo se enfileirar sob a chuva, do lado de fora da Casa Santa Marta.

A atmosfera se tornara muito mais sombria desde a hora do almoço. Lomeli lembrava que tinha sido exatamente assim no último Conclave. Era somente no momento da votação que cada um sentia o peso total da responsabilidade. Apenas Tedesco parecia imune. Estava encostado numa coluna, cantarolando baixinho e sorrindo para todos os que passavam. Lomeli imaginou o que teria acontecido para melhorar tanto o seu humor. Talvez ele estivesse usando alguma tática para desconcertar seus oponentes. Com o patriarca de Veneza, qualquer coisa era possível. Isso o deixava inquieto.

Monsenhor O'Malley, no seu cargo de secretário do Colégio, estava no centro do saguão, de prancheta em punho. Chamava os nomes em voz alta, como o guia de um grupo de turistas. Os cardeais faziam fila e subiam nos ônibus em silêncio, em ordem inversa de antiguidade: primeiro os cardeais da Cúria, que compunham a ordem dos Decanos; depois os cardeais-padres, que incluíam, em sua maior parte, os arcebispos de todo o mundo; e finalmente os cardeais-bispos, grupo do qual Lomeli fazia parte e que incluía os três patriarcas do Oriente.

Lomeli, como decano, foi o último a deixar a Casa, imediatamente depois de Bellini. Seus olhos se cruzaram brevemente quando ergueram a vestimenta para subir no ônibus, mas Lomeli não tentou lhe dirigir a palavra. Ele percebeu que a mente de Bellini se elevara a um plano mais alto e não mais registrava, como fazia a de Lomeli, todos aqueles detalhes triviais que impediam a presença plena de Deus: a mancha na nuca do motorista, ou os riscos produzidos pelos limpadores de para-brisa, ou aqueles vincos horríveis na mozeta do patriarca de Alexandria...

Ele se encaminhou para um assento do lado direito, na metade do ônibus, afastado dos outros. Tirou seu barrete e o colocou no colo. O'Malley ia sentado ao lado do motorista. Ele se virou para conferir se estavam todos a bordo. As portas se fecharam com um chiado de ar comprimido e o veículo se pôs em movimento. Os pneus martelavam as pedras da praça.

Rajadas de chuva, impelidas pelo movimento do ônibus, corriam diagonalmente pelo vidro grosso, impedindo a visão da Basílica. Pelas janelas do lado oposto, Lomeli podia ver agentes de segurança com guarda-chuvas patrulhando os jardins do Vaticano. O veículo passou devagar em torno da Via delle Fondamenta, passou por baixo de uma arcada e então se deteve na Cortile della Sentinella. Através do para-brisa embaçado, as luzes traseiras dos ônibus estacionados adiante tinham um brilho vermelho como o de velas votivas. Oficiais da Guarda Suíça abrigavam-se em sua guarita, com as plumas dos capacetes molhadas de chuva. O ônibus foi avançando pouco a pouco até os dois pátios seguintes e fez uma curva brusca à direita na Cortile del Maresciallo, parando bem em frente à entrada que dava para a escadaria. Lomeli ficou satisfeito ao ver que os depósitos de lixo tinham sido removidos. Depois, irritou-se por essa sensação — era mais um detalhe trivial que interrompia sua meditação. A porta do ônibus se abriu, deixando entrar uma rajada de ar frio e úmido. Ele recolocou o barrete. Quando desceu, dois outros membros da Guarda Suíça o saudaram. Instintivamente, ele olhou para cima, e viu para além da alta fachada de tijolos uma faixa estreita de céu cinzento. Sentiu o chuvisco caindo sobre o rosto. Por um instante teve a imagem mental incongruente de um prisioneiro num pátio de exercícios, e depois cruzou a porta e começou a subir a longa escadaria de mármore cinzento que conduzia à Capela Sistina.

De acordo com a Constituição Apostólica, o Conclave deveria primeiro se reunir na Capela Paulina, ao lado da Sistina, "a uma hora conveniente após o meio-dia". A Paulina era a capela privada do Santo Padre, pesadamente coberta de mármore, mais sombria e mais aconchegante do que a Sistina. Quando Lomeli finalmente entrou, os cardeais já estavam sentados em seus bancos e as luzes da televisão já tinham sido ligadas. Monsenhor Epifano estava à espera junto à porta, segurando a estola de seda escarlate do decano, e a colocou cuidadosamente em volta do pescoço de Lomeli. Juntos, os dois caminharam para o altar, passando pelos afrescos de Michelangelo tendo como temas São Pedro e São Paulo. Pedro, ao lado direito da aleia, era retratado em sua crucificação de cabeça para baixo. Sua cabeça estava torcida de tal maneira que parecia encarar com uma acusação feroz quem quer que tivesse a temeridade de contemplá-lo. Lomeli continuou sentindo aqueles olhos ardentes sobre suas costas durante todo o trajeto até os degraus do altar.

Ao microfone, ele se virou para encarar os cardeais. Ficaram todos de pé. Epifano ergueu à sua frente o fino volume contendo os ritos estipulados, aberto na seção 2, "A abordagem do Conclave". Lomeli fez o sinal da cruz.

— *In nomine Patris et Filii et Spiritus Sancti...*
— *Amen.*
— Veneráveis irmãos do Colégio, tendo completado os atos sagrados esta manhã, agora adentramos o Conclave a fim de eleger o novo papa...

Sua voz amplificada enchia a pequena capela. Porém, ao contrário da grande missa na Basílica, dessa vez ele não sentia emoção, nem alguma presença espiritual. As palavras eram palavras apenas: um encantamento sem magia.

— A Igreja inteira, que se junta a nós numa prece comum, pede a graça imediata do Espírito Santo para que um pastor digno do rebanho inteiro de Cristo possa ser eleito dentre nós.

"Que o Senhor dirija nossos passos no caminho da verdade, para que, com a intercessão da Bendita Virgem Maria, os santos Pedro e Paulo e todos os santos, possamos agir de uma forma que lhes traga satisfação."

Epifano fechou o livro e o retirou. A cruz processional à porta foi erguida por um membro do trio de mestres de cerimônias, enquanto os outros dois erguiam velas acesas, e o coro começou a encher a capela, cantando a ladainha dos santos. Lomeli ficou de frente para o Conclave com as mãos cruzadas, os olhos cerrados, a cabeça inclinada, aparentemente mergulhado em preces. Esperava que, àquela altura, a televisão já tivesse cortado sua imagem, e que os primeiros planos, mais próximos, não tivessem revelado a sua falta de estado de graça. O cântico dos nomes dos santos foi se tornando mais distante à medida que o coro prosseguia através da Sala Régia indo na direção da Capela Sistina. Ouviu os passos dos cardeais se arrastando ao longo do piso de mármore, seguindo o coro.

Instantes depois, Epifano sussurrou:

— Eminência, devemos ir.

Ele ergueu os olhos e viu que a capela estava quase vazia. Ao deixar o altar e passar novamente pela crucificação de São Pedro, tentou manter seu olhar fito na porta à sua frente, mas a força da pintura era irresistível. *E tu*, os olhos do santo martirizado pareciam estar dizendo, *de que maneira és digno de escolher o meu sucessor?*

Na Sala Régia, uma fila de guardas suíços estava em posição de sentido. Lomeli e Epifanio se juntaram ao final da procissão. Os cardeais estavam entoando seu responsório, "*ora pro nobis*", à medida que o coro entoava o nome de cada santo. Passaram para o vestíbulo da Capela Sistina. Ali foram obrigados a fazer uma parada enquanto os que tinham ido na frente iam sendo conduzidos aos seus lugares. À esquerda de Lomeli estavam os fornos gêmeos onde as cédulas de votação seriam queimadas e, adiante, as costas longas e estreitas de Bellini. Ele teve vontade de tocar no ombro do outro, inclinar-se, desejar-lhe boa sorte. Porém, as câmeras de TV estavam por toda parte, e não quis se arriscar. Além do mais, tinha certeza de que Bellini estava em comunhão com Deus.

Um minuto depois eles avançaram pela rampa de madeira temporária, passaram pela divisória de mármore e chegaram ao piso elevado da Capela. O órgão tocava. O coro cantava ainda os nomes dos santos: "*Sancte Antoni... Sancte Benedicte...*". A maior parte dos cardeais já se localizava nos lugares marcados, por trás das longas fileiras de mesas. Bellini foi o último a ser conduzido ao seu assento. Quando a aleia ficou vazia, Lomeli caminhou ao longo do carpete bege até a mesa onde a Bíblia tinha sido deixada, para que todos fizessem o juramento. Ele tirou seu barrete e o entregou a Epifano.

O coro começou a cantar o *Veni Creator Spiritus*:

Vinde, Espírito Criador,
as nossas almas visitai,
e enchei os nossos corações
com vossos dons celestiais...

Quando o hino acabou, Lomeli avançou para o altar. Ele era amplo e estreito, rente com a parede, como uma lareira em tamanho duplo. Por cima dele, *O Juízo Final* encheu os seus olhos. Já o tinha visto umas mil vezes, mas nunca com o poder que pressentiu naqueles poucos segundos. Sentiu-se quase como que sugado para dentro da pintura. Quando subiu o degrau, viu-se no mesmo nível do condenado sendo arrastado para o inferno, e precisou de um momento para readquirir a firmeza antes de se virar e encarar o Conclave.

Epifano lhe estendeu o livro. Ele entoou a prece — *Ecclesiae tue, Domine, rector et custos* — e depois começou a proferir o juramento. Os cardeais, seguindo o texto preestabelecido, leram as palavras junto com ele:

— Todos e cada um de nós, cardeais eleitores presentes nesta eleição do sumo pontífice, prometemos, nos obrigamos e juramos observar fiel e escrupulosamente todas as prescrições contidas na Constituição Apostólica...

"Igualmente, prometemos, nos obrigamos e juramos que quem quer de nós que, por disposição divina, seja eleito Pontífice Romano, se comprometerá a desempenhar fielmente o *munus petrinum* de pastor da Igreja Universal...

"Sobretudo, prometemos e juramos observar com a máxima fidelidade e com todos, tanto clérigos como laicos, o sigilo, sobretudo o relacionado de algum modo com a eleição do Pontífice Romano e sobre o que ocorre no lugar da eleição concernente direta ou indiretamente à escolha..."

Lomeli caminhou de volta pela aleia até a mesa onde estava a Bíblia.

— E eu, Jacopo Baldassare, cardeal Lomeli, assim prometo, garanto e juro. — Ele colocou a palma da mão aberta sobre a página. — Com a ajuda de Deus e destes Santos Evangelhos que toco com a minha mão.

Assim que terminou, Lomeli foi para seu assento no fim da longa mesa perto do altar. No assento ao lado, estava o patriarca do Líbano; no assento seguinte, estava Bellini. Ele não podia fazer outra coisa senão observar enquanto os cardeais se enfileiravam na aleia e avançavam um por um para repetir o curto juramento. Dali, tinha uma visão perfeita de cada rosto. Dentro de poucos dias, os produtores de televisão poderiam voltar suas gravações e localizar o novo papa nesse momento preciso, colocando a mão sobre o Evangelho e, então, sua elevação pareceria inevitável. Era sempre assim. Roncalli, Montini, Wojtyta, até o pobre e desajeitado Luciani, que morrera depois de pouco mais de um mês de papado: visto em retrospecto, naquela longa e majestosa galeria, em cada um deles brilhava uma aura de destinação.

Enquanto submetia a esse escrutínio o desfile de cardeais, Lomeli tentou imaginar cada um deles trajando as vestes brancas pontificais. Sá, Contreras, Hierra, Fitzgerald, Santos, De Luca, Löwenstein, Jandaček, Brotzkus, Villaneuva, Nakitanda, Sabbadin, Santini — poderia vir a ser qualquer um daqueles homens. Não teria que ser um dos líderes. Havia um velho ditado: "Quem entra no Conclave como papa, sai como cardeal". Ninguém teria apostado no falecido Santo Padre antes da última eleição e, no entanto, ele conseguira uma maioria de dois terços na quarta votação. *Ó Senhor, fazei com que nossa escolha recaia num candidato digno, e guiai as nossas deliberações de modo que nosso Conclave nem seja demasiado longo nem divisivo, mas um emblema da união da Vossa Igreja. Amém.*

Foi preciso mais de meia hora até que o Colégio inteiro proferisse seus juramentos. Então, o arcebispo Mandorff, como mestre das Celebrações Litúrgicas Pontifícias, foi até o microfone instalado num praticável logo abaixo do *Juízo Final*. Em sua voz calma, precisa, destacando distintamente as quatro sílabas, ele entoou a fórmula oficial:

— *Extra omnes.*

As luzes da televisão foram desligadas e os quatro mestres de cerimônias, os padres, os oficiais, os membros do coro, os agentes de segurança, os câmeras da TV, o fotógrafo oficial, uma freira solitária e o comandante da Guarda Suíça com seu capacete de pluma branca — todos abandonaram suas posições e começaram a se retirar da capela.

Mandorff esperou até que os últimos tivessem saído e, precisamente às 16h46, caminhou pela aleia acarpetada até a grande porta dupla. A última visão que o mundo exterior teve do Conclave foi a de sua cabeça calva e solene, e então as portas se fecharam pelo lado de dentro e a transmissão da TV chegou ao fim.

7. A primeira votação

Depois, quando os especialistas contratados para analisar o Conclave tentaram romper o muro de segredo e recompor exatamente o que acontecera, todas as suas fontes estavam de acordo num ponto: que as divisões começaram no momento em que Mandorff cerrou as portas.

Somente dois homens que não eram cardeais eleitores permaneceram na Capela Sistina. Mandorff era um deles; o outro era o residente mais antigo do Vaticano, o cardeal Vittorio Scavizzi, o vigário-geral emérito de Roma de noventa e quatro anos.

Scavizzi fora escolhido pelo Colégio logo após o funeral do Santo Padre para proferir o que era descrito nas Regras Apostólicas como a "segunda meditação". Essa meditação era estipulada para acontecer a portas fechadas imediatamente antes da primeira votação; sua função era recordar ao Conclave por uma última vez a sua pesada responsabilidade em "agir com a intenção correta pelo bem da Igreja Universal". Tradicionalmente, era proferida por um dos cardeais que tinham ultrapassado a idade de oitenta anos e eram, portanto, proibidos de votar — uma "colher de chá", por assim dizer, para a velha guarda.

Lomeli não se lembrava de como a escolha tinha chegado ao nome de Scavizzi. Havia tantas outras coisas para se preocupar que ele não dera muita atenção a esse processo. Desconfiava que a proposta original viera através de Tutino — isso foi antes de se descobrir que o prefeito da Congregação para os Bispos, que estava sob investigação devido ao escândalo da reforma do seu apartamento, estava planejando transferir seu apoio para Tedesco. Agora, enquanto Lomeli via o idoso clérigo sendo conduzido ao microfone com a ajuda do arcebispo Mandorff — o corpo enrugado pendendo para um lado, as anotações agarradas com força pela mão cheia de artrite, os olhos estreitos faiscantes de força de vontade —, ele subitamente previu uma crise.

Scavizzi agarrou o microfone e o puxou para si. Ruídos amplificados ricochetearam pelas paredes da Sistina. Ele segurava as páginas muito próximo dos olhos. Por alguns segundos nada aconteceu e então, gradualmente, por entre o arquejo áspero de sua respiração dificultosa, as palavras começaram a brotar.

— Irmãos cardeais, neste momento de grande responsabilidade, devemos escutar com especial atenção o que o Senhor tem para nos dizer em suas próprias palavras. Quando ouvi o decano desta Ordem, em sua homilia desta manhã, usar a epístola de São Paulo aos Efésios como um argumento em favor da dúvida, achei que não podia acreditar nos meus próprios ouvidos. Dúvida! É isso que nos falta, no mundo moderno? *Dúvida?*

Houve um ruído naquele imenso corpo reunido na capela — um murmúrio, um prender momentâneo da respiração por toda parte, corpos mudando de posição em seus assentos. Lomeli podia ouvir seu próprio coração martelando nos tímpanos.

— Eu lhes imploro, mesmo nesta hora tão tardia, para escutar o que São Paulo realmente diz: que precisamos de união em nossa fé e em nosso conhecimento de Cristo a fim de não nos tornarmos crianças, "joguetes das ondas, agitados por todo vento de doutrina".

"É de um barco na tempestade que ele está falando, meus irmãos. É a Barca de São Pedro, nossa Santa Igreja Católica, que, como nunca antes em sua história, está à mercê da 'artimanha dos homens e da sua astúcia que nos induz ao erro'. Os ventos e as ondas contra os quais o nosso barco está lutando recebe muitos nomes diferentes — ateísmo, nacionalismo, agnosticismo, marxismo, liberalismo, individualismo, feminismo, capitalismo... Porém, cada um desses 'ismos' procura nos desviar da nossa verdadeira rota.

"Vossa tarefa, cardeais eleitores, é escolher um novo capitão que ignorará os que duvidam dentre nós e segurará o leme com firmeza. Todo dia um novo 'ismo' aparece, mas nem todas as ideias têm o mesmo valor. Nem toda opinião deve receber o mesmo peso. Uma vez que nos deixemos sucumbir à 'ditadura do relativismo', como ela tem sido chamada de modo tão apropriado, e tentemos sobreviver acomodando-nos a cada nova seita passageira e moda modernista, nosso barco estará perdido. Não precisamos de uma Igreja que se mova com o mundo, mas de uma Igreja capaz de mover o mundo.

"Oremos a Deus para que o Espírito Santo desça sobre estas deliberações e dirija a todos vós rumo a um Pastor capaz de pôr termo ao vagar à deriva dos últimos tempos, um Pastor capaz de nos guiar novamente ao conhecimento de Cristo, do Seu amor e da alegria verdadeira. Amém."

Scavizzi soltou o microfone. Uma explosão de microfonia retiniu através de toda a capela. Ele fez uma reverência claudicante diante do altar e então segurou o braço de Mandorff. Apoiando-se pesadamente no arcebispo, caminhou devagar e mancando ao longo da aleia, observado em silêncio completo por cada par de olhos no recinto. O ancião não olhou para ninguém, nem sequer para Tedesco, sentado na fileira da frente, quase encarando Lomeli. Agora Lomeli sabia por que o patriarca de Veneza estivera demonstrando tão bom humor. Ele sabia o que estava por vir. Era possível até que tivesse escrito o discurso.

Scavizzi e Mandorff passaram pela divisória e sumiram de vista. No silêncio atordoado da capela, foi possível ouvir seus passos no mármore do vestíbulo, as portas da Sistina abrindo-se e fechando-se, e uma chave girando na fechadura.

Conclave. Do latim *cum clavis*: "com chave". Desde o século XIII, era assim que a Igreja se assegurava de que os cardeais chegassem a uma decisão. Não seriam liberados da capela, a não ser para comer e dormir, enquanto não tivessem escolhido um papa.

Finalmente, o Conclave estava a sós.

Lomeli se levantou e caminhou para o microfone. Foi devagar, tentando pensar na melhor maneira de conter o dano que acabava de ser produzido. A natureza pessoal do ataque o feria, era claro, mas isso o preocupava menos do que a ameaça mais ampla que ele representava para sua missão, que era, acima de tudo, manter a unidade da Igreja. Ele sentia a necessidade de desacelerar o processo, deixar dissipar-se o choque diante do que acabava de acontecer, dar à argumentação em prol da tolerância a chance de emergir mais uma vez à superfície das mentes dos cardeais.

Encarou o Conclave justamente quando o grande sino de São Pedro dava as cinco horas. Olhou pelas janelas. O céu estava escuro. Esperou até que as reverberações da última badalada se esvaíssem por completo.

— Irmãos cardeais, após esta estimulante meditação... — Fez uma pausa e ouviu algumas risadas de simpatia. — Podemos agora dar início à primeira votação. No entanto, de acordo com as Regras Apostólicas, a votação pode ser prorrogada se algum membro do Conclave tiver objeções a fazer. Algum dos presentes propõe adiar a votação até amanhã? Eu reconheço que este foi um dia excepcionalmente longo, e podemos desejar refletir um pouco mais a respeito do que acabamos de ouvir.

Houve uma pausa e então Krasinski usou a bengala para se pôr de pé com dificuldade.

— Os olhos do mundo estão voltados para a chaminé da Sistina, irmãos cardeais. A meu ver, pareceria estranho, para dizer o mínimo, se fizéssemos uma pausa por esta noite. Acredito que devemos votar.

Ele tornou a sentar-se com movimentos cuidadosos. Lomeli olhou para Bellini. O rosto dele estava impassível. Ninguém mais falou.

— Muito bem — disse Lomeli. — Vamos votar.

Voltou ao seu lugar, apanhou o livro de regras e a cédula de votação e foi de novo ao microfone.

— Caros irmãos, irão encontrar em suas mesas uma cédula como esta. — Ele ergueu a cédula, e esperou enquanto os cardeais abriam suas pastas de couro. — Como podem ver, na metade superior está escrito em latim: "Eu elejo como Supremo Pontífice", e a metade inferior está em branco. É aí que deverão escrever o nome do seu candidato. Por favor, cuidem para que ninguém possa ver o seu voto, e escrevam apenas um nome, senão o seu voto será nulo e não será contado. E, por favor, escrevam em letra legível, e de um modo a garantir que sua caligrafia não possa ser identificada.

"Agora, se consultarem o capítulo 5, parágrafo 66 da Constituição Apostólica, verão os procedimentos que devem ser obedecidos."

Quando todos abriram seus livros de regras, ele leu em voz alta o parágrafo, para se certificar de que todos o entendiam bem:

— Cada cardeal eleitor, por ordem de precedência, tendo preenchido e dobrado a sua cédula, ergue-a de maneira a ser vista por todos e a conduz até o altar, onde estão os escrutinadores, e onde está depositado um receptáculo, coberto por um prato, para receber as cédulas. Tendo chegado ao altar, o cardeal eleitor diz em voz alta as palavras do seguinte juramento: "Invoco Cristo, o nosso Senhor, como minha testemunha e meu juiz, de que o meu voto é dado àquele que diante dos olhos de Deus eu julgo que deve ser eleito". Ele então deposita a cédula sobre o prato, com o qual a faz cair dentro do receptáculo. Tendo feito isso, ele faz uma reverência diante do altar e retorna para o seu assento.

"Isso ficou claro para todos? Muito bem. Escrutinadores, podem tomar suas posições, por favor?"

Os três homens encarregados de contar os votos tinham sido sorteados na semana anterior. Eram eles o arcebispo de Vilna, cardeal Lukša; o prefeito para a Congregação para o Clero, cardeal Mercurio; e o arcebispo de Westminster, cardeal Newby. Eles se levantaram dos assentos, situados em partes diferentes da capela, e foram na direção do altar. Lomeli voltou para o seu assento e pegou a caneta fornecida pelo Colégio. Ocultando a cédula com o braço, como um estudante numa prova quando não quer que sua resposta seja vista pelo vizinho, escreveu em letras maiúsculas: BELLINI. Dobrou a cédula, ficou de pé, ergueu a cédula dobrada para que todos a vissem e caminhou para o altar.

— Invoco Cristo, o nosso Senhor, como minha testemunha e meu juiz, de que o meu voto é dado àquele que, diante dos olhos de Deus, eu julgo que deve ser eleito.

No altar havia uma grande urna, toda ornamentada, maior do que um vaso normal de altar, coberta por um grande prato de prata, que lhe servia de tampa. Observado atentamente pelos escrutinadores, ele pôs a sua cédula no prato, ergueu-o com ambas as mãos e despejou seu voto na urna. Voltando o prato ao lugar, Lomeli se inclinou diante do altar e voltou ao seu assento.

Os três patriarcas das Igrejas do Oriente foram os próximos a se levantar, seguidos por Bellini. Ele recitou o juramento com um suspiro e, quando voltou ao seu lugar, pôs a mão na testa e pareceu mergulhar em profundos pensamentos. Lomeli, tenso demais para a prece ou a meditação, mais uma vez limitou-se a observar os cardeais que passavam diante dele. Tedesco pareceu atipicamente nervoso. Atrapalhou-se na hora de deixar a cédula cair na urna, de modo que ela caiu sobre o altar e ele teve que recuperá-la e depositá-la com a mão. Lomeli ficou pensando se ele teria votado em si mesmo. Tremblay provavelmente o fizera, pensou. Não havia nada nas regras proibindo alguém de fazê-lo. O juramento era apenas para votar na pessoa que alguém julgava que devia ser eleita. O canadense aproximou-se do altar com olhos reverentemente baixos, depois os ergueu para contemplar o *Juízo Final*, aparentemente transportado num êxtase, e fez um sinal da cruz exagerado. Outro homem que tinha fé em sua própria capacidade era Adeyemi, que proferiu o juramento com a voz trovejante que era sua marca registrada. Tinha tornado famoso seu nome como arcebispo de Lagos quando o Santo Padre fizera sua primeira viagem pela África, e ele organizou uma missa à qual compareceu uma congregação de mais de quatro milhões de pessoas. O papa gracejou, em sua homilia, que Joshua Adeyemi era o único homem capaz de conduzir tal cerimônia sem a necessidade de amplificadores.

E então veio Benítez, de quem Lomeli havia perdido o rastro desde a noite anterior. Pelo menos era possível ter certeza de que *ele* não estaria votando em si mesmo. O hábito eclesiástico que tinham lhe conseguido era comprido demais. Seu roquete quase tocava o chão e ele por pouco não tropeçou quando chegou ao altar. Quando acabou de votar e virou-se para retornar ao seu assento, deu na direção de Lomeli um olhar contraído. Lomeli fez um gesto com a cabeça e deu-lhe um sorriso de encorajamento. O filipino tinha uma qualidade atraente, que ele não conseguia definir; uma graça interior. Um dia poderia ir longe.

A votação se estendeu por mais de uma hora. Quando começou, ouvia-se aqui e ali uma conversa aos sussurros. Porém, quando o último homem a votar — Bill Rudgard, o cardeal diácono júnior — voltou ao seu assento, o silêncio parecia ter se tornado interminável e absoluto, como o infinito do espaço. *Deus penetrou neste aposento*, pensou Lomeli. *Estamos trancados a sete chaves no lugar onde o tempo e a eternidade se encontram.*

O cardeal Lukša ergueu a urna cheia de cédulas e a exibiu ao Conclave, como se estivesse a ponto de consagrar o sacramento. Ele a sacudiu várias vezes para misturar bem os votos. Então a passou para o cardeal Newby, que, sem desdobrar os pedaços de papel, tirou-os dali um por um e os transferiu para uma segunda urna disposta junto do altar, contando-os em voz alta enquanto o fazia.

No final, o inglês anunciou, no seu italiano com sotaque carregado:
— Cento e dezoito votos foram depositados.

Ele e o cardeal Mercurio passaram então para a Sala das Lágrimas, a sacristia à esquerda do altar onde três tamanhos diferentes de vestes papais estavam penduradas, e logo emergiram de lá carregando uma mesinha que dispuseram na frente do altar. O cardeal Lukša a cobriu com uma toalha branca e colocou no centro a urna contendo os votos. Newby e Mercurio voltaram à sacristia e trouxeram de lá três cadeiras. Newby soltou o microfone do seu pedestal e o conduziu até a mesinha.

— Meus irmãos — disse ele —, vamos proceder à contagem da primeira votação.

E nesse instante, emergindo do seu transe, o Conclave se agitou. Na pasta de couro à sua frente, cada eleitor tinha recebido uma lista, organizada alfabeticamente, de todos os cardeais elegíveis. Lomeli viu com satisfação que a lista tinha sido reimpressa desde a véspera, para incluir Benítez. Ele pegou a caneta.

Lukša extraiu a primeira cédula da urna, desdobrou-a e fez uma anotação, copiando o nome nela escrito. Passou-a para Mercurio, que, por sua vez, a examinou e também anotou. Então Mercurio a entregou a Newby, que usou uma agulha de prata para perfurar o voto sobre a palavra "elejo", e a enfiou por esse buraco num longo cordão de seda vermelha. Inclinou-se para o microfone. Ele tinha a voz tranquila e confiante de um homem que estudou em escolas públicas e em Oxford.

— O primeiro voto é para o cardeal Tedesco.

A cada voto anunciado, Lomeli fazia uma pequena marca junto ao nome do candidato. A princípio era impossível ter a noção de quem estava à frente. Trinta e quatro cardeais — mais de um quarto do Conclave — tiveram pelo menos um voto. Comentou-se depois que isso era um recorde. Alguns homens votaram em si mesmos, ou num amigo, ou num conterrâneo. Bem no começo, Lomeli ouviu seu nome sendo anunciado, e marcou a si mesmo em sua lista. Ficou tocado ao ver que alguém o considerava digno da suprema honra; imaginou quem seria. Porém, quando isso voltou a se repetir várias vezes, começou a se sentir consternado. Num campo tão congestionado, qualquer coisa acima de meia dúzia de votos era o bastante, pelo menos em teoria, para inserir um nome na disputa.

Ele manteve a cabeça baixa, concentrando-se em sua tarefa. Mesmo assim, percebia de vez em quando outros cardeais observando-o do lado oposto. A corrida era lenta e parelha, a distribuição dos apoios parecia bizarra, aleatória, de tal modo que um dos líderes da corrida podia receber três votos seguidos, e depois nenhum dos vinte votos seguintes. Mesmo assim, depois de oitenta e tantos votos serem lidos, começava a ficar claro quais os cardeais com potencial para se tornarem papa. Como era previsto, eram os nomes de Tedesco, Bellini, Tremblay e Adeyemi. Depois de cem votos terem sido contados, nenhum deles havia se distanciado dos demais. Porém, perto do final, algo estranho aconteceu. Os votos para Bellini pararam de aparecer, e os derradeiros nomes a serem lidos deviam ter parecido golpes de martelo sobre ele: Tedesco, Lomeli, Adeyemi, Adeyemi, Tremblay e por último — espantosamente — Benítez.

Enquanto os escrutinadores conferiam os números e se certificavam do total, conversas sussurradas brotaram por toda a Capela. Lomeli correu a caneta ao longo da lista, somando os votos. Rabiscou os números finais ao lado de cada nome:

Tedesco   22
Adeyemi — 19
Bellini — 18
Tremblay — 16
Lomeli — 5
Outros — 38

O número de votos que ele mesmo recebeu o deixou constrangido. Presumindo que havia puxado para si votos que seriam de Bellini, ele podia ter tirado do cardeal a liderança, e com ela um certo senso de inevitabilidade que poderia conduzi-lo à vitória. De fato, quanto mais ele estudava os números, mais eles pareciam desapontadores para Bellini. Sabbadin, seu coordenador de campanha, havia feito a previsão, durante a ceia, de que ele certamente estaria na liderança da primeira votação, com cerca de vinte e cinco votos, e que Tedesco não iria receber mais do que quinze. E, no entanto, Bellini ficara em terceiro, atrás de Adeyemi — ninguém previra isso —, e mesmo Tremblay estava atrás dele por apenas dois votos. Uma coisa era certa, concluiu Lomeli: nenhum candidato estava nem perto dos setenta e nove votos necessários para vencer a eleição.

Deu pouca atenção à leitura dos resultados feita por Newby; eles apenas confirmavam o que ele havia calculado. Em vez disso, estava folheando a Constituição Apostólica até encontrar o parágrafo 74. Nenhum Conclave moderno havia durado mais de três dias, mas isso não queria dizer que fosse impossível. De acordo com as regras, eles eram obrigados a votar até encontrar um candidato que obtivesse uma maioria de dois terços, se necessário indo até um total de trinta votações, durante um período de doze dias. Somente ao fim desse período teriam permissão para usar outro sistema, no qual uma maioria simples seria suficiente para eleger o novo papa.

Doze dias — uma perspectiva assustadora.

Newby terminou de anunciar os resultados. Ergueu o cordão de seda vermelha onde estavam enfiadas todas as cédulas de votação. Amarrou as duas pontas uma à outra e olhou para o decano.

Lomeli se levantou e foi até o microfone. Daquele degrau do altar, podia ver Tedesco examinando os números que anotara; Bellini olhando para o vazio; Adeyemi e Tremblay conversando em voz baixa com cardeais vizinhos.

— Meus irmãos cardeais, está concluída a primeira votação. Como nenhum candidato alcançou a maioria necessária, vamos agora fazer uma pausa para descansar esta noite, e recomeçaremos a votação amanhã pela manhã. Por favor, permaneçam em seus lugares até que os oficiais sejam novamente admitidos na Capela. Posso lembrar a vossas eminências que é proibido levar para fora da Capela Sistina qualquer tipo de anotação escrita sobre os votos? Suas anotações serão recolhidas em cada mesa, e queimadas juntamente com as cédulas. Haverá micro-ônibus lá fora para conduzir todos de volta à Casa Santa Marta. Posso lhes pedir, humildemente, para não comentarem a votação desta tarde diante dos motoristas? Obrigado pela sua paciência. Agora, convido o cardeal decano júnior para que solicite a nossa liberação.

Rudgard se levantou e foi até a parte de trás da Capela. Todos o ouviram batendo na porta e chamando para que fossem abertas — "*Aprite le porte! Aprite le porte!*" — como um prisioneiro chamando seus guardas. Alguns momentos depois, ele voltou, acompanhado pelo arcebispo Mandorff, monsenhor O'Malley e os demais mestres de cerimônias. Os padres carregavam sacos de papel e passaram pelas fileiras de mesas, recolhendo as anotações dos resultados. Alguns cardeais relutaram em entregá-las, e tiveram que ser persuadidos a colocá-las nos sacos. Outros as seguraram nas mãos até o último segundo; sem dúvida tentavam memorizar os números, pensou Lomeli. Ou talvez estivessem apenas saboreando o único registro que jamais existiria sobre o dia em que tinham recebido um voto para ser o papa.

Muitos cardeais não desceram imediatamente ao térreo para pegar os micro-ônibus, preferiram se aglomerar no vestíbulo para ver a queima dos votos. Afinal de contas, era significativo, para um Príncipe da Igreja, poder dizer que havia assistido a esse espetáculo.

Mesmo àquela altura, o processo da contagem de votos ainda não tinha sido oficialmente encerrado. Três cardeais, conhecidos como revisores, também escolhidos por sorteio antes do Conclave, foram chamados para recontar as cédulas. Esse rito tinha séculos de existência, e demonstrava como os Pais da Igreja confiavam pouco uns nos outros: seria necessária uma conspiração de pelo menos seis homens para manipular a eleição. Quando a revisão foi concluída, O'Malley ficou de cócoras, abriu o forno redondo e enfiou lá dentro os sacos cheios de papéis e as cédulas presas no cordão de seda. Riscou um fósforo, acendeu um iniciador de fogo e o colocou lá dentro com cuidado. Lomeli achou esquisito vê-lo fazendo algo de natureza tão prática. Houve um breve *vush!* de combustão, e dentro de segundos todo o material estava em chamas. Ele fechou a porta de ferro. O segundo forno, o quadrado, continha uma mistura de perclorato de potássio, antraceno e enxofre, num cartucho que se inflamava quando era apertado um botão. Às 19h42, a chaminé provisória de metal que se projetava do teto da Capela Sistina, iluminada por um holofote na penumbra de novembro, começou a lançar ao céu novelos de fumaça preta.

Enquanto os membros do Conclave saíam em grupo da Capela, Lomeli puxou O'Malley para um lado. Estavam num canto do vestíbulo, e Lomeli de costas para os fornos.

— Você falou com Morales?
— Só por telefone, Eminência.
— E então?

O'Malley pôs o dedo nos lábios e olhou por cima do ombro de Lomeli. Tremblay estava passando por eles, rindo de alguma piada com um grupo de cardeais dos Estados Unidos. Seu rosto macio estava cheio de jovialidade. Depois que os norte-americanos passaram para a Sala Régia, O'Malley disse:

— Monsenhor Morales foi enfático em dizer que não sabe de nenhuma razão para que o cardeal Tremblay não possa ser eleito papa.

Lomeli assentiu devagar. Não tinha esperado muito mais do que isso.

— Obrigado, pelo menos, por ter feito a pergunta.

Um olhar conspiratório apareceu nos olhos de O'Malley.

— Ainda assim, Eminência, perdoe-me, mas posso lhe dizer que não acreditei inteiramente no que disse o monsenhor?

Lomeli o encarou. Quando não se realizava um Conclave, o irlandês era secretário da Congregação para os Bispos. Tinha acesso aos dossiês de cinco mil clérigos proeminentes. Sua fama era de ser um bom farejador de segredos.

— Por que diz isso?

— Porque quando tentei pressioná-lo com relação à audiência entre o Santo Padre e o cardeal Tremblay, ele se antecipou e tentou me assegurar de que foi uma conversa totalmente de rotina. Meu espanhol não é perfeito, mas devo dizer que ele foi tão enfático que

despertou minhas suspeitas. Então eu sugeri — eu não o afirmei especificamente como um *fato*, espero —, digamos que eu *insinuei* em meu espanhol inadequado, que o senhor poderia ter visto um documento que contradiz essa opinião. E ele disse que o senhor não deveria se preocupar com o documento: *El informe ha sido retirado.*
— *El informe?* Um relatório? Ele disse que havia um relatório?
— "O relatório foi retirado", essas foram as exatas palavras dele.
— Relatório sobre o quê? Retirado quando?
— Isso eu não sei, Eminência.
Lomeli ficou em silêncio, assimilando aquilo. Esfregou os olhos. Tinha sido um dia longo, e ele estava faminto. Deveria se preocupar porque um relatório tinha sido feito, ou sentir-se mais seguro porque ele não existia mais? E de qualquer modo, isso teria tanta importância assim, considerando-se que Tremblay estava apenas em quarto lugar? De repente ele atirou as mãos para cima: não podia cuidar daquilo naquele momento, não enquanto estava preso no interior do Conclave.
— Provavelmente não é nada importante. Vamos deixar como está. Sei que posso confiar na sua discrição.
Os dois prelados atravessaram juntos a Sala Régia. Um segurança os observou, parado embaixo de um afresco sobre a Batalha de Lepanto. Ele girou o corpo somente um pouquinho, e cochichou alguma coisa de lado, para a manga ou a lapela do paletó. Lomeli imaginou o que seria que eles tanto falavam, num tom de voz sempre cheio de urgência. Perguntou:
— Está acontecendo alguma coisa no mundo lá fora? Algo que eu deveria saber?
— Na verdade, não. A principal notícia na mídia internacional é o Conclave.
— Nenhum vazamento, espero?
— Nenhum. Os repórteres estão entrevistando uns aos outros.
Os dois começaram a descer os degraus. Eram muitos, trinta ou quarenta, iluminados de ambos os lados por lâmpadas elétricas em forma de velas; alguns dos cardeais mais idosos consideravam a altura desses degraus um grande desafio.
— Devo acrescentar que existe um grande interesse em torno do cardeal Benítez. Divulgamos uma nota biográfica, como o se-

nhor pediu. Incluí também uma nota complementar para o senhor, confidencialmente. Ele de fato tem a mais extraordinária série de promoções entre todos os bispos da Igreja. — O'Malley puxou um envelope de dentro da batina e o entregou a Lomeli. — *La Republicca* acredita que a dramática chegada dele em cima da hora faz parte do plano secreto do falecido Santo Padre.

Lomeli deu uma risada.

— Eu ficaria muito satisfeito se houvesse um plano, secreto ou não! Porém, minha sensação é de que o único a ter um plano para este Conclave é Deus e, até agora, Ele parece decidido a guardá-lo consigo.

8. *Momentum*

Lomeli fez o trajeto de volta para a Casa em silêncio, a face apertada de encontro à vidraça fria do ônibus. O som dos pneus sobre as pedras molhadas do calçamento, enquanto eles cruzavam pátios sucessivos, era reconfortante. Por sobre os jardins do Vaticano, as luzes de um avião de passageiros começavam a fazer sua descida rumo ao aeroporto Fiumicino. Ele prometeu a si mesmo que, na manhã seguinte, iria a pé para a Sistina, estivesse ou não chovendo. Aquela reclusão sufocante não era apenas pouco saudável: era um impedimento para a reflexão espiritual.

Quando chegaram à Casa Santa Marta, ele passou rapidamente por entre os cardeais que tagarelavam e foi direto para o seu quarto. As freiras tinham ido limpá-lo enquanto acontecia o Conclave. Suas vestimentas tinham sido cuidadosamente penduradas no closet, os lençóis da cama puxados para baixo. Ele tirou a mozeta e o roquete, pendurou-os no encosto da cadeira, e depois se ajoelhou no genuflexório. Agradeceu a Deus por ajudá-lo a cumprir as tarefas do dia. Arriscou-se mesmo a um pouco de humor. *E obrigado, Senhor, por falar a todos nós através da votação no Conclave, e rezo para que em breve nos deis a sabedoria para entender o que estais tentando nos dizer.*

Do quarto ao lado vinha o som de vozes abafadas, de vez em quando pontuadas por risos. Lomeli olhou para a parede. Tinha certeza agora de que seu vizinho era Adeyemi. Nenhum outro membro do Conclave tinha uma voz tão profunda. A conversa soava como se ele estivesse se encontrando com seus partidários. Houve outra explosão de hilaridade. A boca de Lomeli se contraiu em desaprovação. Se Adeyemi de fato pressentisse que o papado estava indo em sua direção, deveria estar estirado na cama na escuridão e num terror silencioso, e não se divertindo com essa possibilidade. Porém, logo em seguida ele se repreendeu por seu puritanismo. O primeiro papa negro seria uma coisa extraordinária para o mundo. Quem poderia criticar um homem se ele se sentia entusiasmado com a perspectiva de ser o veículo de tal manifestação da Vontade Divina?

Lembrou-se do envelope que O'Malley lhe entregara. Levantou--se devagar por entre o estalar das juntas, sentou-se à escrivaninha e rasgou o envelope. Duas folhas de papel. Uma era a nota biográfica divulgada pelo Escritório de Imprensa do Vaticano:

Cardeal Hector Benítez
O cardeal Benítez tem sessenta e sete anos. Nasceu em Manila, nas Filipinas. Estudou no Seminário de San Carlos e foi ordenado em 1978 pelo arcebispo de Manila, Sua Eminência o cardeal Jaime Sin. Seu primeiro ministério foi na igreja de Santo Niño de Tondo e, depois, em Nossa Senhora da Paróquia Abandonada (Santa Ana). Muito conhecido pelo seu trabalho nas áreas mais pobres de Manila, ele estabeleceu oito abrigos para meninas de rua, o Projeto da Bendita Santa Margarida de Cortona. Em 1996, após o assassinato do antigo arcebispo de Bukavu, Christopher Munzihirwa, o padre Benítez, ao seu pedido, foi transferido para a República Democrática do Congo, onde se dedicou ao trabalho missionário. Subsequentemente, montou um hospital em Bukavu para dar assistência às mulheres vítimas da violência sexual genocida perpetrada durante a Primeira e a Segunda Guerras do Congo. Em 2017 foi elevado a monsenhor. Em 2018 foi nomeado arcebispo de Bagdá, no Iraque. Foi admitido no Colégio dos Cardeais no início deste ano pelo falecido Santo Padre, *in pectore*.

Lomeli leu o texto inteiro duas vezes para ter certeza de que não estava deixando passar nada. A Arquidiocese de Bagdá era pequena — se ele lembrava bem, naquele momento somava pouco mais de duas mil almas — mas, mesmo assim, Benítez parecia ter ido de missionário a arcebispo sem passar por nenhum estágio intermediário. Ele nunca ouvira falar de uma promoção tão meteórica. Em seguida, passou a ler a nota manuscrita de O'Malley, que acompanhava a primeira:

Eminência,
Do dossiê do cardeal Benítez no dicastério, tudo indica que o falecido Santo Padre o encontrou pela primeira vez durante sua viagem ao Congo, em 2017. Ele ficou suficientemente impressionado pelo trabalho dele para nomeá-lo monsenhor. Quando a Arquidiocese de Bagdá ficou vaga, o Santo Padre rejeitou as três indicações enviadas pela Congregação para os Bispos e insistiu na indicação do padre Benítez. Em janeiro deste ano, após sofrer ferimentos leves no ataque de um carro-bomba, o arcebispo Benítez apresentou sua renúncia por razões médicas, mas veio a retirá-la após uma audiência privada com o Santo Padre, no Vaticano. A não ser por isso, seu dossiê é notavelmente escasso.
R. O'M

Lomeli recostou-se na cadeira. Tinha o hábito de ficar mordendo o lado do indicador direito quando estava pensando. Então Benítez estava com a saúde delicada, ou estivera, em resultado de um atentado terrorista no Iraque? Talvez isso explicasse a sua aparência frágil. No total, seu ministério tinha sido exercido em alguns lugares terríveis: uma vida assim mais cedo ou mais tarde cobrava um preço. O que era certo era que aquele homem representava o que a Igreja católica podia oferecer de melhor. Lomeli decidiu ficar de olho nele, discretamente, e se lembrar dele em suas preces.

Uma campainha tocou para anunciar que a ceia estava servida. Eram 20h30.

— Vamos encarar os fatos. Não nos saímos tão bem quanto esperávamos.

O arcebispo de Milão, Sabbadin, com suas lentes sem aro cintilando à luz dos candelabros, olhou em volta da mesa para os cardeais italianos que formavam o núcleo de apoio a Bellini. Lomeli estava sentado de frente para ele.

Essa era a noite em que o verdadeiro trabalho do Conclave começava a ser feito. Embora, em teoria, a constituição papal proibisse os cardeais eleitores de se envolverem em "qualquer forma de pacto, acordo, promessa ou compromisso" sob pena de excomunhão, aquilo se transformara numa eleição, que não passa de um problema de aritmética: quem pode chegar aos setenta e nove votos? Tedesco, com sua autoridade incrementada por ter despontado no topo da primeira votação, estava contando alguma história engraçada a uma mesa de cardeais sul-americanos e enxugando os olhos no guardanapo pela própria hilaridade. Tremblay estava escutando atentamente os pontos de vista dos cardeais do Sudeste Asiático. Adeyemi, de uma forma preocupante para os seus rivais, tinha sido convidado pelos arcebispos conservadores do Leste Europeu — Wroclaw, Riga, Lviv, Zagreb —, que queriam avaliar a sua visão sobre temas sociais. Até mesmo Bellini parecia estar se esforçando: tinha sido conduzido por Sabbadin para uma mesa de norte-americanos, e ali descrevia sua ambição de conceder maior autonomia aos bispos. As freiras que serviam a comida acabavam por entreouvir a evolução da disputa, e depois muitas delas se revelariam úteis fontes de informação para os repórteres que iriam tentar montar o quebra-cabeça da história interna do Conclave: uma delas chegou mesmo a preservar o guardanapo em que um cardeal rabiscara todos os números dos líderes do primeiro turno de votação.

— Isso significa que não podemos ganhar? — continuou Sabbadin. Mais uma vez ele procurou olhar nos olhos de cada um dos outros homens, e Lomeli pensou, pouco caridosamente, no quanto ele parecia abalado, agora que suas esperanças de ser secretário de Estado num papado de Bellini tinham sofrido um golpe. — Claro que ainda podemos ganhar! Tudo que se pode afirmar com certeza depois da votação de hoje é que o próximo papa será um destes quatro homens: Bellini, Tedesco, Adeyemi e Tremblay.

Dell'Acqua, o arcebispo de Bolonha, o interrompeu:

— Não está esquecendo aqui do nosso amigo, o decano? Ele teve cinco votos.

— Com o maior respeito a Jacopo, seria algo sem precedentes um candidato com tão poucos eleitores na primeira rodada emergir depois como um sério concorrente.

Porém, Dell'Acqua se recusou a deixar o assunto morrer ali.

— O que me diz de Wojtyta, no segundo Conclave de 1978? Ele recebeu apenas um punhado de votos na primeira votação e, no entanto, acabou sendo eleito papa na oitava.

Sabbadin agitou a mão, irritado.

— Está bem, já aconteceu, mas apenas uma vez em um século. Não vamos nos distrair: nosso decano não tem propriamente as ambições de um Karol Wojtyta. A menos, é claro, que haja alguma coisa que ele está escondendo de nós. Será?

Lomeli baixou os olhos para o prato à sua frente. O prato principal era frango com presunto de Parma. Estava excessivamente cozido e seco, mas eles o estavam comendo mesmo assim. Ele sabia que Sabbadin o culpava por ter tirado votos de Bellini. Naquelas circunstâncias, sentiu que devia fazer uma declaração.

— Minha posição é muito embaraçosa. Se eu soubesse quem foram os que votaram em mim, eu os procuraria para pedir que votassem em outra pessoa. E se me perguntassem em quem votarei, diria que é em Bellini.

Landolfi, o arcebispo de Turim, disse:

— O senhor não deveria ser neutro?

— Bem, eu não posso ser visto fazendo campanha em favor dele, se é a isso que se refere. Porém, se perguntarem minha preferência, sinto que tenho o direito de expressá-la. Bellini é inquestionavelmente o homem mais qualificado para governar a Igreja.

— Ouçam isto — exortou Sabbadin. — Se os cinco votos do decano vierem para nós, isso nos leva a vinte e três. Todos aqueles candidatos sem esperanças que receberam um ou dois votos hoje desaparecerão amanhã. Isso significa que outros trinta e oito votos estarão disponíveis. O que temos a fazer é só conquistar a maior parte deles.

— Só isso? — repetiu Dell'Acqua. Seu tom era de zombaria. — Receio que não seja "só isso", Eminência.

Ninguém teve o que responder àquilo. Sabbadin ficou muito vermelho e recomeçou a mastigar melancolicamente, dessa vez em silêncio.

Se aquela força que os seculares chamam de *momentum* e os religiosos acreditam que é o Espírito Santo estava com algum dos candidatos naquela noite, era com Adeyemi. Seus rivais pareciam senti-la. Por exemplo, quando os cardeais se levantaram para tomar o cafezinho e o patriarca de Lisboa, Rui Brandão D'Cruz, saiu para um pátio interno a fim de fumar seu charuto da noite, Lomeli notou como Tremblay de imediato foi no seu encalço, presumivelmente para angariar o seu apoio. Tedesco e Bellini passavam de mesa em mesa, mas o nigeriano simplesmente se postou com toda a calma num ângulo do saguão e deixou aos seus partidários a tarefa de trazer eleitores em potencial que queriam ter uma palavra com ele. Logo formou-se à sua frente uma pequena fila.

Lomeli, encostado no balcão da recepção, bebericando um café, ficou observando enquanto ele se tornava o centro das atenções. Se fosse um homem branco, pensou, Adeyemi seria condenado pelos liberais como ainda mais reacionário do que Tedesco. No entanto, o fato de que era negro os deixava relutantes em criticar suas posições. Seus ataques fulminantes contra a homossexualidade, por exemplo, eram descartados por eles como uma mera expressão de sua herança cultural africana. Lomeli começava a perceber agora que tinha subestimado Adeyemi. Talvez ele fosse de fato o candidato destinado a unir a Igreja. Ele certamente tinha uma personalidade com a dimensão requerida para ocupar o Trono de São Pedro.

Percebeu que estava olhando para lá de modo muito evidente. Deveria estar se misturando aos outros, mas não tinha muita vontade de conversar com ninguém. Andou pelo saguão, segurando a xícara e o pires diante de si como um escudo, sorrindo e saudando de leve os cardeais que se aproximavam, mas sem parar de caminhar. Chegando quase à esquina do saguão, perto da porta da capela, ele avistou Benítez no centro de um grupo de cardeais. Escutavam atentos o que ele falava. Lomeli ficou imaginando o que o filipino estava lhes dizendo. Benítez olhou por cima dos ombros dos outros e avistou Lomeli olhando em sua direção. Pediu licença e foi até ele.

— Boa noite, Eminência.

— Boa noite para o senhor também. — Lomeli pôs a mão no ombro do outro e o olhou com preocupação. — Como a sua saúde está reagindo a tudo isso?

— Minha saúde está excelente, obrigado.

Ele pareceu ficar levemente tenso ao ouvir a pergunta, e Lomeli lembrou que tinha sido informado confidencialmente sobre os problemas de saúde do outro. Disse:

— Sinto muito, não quis ser importuno. Quis saber se já tinha se recuperado da sua viagem.

— Inteiramente, obrigado. Dormi muito bem.

— Ótimo. É um privilégio tê-lo aqui conosco. — Ele deu um tapinha no ombro do filipino e logo recolheu a mão. Tomou mais um gole do café. — Reparei que na Sistina acabou encontrando alguém que lhe concedeu um voto.

— Sem dúvida, decano. — Benítez sorriu com timidez. — Eu votei no senhor.

Lomeli chacoalhou a xícara de encontro ao pires, com surpresa.

— Deus do céu! — disse.

— Perdão. Não deveria dizer?

— Não, não, não é isso. Sinto-me honrado, mas o fato é que não sou um sério candidato.

— Com todo respeito, Eminência, isso não cabe aos seus colegas decidir?

— É claro que sim, mas receio que, se me conhecesse melhor, iria reconhecer que não sou nem um pouco digno de ser papa.

— Todo homem verdadeiramente digno deve considerar-se indigno. Não era essa a ideia que estava querendo destacar na sua homilia? Que sem alguma dúvida não pode haver fé? Isso está em consonância com a minha própria experiência. As cenas que testemunhei na África, principalmente, deixariam qualquer homem cético quanto à misericórdia divina.

— Meu caro Vincent... posso chamá-lo Vincent? Peço-lhe que, na próxima votação, dê o seu voto a um dos nossos irmãos que têm uma chance real de ser eleito. A minha escolha seria Bellini.

Benítez abanou a cabeça.

— Bellini me parece... Como era a frase que o Santo Padre usou uma vez para descrevê-lo? "Brilhante, porém neurótico." Lamento, decano. Votarei no senhor.

— Mesmo se eu lhe pedir que não o faça? Você recebeu um voto esta tarde, não foi?

— Sim. Um absurdo!

— Então imagine como iria se sentir se eu insistisse em votar em você e, por um milagre, você fosse eleito.

— Seria um desastre para a Igreja.
— Sim, e é isso que aconteceria se eu me tornasse papa. Pode pelo menos levar em consideração o que eu lhe pedi?

Benítez prometeu que sim.

Depois de conversar com Benítez, Lomeli sentiu-se perturbado o suficiente para ir à procura dos principais candidatos. Encontrou Tedesco sozinho, recostado numa das poltronas carmesim, com suas mãos rechonchudas e cheias de covinhas cruzadas sobre o ventre volumoso, os pés apoiados em cima de uma mesinha de café. Eram pés surpreendentemente delicados para um homem daquele porte, calçados em sapatos ortopédicos simples, que pareciam chinelos. Lomeli disse:

— Gostaria de lhe dizer que estou fazendo o que posso para retirar meu nome da segunda votação.

Tedesco o encarou com olhos semicerrados.

— E por que você faria isso?

— Porque não desejo comprometer minha neutralidade como decano.

— Já o fez hoje de manhã, não acha?

— Lamento que veja por esse ângulo.

— Ah, não se preocupe com isso. No que me diz respeito, espero que você continue sendo candidato. Acho que Scavizzi já lhe respondeu bastante bem na meditação que apresentou hoje. Além do mais... — Ele agitou alegremente os pequeninos pés e fechou os olhos. — ... você está dividindo o voto liberal.

Lomeli o estudou por um instante. O jeito era sorrir. Tedesco era tão astuto quanto um camponês vendendo um porco na feira. Quarenta votos, era tudo que o patriarca de Veneza precisava: quarenta votos, e ele teria um terço, o necessário para evitar a eleição de um representante dos odiados "progressistas". Faria o Conclave se arrastar durante dias e mais dias, se fosse preciso. Isso tornava ainda mais urgente, para Lomeli, a necessidade de sair da posição embaraçosa em que se encontrava.

— Tenha uma boa noite de sono, patriarca.

— Boa noite, decano.

Antes do fim da noite, ele conseguiu conversar com cada um dos outros três candidatos principais, e para cada um repetiu seu compromisso de retirar seu nome.

— Falem isso para qualquer um que venha a mencionar o meu nome, eu lhes imploro. Digam-lhes que me procurem e me perguntem, se duvidarem da minha sinceridade. Tudo que desejo é servir o Conclave e ajudá-lo a chegar à decisão mais certa. Não poderei fazer isso se eu mesmo for encarado como candidato.

Tremblay franziu a testa e acariciou o queixo.

— Perdoe-me, decano, mas se fizermos isso, não estaremos apenas fazendo com que o senhor seja visto como um símbolo da modéstia? Se alguém quisesse ver isso tudo com um olho maquiavélico, bem que poderia dizer que é uma manobra hábil para mudar votos.

A resposta era tão ofensiva que Lomeli teve a tentação de abordar o assunto do "relatório retirado" sobre as atividades do outro. Porém, por quê? Tremblay se limitaria a negar tudo. Em vez disso, ele disse polidamente:

— Bem, esta é a situação, Eminência. Deixo ao seu critério agir como achar melhor.

Em seguida foi falar com Adeyemi, que assumiu uma atitude de estadista.

— Esta é uma posição que revela princípios, decano, exatamente como eu esperaria do senhor. Direi aos meus partidários que espalhem essa instrução.

— E certamente seus partidários são numerosos, acho. — Adeyemi lhe deu um olhar de quem não compreendera. Lomeli sorriu. — Desculpe: não pude deixar de ouvir o encontro no seu quarto esta noite, mais cedo. Estamos em quartos contíguos, e as paredes são muito finas.

— Ah, sim. — A expressão de Adeyemi se desanuviou. — Houve uma certa empolgação após a primeira rodada. Talvez não tenha sido muito adequada. Não voltará a acontecer.

Lomeli interceptou Bellini justamente quando se preparava para voltar ao quarto e se deitar, e lhe disse o mesmo que dissera aos outros. Completou:

— Senti-me muito mal ao pensar que minha escassa parcela tenha sido obtida à sua custa.

— Não se sinta assim. Estou aliviado. Parece haver uma sensação geral de que o cálice está fugindo às minhas mãos. Se for esse o caso, e rezo para que assim seja, só posso esperar que vá para as suas. — Ele envolveu seu braço ao braço de Lomeli e juntos os dois velhos amigos começaram a subir os degraus.

Lomeli disse:

— Você é o único de nós com a santidade e o intelecto para ser papa.

— Não. É muito bondoso de sua parte, mas eu sou muito agitado, e não podemos ter um papa inquieto assim. Mas você vai ter que ser cuidadoso, Jacopo. Falo sério: se a minha posição continuar a se enfraquecer, grande parte do meu apoio vai pender para o seu lado.

— Não, não, isso seria um desastre!

— Pense nisso. Nossos conterrâneos estão desesperados para ver um papa italiano, mas ao mesmo tempo a maioria deles não suporta a possibilidade de que seja Tedesco. Se eu cair, isso deixará você como o único candidato viável para que eles voltem a se unir.

Lomeli se deteve no meio dos degraus.

— Que pensamento terrível. Não podemos permitir que isso aconteça! — Quando voltaram a subir, ele disse: — Talvez Adeyemi venha a ser a solução. Ele certamente está sendo soprado por ventos fortes.

— Adeyemi? Um homem que disse, quase literalmente, que todos os homossexuais têm que ser mandados para a cadeia neste mundo e para o inferno no próximo? Ele não é resposta alguma.

Chegaram ao segundo andar. As velas que bruxuleavam do lado de fora do apartamento do Santo Padre projetavam um clarão vermelho no corredor. Os dois cardeais mais antigos do colégio de eleitores pararam por um instante contemplando a porta lacrada.

Bellini falou, quase para si mesmo:

— O que se passava na cabeça dele naquelas últimas semanas, é o que fico imaginando.

— Não pergunte a mim. Eu não o vi durante todo o último mês.

— Ah, gostaria que o tivesse visto. Ele estava estranho. Incomunicável. Cheio de segredos. Creio que ele sentiu que a morte se aproximava e sua mente estava cheia de ideias curiosas. Sinto a presença dele muito forte, e você?

— Sim, sem dúvida. Ainda me dirijo a ele. Muitas vezes sinto que ele está nos observando.

— Estou certo de que está. Bem, é aqui que nos separamos. Estou no terceiro andar. — Ele examinou a chave que trazia. — Quarto 301. Devo estar diretamente em cima do apartamento do Santo Padre. Quem sabe o espírito dele se irradia através do piso? Isso explicaria por que me sinto tão desassossegado. Procure dormir bem, Jacopo. Quem sabe onde estaremos amanhã a esta hora?

E então, para surpresa de Lomeli, Bellini o beijou nas duas faces antes de se virar e subir o próximo lance de escadas.

Lomeli falou alto:

— Boa noite.

Sem se virar, Bellini ergueu a mão numa saudação muda.

Depois que ele se foi, Lomeli ficou ali mais um minuto, olhando para a porta fechada e sua barreira de lacres e de fitas. Estava se lembrando do seu diálogo com Benítez. Seria verdade que o Santo Padre conhecia o filipino bem o bastante, e confiava nele o suficiente, para criticar seu próprio secretário de Estado? E, no entanto, a observação tinha um toque de autenticidade. "Brilhante, mas neurótico." Ele quase podia escutar o velho papa dizendo exatamente isso.

O sono de Lomeli naquela noite também foi inquieto. Pela primeira vez em muitos anos, ele sonhou com sua mãe — uma mulher que foi viúva por quarenta anos, e que costumava se queixar de que ele a tratava com frieza — e quando acordou no meio da madrugada, sua voz queixosa parecia ainda estar soando em seus ouvidos. Porém, então, depois de um ou dois minutos, ele percebeu que a voz que estava ouvindo era real. Havia uma mulher ali perto.

Uma mulher?

Ele rolou de lado na cama e tateou à procura do relógio. Eram quase três horas.

A voz feminina soou novamente: urgente, acusadora, quase histérica. E depois uma profunda voz masculina: gentil, tranquilizadora, conciliadora.

Lomeli jogou as cobertas para o lado e acendeu a luz. As molas pouco lubrificadas da cama de ferro rangeram alto quando ele se pôs de pé. Foi na ponta dos pés, cheio de cuidados, e encostou o ouvido na parede. As vozes tinham silenciado. Ele sentiu que, do outro lado da divisória de gesso, as pessoas também estavam à escuta. Por vários minutos ficou imóvel na mesma posição até que começou a se sentir meio idiota. Aquela suspeita era absurda! Porém, então, ouviu a voz inconfundível de Adeyemi — até os murmúrios do cardeal tinham um ressoar profundo — seguido pelo clique de uma porta se fechando. Ele se moveu com rapidez até a própria porta e a abriu, ainda a tempo de ver num lampejo o uniforme azul das Filhas da Caridade de São Vicente de Paulo desaparecendo na esquina do corredor.

Depois, ficou óbvio para Lomeli o que ele deveria ter feito em seguida. Deveria ter se vestido imediatamente e ido bater à porta de Adeyemi. Talvez fosse possível, naquele momento inicial, antes que as posições fossem assumidas e quando o episódio não podia mais ser negado, ter tido uma conversa franca a respeito do que acontecera. Em vez disso, o decano voltou para a cama, puxou as cobertas até o queixo e ficou analisando as possibilidades.

A melhor explicação — ou seja, a menos comprometedora, do seu ponto de vista — era a de que a freira estava enfrentando problemas, que tinha se escondido ali depois que as outras irmãs deixaram o prédio à meia-noite, e fora até Adeyemi em busca de orientação. Muitas das freiras ali na Casa Santa Marta eram africanas, e era inteiramente possível que uma delas conhecesse o cardeal desde os seus anos na Nigéria. Obviamente, Adeyemi era culpado de uma séria quebra de decoro ao admiti-la em seu quarto sem a presença de uma terceira pessoa, no meio da noite, mas uma quebra de decoro não era necessariamente um pecado. Depois dessa explicação, veio uma sucessão de outras, diante das quais a imaginação de Lomeli recuou. Num sentido bem literal, sua imaginação tinha sido treinada a não pensar nessas coisas. Uma passagem no *Diário da alma*, do papa João XXIII, havia sido seu texto-guia desde seus dias e noites atormentados quando era um jovem padre:

> Quanto às mulheres, e tudo que diz respeito a elas, nem uma palavra, nunca: era como se não existissem mulheres no mundo. Esse silêncio absoluto, mesmo entre amigos próximos, a respeito de tudo que se refere às mulheres, foi uma das lições mais duradouras e profundas dos meus primeiros anos de sacerdócio.

Essa era a medula da dura disciplina mental que permitira a Lomeli manter-se celibatário por mais de sessenta anos. *Nem sequer pense nelas!* A simples ideia de bater na porta ao lado e ter uma conversa de homem para homem com Adeyemi a respeito de uma mulher era um conceito inteiramente estranho ao blindado sistema intelectual do decano. Desse modo, ele decidiu esquecer o incidente. Se Adeyemi quisesse lhe fazer alguma confidência, naturalmente o ouviria, com o espírito de um confessor. De outro modo, agiria como se nada daquilo tivesse acontecido.

Estendeu o braço e apagou a luz da cabeceira.

9. A segunda votação

Às 6h30 a campainha tocou, chamando todos para a missa matinal.

Lomeli acordou pressentindo no fundo da mente uma catástrofe à vista, como se todas as suas ansiedades tivessem se retesado juntas, prontas para dar o bote no momento em que ele abrisse os olhos. Foi ao banheiro e tentou dissipá-las com outro banho escaldante. Mas quando se postou diante do espelho para se barbear, continuavam todas ali, à espreita, às suas costas.

Ele se enxugou, vestiu o roupão, ajoelhou-se no genuflexório e rezou um terço. Depois, orou pedindo sabedoria e orientação a Cristo durante as provas a que iria ser submetido naquele dia. Ao se vestir, seus dedos tremiam. Fez uma pausa e disse a si mesmo para se acalmar. Havia uma prece estabelecida para a aposição de cada vestimenta — batina, cíngulo, roquete, mozeta, solidéu —, e ele as recitou enquanto vestia cada item. "Protegei-me, ó Senhor, com a cinta da fé", sussurrou enquanto passava o cíngulo em volta da cintura, "e extingui o fogo da luxúria para que a castidade possa residir em mim, ano após ano." No entanto, fez isso mecanicamente, com a mesma ausência de sentimento de quem recita um número de telefone.

Antes de deixar o quarto, olhou a si mesmo no espelho, trajando seu hábito eclesiástico. A distância entre a figura que ele parecia ser e o homem que ele sabia que era nunca lhe pareceu tão grande.

Desceu as escadas em meio a um grupo de outros cardeais até a capela no andar térreo. Ela estava situada num anexo do edifício principal: tinha um projeto modernista e antisséptico, com um teto em V feito de vidro e de vigas brancas de madeira, suspenso sobre um piso de mármore polido nas cores dourado e creme. Para o gosto de Lomeli, parecia o salão de espera de um aeroporto, e, no entanto, o Santo Padre, surpreendentemente, preferia essa capela à Paulina. Um lado inteiro consistia numa grossa vidraça, por trás da qual corria o antigo muro do Vaticano, iluminado por refletores de chão por entre arbustos. Dali era impossível avistar o céu ou mesmo distinguir se o sol já nascera.

Duas semanas antes, Tremblay viera ao decano e se oferecera para assumir a celebração das missas matutinas na Casa Santa Marta, e Lomeli, preocupado com a organização da *Missa pro eligendo Romano Pontifice*, concordara, agradecido. Agora, lamentava tê-lo feito. Percebeu que dera ao canadense uma oportunidade perfeita para lembrar ao Conclave sua habilidade na celebração da liturgia. Ele cantava bem. Tinha a aparência de um clérigo em algum filme romântico de Hollywood: Spencer Tracy era o primeiro nome que ocorreria a alguém. Seus gestos eram dramáticos o bastante para sugerir que ele estava tomado pelo Espírito Santo, mas não eram tão teatrais que parecessem falsos ou egocêntricos. Quando Lomeli entrou na fila para receber a comunhão e se ajoelhou diante do cardeal, veio-lhe à mente a ideia sacrílega de que aquele serviço matinal teria rendido uns três ou quatro votos para o canadense.

Adeyemi foi o último a receber a hóstia. Ele evitou, com cuidado, olhar para Lomeli ou para qualquer outro quando voltou para o seu banco. Parecia inteiramente senhor de si, grave, remoto, cônscio. Na hora do almoço, ele provavelmente saberia se tinha chance de ser papa.

Depois da bênção, alguns dos cardeais deixaram-se ficar na capela, orando, mas a maior parte foi direto para o refeitório, para o café da manhã. Adeyemi juntou-se à sua mesa habitual de cardeais africanos. Lomeli se instalou entre os arcebispos de Hong Kong e Cebu. Tentaram estabelecer uma conversa polida, mas os silêncios começaram a se tornar mais longos e mais frequentes, e quando os outros se levantaram para pegar comida no bufê, Lomeli ficou onde estava.

Observou as freiras que passavam entre as mesas, servindo café. Para sua vergonha, percebeu que nunca se dera ao trabalho de reparar nelas até então. Sua idade mediana, calculou, era de cinquenta anos. Eram de todas as raças, mas, sem exceção, de pequena estatura, como se a irmã Agnes fizesse questão de não contratar ninguém maior que ela mesma. A maioria delas usava óculos. Tudo nelas — os hábitos azuis e os adornos de cabeça, a atitude discreta, os olhos baixos, o silêncio — parecia programado para evitar que chamassem a menor atenção, e ainda mais que se transformassem em objeto de desejo. Ele presumiu que elas recebiam ordens para não falar: quando uma freira serviu café a Adeyemi, ele nem sequer olhou para ela. No entanto, o falecido Santo Padre fazia questão de fazer uma refeição com um grupo dessas irmãs pelo menos uma vez por semana — outra manifestação de humildade que fazia a Cúria murmurar com desaprovação.

Um pouco antes das nove, Lomeli empurrou o prato que nem havia tocado, levantou-se e anunciou aos companheiros de mesa que estava na hora de voltar à Capela Sistina. Seu chamado deflagrou um êxodo geral rumo ao saguão. O'Malley já estava a postos junto ao balcão, com a prancheta em punho.

— Bom dia, Eminência.
— Bom dia, Ray.
— Vossa Eminência dormiu bem?
— Dormi perfeitamente, obrigado. Se não estiver chovendo, acho que prefiro ir a pé.

Ele esperou que um dos guardas suíços destrancasse a porta e saiu para o ar livre. O clima estava frio e úmido. Depois do calor da Casa Santa Marta, aquela brisa fresca no rosto era um tônico. Uma fila de micro-ônibus com os motores ligados dava a volta na praça, cada um vigiado por um segurança à paisana. A partida de Lomeli a pé provocou um zum-zum-zum de murmúrios e, ao se encaminhar rumo aos Jardins do Vaticano, percebeu estar sendo seguido por um segurança pessoal.

Normalmente, aquela parte do Vaticano estaria cheia de funcionários da Cúria chegando para o trabalho ou deslocando-se entre uma missão e outra; carros com placas "scv" estariam sacolejando sobre as pedras do calçamento. Porém, a área tinha sido interditada durante toda a duração do Conclave. Mesmo o Palazzo San Carlo, onde o doidivanas cardeal Tutino havia reformado seu vasto apartamento, parecia em abandono. Era como se alguma terrível calamidade tivesse se abatido sobre a Igreja, varrendo da terra todos os religiosos e não deixando ninguém senão os seguranças, que enxameavam pela cidade deserta como besouros negros. Nos Jardins, ficavam agrupados por trás das árvores e o vigiavam ao passar. Um deles patrulhava a alameda levando numa correia curta um cão alsaciano, que vasculhava os canteiros de flores à procura de bombas.

Num impulso repentino, Lomeli deixou a rua principal e subiu alguns degraus, passando por uma fonte e chegando a um gramado. Ergueu a barra da batina para protegê-la do orvalho. A relva estava esponjosa por baixo dos seus pés, exsudando umidade. Dali ele tinha uma visão, através das árvores, das colinas suaves de Roma, cinzentas na luz pálida de novembro. E pensar que quem fosse eleito papa nunca mais seria capaz de passear à vontade pela cidade, nunca poderia folhear um livro numa livraria ou sentar-se à mesa de um café na calçada, tornando-se um prisioneiro ali para sempre! Mesmo Ratzinger, que renunciou, não pôde mais escapar, e terminou seus dias trancafiado num convento adaptado nos Jardins, uma presença fantasmagórica. Lomeli rezou novamente para ser poupado de tal destino.

Por trás dele, a detonação súbita de estática de um aparelho de rádio interrompeu sua meditação. Foi seguida por uma algaravia eletrônica ininteligível. Ele murmurou baixinho: "Ah, por favor, vão embora!".

Quando se virou, o segurança logo deu um passo de lado, escondendo-se atrás de uma estátua de Apolo. De fato, era uma coisa quase cômica aquela tentativa desajeitada de parecer invisível. Lomeli viu, olhando para a rua lá embaixo, que vários outros cardeais tinham seguido seu exemplo e preferido fazer o trajeto a pé. Lá atrás, sozinho, ia Adeyemi. Lomeli desceu os degraus rapidamente, na esperança de evitá-lo, mas o nigeriano apressou o passo e acabou alcançando-o.

— Bom dia, decano.

— Bom dia, Joshua.

Os dois se detiveram para deixar passar um dos micro ônibus e em seguida prosseguiram, passando pelo lado oeste da Basílica na direção do Palácio Apostólico. Lomeli sentiu no outro a expectativa de que ele falasse primeiro, mas já tinha aprendido havia muito tempo a não quebrar o silêncio com uma banalidade. Não queria fazer menção ao que tinha visto durante a noite, não tinha o desejo de vigiar a consciência de ninguém, somente a sua. Finalmente, foi Adeyemi, depois que os dois responderam à saudação do guarda suíço na entrada do primeiro pátio, que se sentiu na obrigação de fazer o primeiro lance.

— Há uma coisa que preciso lhe dizer. Espero que não a considere imprópria...

Lomeli disse, precavido:

— Isso vai depender do que seja.

Adeyemi contraiu os lábios e assentiu, como se isso confirmasse algo que ele já sabia.

— Quero apenas que saiba o quanto eu concordo com o que disse ontem na sua homilia.

Lomeli olhou para ele, surpreso.

— Não era isso que eu esperava!

— Talvez eu seja um homem mais sutil do que o senhor pensa. Todos nós temos nossa fé submetida a testes, decano. Todos fraquejamos, mas a fé cristã é, acima de tudo, uma mensagem de perdão. Creio que seja esse o ponto vital do que nos disse.

— Perdão, sim. Mas também tolerância.

— Exatamente. Tolerância. Confio que, quando essa eleição tiver acabado, sua voz moderadora será escutada nos mais altos Conselhos da Igreja. Certamente o será, no que depender de mim. *Os mais altos Conselhos* — ele repetiu, com pesada ênfase. — Espero que entenda o que estou dizendo. Agora, dê-me licença, decano?

Ele apertou o passo, como se estivesse ansioso para se afastar, e apressou-se para emparelhar com os cardeais que iam em grupo, um pouco mais à frente. Pôs os braços em torno dos ombros de dois deles e os apertou contra si, deixando Lomeli para trás, pensando se estaria imaginando coisas ou se tinha acabado de receber o oferecimento, em troca do seu silêncio, do seu antigo cargo de secretário de Estado.

Eles se reuniram na Capela Sistina nas mesmas posições da véspera. As portas foram trancadas. Lomeli postou-se diante do altar e leu um a um os nomes dos cardeais. Cada homem respondeu: "Presente".

— Oremos.

Os cardeais ficaram de pé.

— Ó Pai, para que possamos conduzir e vigiar Vossa Igreja, dai-nos, aos vossos servos, as bênçãos da inteligência, da verdade e da paz, a fim de que possamos conhecer a Vossa vontade, e Vos servir com total dedicação. Para Cristo nosso Senhor.

— Amém.

Os cardeais se sentaram.

— Meus irmãos, vamos proceder agora à segunda votação. Escrutinadores, podem tomar suas posições, por favor.

Lukša, Mercurio e Newby levantaram-se dos seus assentos e se encaminharam para a parte da frente da capela.

Lomeli voltou ao seu lugar e retirou sua cédula da pasta. Quando os escrutinadores estavam prontos, ele abriu a caneta, ocultou o que estava fazendo e, mais uma vez, escreveu em letras maiúsculas: BELLINI. Dobrou a cédula, levantou-se, ergueu a cédula para que todo o Conclave pudesse vê-la e foi para o altar. Por cima dele, no *Juízo Final*, todas as legiões do céu se agrupavam, enquanto os condenados caíam no abismo.

— Invoco Cristo, o nosso Senhor, como minha testemunha e meu juiz, de que o meu voto é dado àquele que, diante dos olhos de Deus, julgo que deve ser eleito.

Depositou seu voto no prato e o fez cair no interior da urna.

Em 1978, Karol Wojtyta levou uma publicação marxista para o Conclave que o elegeu papa e ficou lendo calmamente durante as longas horas necessárias para as oito votações que foram feitas. No entanto, como papa João Paulo II, não permitiu essa mesma distração aos seus sucessores. Todos os eleitores foram proibidos, pela revisão das regras feita por ele em 1996, de levar qualquer material de leitura para dentro da Capela Sistina. Uma Bíblia era deixada na mesa de cada cardeal para que pudesse consultar as Escrituras em busca de inspiração. Sua única tarefa era a de meditar na escolha a ser feita.

Lomeli contemplou os afrescos do teto, folheou o Novo Testamento, observou o desfile dos candidatos quando se levantaram para votar, fechou os olhos, rezou. No final, de acordo com o seu relógio de pulso, foram necessários sessenta e oito minutos para todos os votos serem depositados. Um pouco antes das 10h45, o cardeal Rudgard, o último a votar, voltou para seu assento nos fundos da Capela e o cardeal Lukša ergueu a urna cheia de cédulas e a exibiu ao Conclave. Então os escrutinadores seguiram o mesmo ritual de antes. O cardeal Newby transferiu os papeizinhos dobrados para a segunda urna, contando cada um deles em voz alta até chegar a 118. Depois disso, ele e o cardeal Mercurio instalaram a mesa e as três cadeiras diante do altar. Lukša cobriu a mesa com uma toalha e pôs a urna sobre ela. Os três homens se sentaram. Lukša enfiou a mão no receptáculo ornamentado, como se estivesse tirando o tíquete premiado em algum sorteio para angariar fundos numa diocese qualquer, e tirou dali a primeira cédula. Ele a desdobrou, leu, fez uma anotação e a passou para Mercurio.

Lomeli empunhou a caneta. Newby perfurou a cédula com a agulha de prata e inclinou a cabeça para o microfone. Seu italiano atroz encheu a Capela Sistina.

— O primeiro voto apurado na segunda votação é para o cardeal Lomeli.

Durante alguns segundos de consternação, Lomeli teve a visão de seus colegas tramando em segredo às suas costas, ao longo da noite, para votar nele, e de sua elevação ao papado numa maré de votos combinados antes que tivesse tempo de organizar as ideias e evitá-lo. Porém, o próximo nome a ser lido foi o de Adeyemi, depois o de Tedesco, depois Adeyemi de novo, e seguiu-se então um abençoado período em que Lomeli não foi mencionado. Sua mão subia e descia pela lista dos cardeais, marcando com um traço cada voto declarado, e daí a pouco ele percebeu que estava em quinto lugar na disputa. Quando Newby leu para todos o último nome — "Cardeal Tremblay" —, Lomeli tinha acumulado um total de nove votos, quase o dobro do que recebera na primeira rodada, o que não era bem o que ele estava esperando, mas ainda era o suficiente para mantê-lo em segurança. Era Adeyemi quem tinha disparado para o primeiro lugar:

Adeyemi — 35
Tedesco — 29
Bellini — 19
Tremblay — 18
Lomeli — 9
Outros — 8

E assim, por entre o nevoeiro da ambição humana, a vontade de Deus começava a emergir. Como sempre, na segunda rodada os candidatos sem esperança começavam a desaparecer, e o nigeriano tinha captado dezesseis desses votos, um respaldo fenomenal. Tedesco estaria contente, pensou Lomeli, por ter somado mais sete votos ao seu total anterior. Enquanto isso, Bellini e Tremblay mal tinham se movido: não era um mau resultado para o canadense, talvez, mas decerto um desastre para o ex-secretário de Estado, que provavelmente teria precisado alcançar de vinte e cinco a trinta votos para permanecer na corrida.

Foi apenas quando conferiu os seus cálculos pela segunda vez que Lomeli notou outra pequena surpresa — como uma nota de pé de página — que ele não tinha notado antes, de tão concentrado que estava na história principal. Benítez também tinha ganhado mais apoio, passando de um voto para dois.

10. A terceira votação

Depois que Newby leu os resultados e os três cardeais revisores confirmaram tudo, Lomeli se levantou e foi até o altar. Recebeu o microfone das mãos de Newby. A Sistina parecia estar emitindo um zumbido num tom de baixo profundo. Ao longo das quatro fileiras de mesas, os cardeais estavam comparando listas e murmurando com seus vizinhos.

Dali do degrau do altar, ele podia ver bem os quatro concorrentes. Bellini, como cardeal-arcebispo, era o que estava mais próximo dele, do lado direito da Capela, do ponto de vista de Lomeli: estava examinando os números e batendo com o indicador nos lábios, um personagem à parte. Um pouco mais além, no lado oposto, Tedesco reclinava sua cadeira para escutar o arcebispo emérito de Palermo, Scozzazi, que estava na fila atrás dele e também se inclinava para lhe dizer alguma coisa. Alguns lugares depois de Tedesco, Tremblay estava torcendo o corpo para um lado e depois para outro, flexionando os músculos, como um esportista numa pausa. Diante dele, Adeyemi olhava direto para a frente, tão imóvel que poderia ser uma imagem talhada em ébano, alheio a todos os pares de olhos voltados para ele na Capela Sistina.

Lomeli deu batidinhas no microfone. Elas ecoaram por entre os afrescos como o bombo de uma bateria. Imediatamente os murmúrios cessaram.

— Meus irmãos, de acordo com as regulamentações apostólicas, não faremos uma pausa para queimar as cédulas neste momento, mas, em vez disso, passaremos direto para a próxima votação. Oremos.

Pela terceira vez, Lomeli votou em Bellini. Tinha estabelecido em sua mente que não o abandonaria, embora qualquer um pudesse ver — quase literalmente, ver no sentido físico — a autoridade se esvaindo do antigo favorito quando ele andou empertigado até o altar, recitou o juramento numa voz sem brilho e depositou a cédula. Voltou para o seu assento, e parecia uma casca vazia. Uma coisa era ele ter receio de ser eleito papa; outra, completamente diferente, era se confrontar com a súbita realidade de que isso nunca ia acontecer — que depois de anos sendo visto como um herdeiro aparente, seus pares o examinaram e Deus guiou a escolha deles em outra direção. Quando Bellini passou perto de Lomeli para chegar à sua cadeira, ele lhe deu um tapinha de consolo nas costas, mas o antigo secretário de Estado pareceu nem notar.

Enquanto os cardeais votavam, Lomeli passou seu tempo contemplando os painéis do teto que ficavam mais próximos. O profeta Jeremias afundado em sua miséria. O antissemita Haman denunciado e morto. O profeta Jonas prestes a ser devorado pela baleia. O torvelinho daquilo tudo lhe produziu um impacto pela primeira vez. A violência; a força. Ele inclinou o pescoço para ver a imagem de Deus separando a luz das trevas. A criação do Sol e dos planetas. Deus separando a terra das águas. Sem perceber, acabou se deixando envolver pelas pinturas. "Haverá sinais no Sol, na Lua e nas estrelas; e na Terra, as nações estarão em angústia, inquietas pelo bramido do mar e das ondas, os homens desfalecerão de medo, na expectativa do que ameaçará o mundo habitado, pois os poderes dos céus serão abalados..." Ele sentiu um súbito pressentimento de catástrofe, tão profundo que estremeceu, e quando olhou em volta, percebeu que uma hora havia se passado e que os escrutinadores estavam prontos para contar os votos.

— Adeyemi... Adeyemi... Adeyemi...
Parecia que, a cada dois votos, um era para o cardeal da Nigéria, e quando os últimos foram lidos em voz alta, Lomeli fez uma prece em favor dele.
— Adeyemi... — Newby enfiou a última cédula no cordão de seda escarlate. — Meus irmãos, isto conclui a terceira votação.
Houve uma exalação de ar coletiva por toda a Capela. Rapidamente, Lomeli contou a floresta de marcas que tinha feito diante do

nome de Adeyemi. Ele alcançara cinquenta e sete. *Cinquenta e sete!* Não pôde deixar de inclinar-se para a frente e espiar ao longo das mesas o local onde Adeyemi estava sentado. Metade do Conclave estava fazendo o mesmo. Mais três votos e ele teria a maioria simples; mais vinte e um, e ele seria papa.

O primeiro papa negro.

A cabeça enorme de Adeyemi estava pendida sobre o peito. Em sua mão direita agarrava a cruz peitoral. Estava orando.

Na primeira votação, trinta e quatro cardeais tinham recebido pelo menos um voto. Agora apenas seis tinham sido votados:

Adeyemi — 57
Tedesco — 32
Tremblay — 12
Bellini — 10
Lomeli — 5
Benítez — 2

Adeyemi seria eleito papa antes do fim do dia. Lomeli tinha certeza disso. A profecia estava escrita nos números. Mesmo que, de algum modo, Tedesco conseguisse chegar aos quarenta votos na próxima rodada, vedando-lhe a maioria de dois terços, o bloqueio dessa minoria ia desmoronar rapidamente na votação seguinte. Poucos cardeais se arriscariam a provocar um cisma na Igreja opondo-se a uma manifestação tão dramática da vontade Divina. E para ser mais prático a esse respeito, nenhum deles iria querer tornar-se inimigo do futuro papa, especialmente um com uma personalidade tão poderosa como Joshua Adeyemi.

Assim que as cédulas foram confirmadas pelos revisores, Lomeli voltou a subir o degrau diante do altar e se dirigiu ao Conclave.

— Meus irmãos, está assim encerrada a terceira votação. Vamos agora fazer o nosso intervalo para o almoço. A votação será reiniciada às duas e meia. Por favor, permaneçam em seus lugares enquanto os oficiais entram, e lembrem-se de não comentar as nossas atividades enquanto não estivermos de volta à Casa Santa Marta. Por favor, o cardeal decano júnior poderia pedir que as portas sejam abertas?

Os membros do Conclave entregaram seus papéis com anotações aos Mestres de Cerimônia e se enfileiraram, conversando animadamente por todo o vestíbulo, passando para a grandiosidade de mármore da Sala Régia e descendo as escadarias até os micro-ônibus. Já era possível notar o tratamento cheio de deferência dispensado a Adeyemi, que parecia ter produzido um escudo protetor invisível em volta de si. Mesmo os seus partidários mais próximos mantinham distância. Ele caminhava sozinho.

Os cardeais estavam impacientes para chegar logo à Casa Santa Marta. Muito poucos ficaram para assistir à queima dos votos. O'Malley enfiou os sacos estufados de papéis numa fornalha, acendeu o preparado químico na outra. As fumaças se elevaram, misturando-se, e subiram pelo tubo de cobre. Às 12h37, a fumaça preta começou a ser avistada pela chaminé da Capela Sistina. Observando-a, especialistas em assuntos do Vaticano dos principais canais de televisão continuaram prevendo, confiantes, a vitória de Bellini.

Lomeli deixou a Sistina logo depois de a fumaça ser liberada, por volta de 12h45. No pátio, os seguranças estavam retendo para ele o último micro-ônibus. Ele agradeceu a oferta de ajuda, mas subiu sozinho, e encontrou Bellini entre os passageiros, sentado na parte da frente, no meio do seu grupo de partidários habituais — Sabbadin, Landolfi, Dell'Acqua, Santini, Panzavecchia. Ele não tinha ganhado muita coisa, pensou Lomeli, ao tentar vencer uma eleição internacional apoiado num grupinho de italianos. Como a parte de trás estava toda ocupada, Lomeli foi obrigado a se sentar com eles. O ônibus pôs-se em movimento. Conscientes dos olhos do motorista, que os observavam pelo retrovisor, os cardeais a princípio mantiveram-se em silêncio. Mas então Sabbadin, virando-se em seu assento, disse a Lomeli, num tom de voz enganadoramente jovial:

— Eu reparei, decano, que o senhor passou quase uma hora hoje examinando o teto de Michelangelo.

— Sim, eu o fiz... e que obra feroz é aquela, quando temos tempo de lhe dar atenção. Tantos desastres chovendo sobre nós: execuções, assassinatos, o Dilúvio. Havia um detalhe em que eu não tinha reparado até agora: a expressão de Deus quando separa a luz das trevas: é puro homicídio.

— É claro que o episódio mais apropriado para termos contemplado hoje de manhã teria sido a história dos porcos dos gadarenos. É uma pena que o Mestre nunca tenha chegado a pintar *essa*.

— Ora, ora, Giulio — disse Bellini, com os olhos no motorista.

— Lembre-se de onde estamos.

Porém, Sabbadin não conseguia controlar seu azedume. A única concessão que fez foi abaixar a voz até um sussurro, de modo que todos tiveram que chegar mais perto para ouvi-lo.

— Falando sério, será que todos nós estamos perdendo o bom senso? Não percebemos que estamos em debandada na direção de um abismo? O que vou dizer em Milão quando eles começarem a descobrir as opiniões do novo papa sobre questões sociais?

Lomeli sussurrou:

— Não se esqueça de que haverá também grande excitação a propósito do primeiro pontífice africano.

— Ah, é claro! Será ótimo! Um papa que permitirá uma dança tribal no meio da missa, mas não será capaz de aprovar a Comunhão para os divorciados.

— Basta! — Bellini fez um gesto cortante com a mão para indicar que a conversa estava encerrada. Lomeli nunca o vira tão zangado. — Todos temos que aceitar a sabedoria coletiva do Conclave. Isto aqui não é uma das campanhas políticas do seu pai, Giulio. Deus não faz recontagem de votos. — Ele olhou pela janela e não falou novamente por todo o restante do curto trajeto. Sabbadin recostou-se, de braços cruzados, furioso na sua frustração e no seu desapontamento. No retrovisor, os olhos do motorista estavam arregalados de curiosidade.

São menos de cinco minutos de carro da Capela Sistina para a Casa Santa Marta. Lomeli calculou depois que, portanto, deviam ser em torno de 12h50 quando desembarcaram diante do prédio. O ônibus deles foi o último a chegar. O almoço era no sistema de self-service. Metade dos cardeais, talvez, já estavam sentados e mais uns trinta esperavam na fila com suas bandejas; os demais já deviam ter subido para os seus quartos. As freiras circulavam pelas mesas, servindo vinho. Havia uma atmosfera de irreprimível excitação: agora que podiam falar abertamente, os cardeais trocavam opiniões sobre aquele resultado extraordinário. Quando se pôs no fim da fila, Lomeli ficou surpreso ao avistar Adeyemi sentado na mesma mesa que ocupara no café da manhã cercado pelo mesmo grupo de cardeais africanos: se ele se visse na posição do nigeriano, estaria naquele momento na capela, longe do burburinho, mergulhado em orações.

Chegou ao balcão e estava se servindo de um pouco de *riso tonnato* quando ouviu o som de vozes que se erguiam às suas costas, seguido pelo estardalhaço de uma bandeja caindo no chão de mármore, vidros partindo-se, e depois gritos de uma mulher. (Gritos era a palavra adequada? Talvez fosse melhor choro: o choro de uma mulher.) Ele girou o corpo para ver o que estava acontecendo. Outros cardeais estavam se levantando em suas mesas para fazer o mesmo, e taparam sua visão. Uma freira com as mãos agarrando a cabeça correu pela sala afora e desapareceu na cozinha. Duas outras irmãs se apressaram atrás dela. Lomeli se virou para o cardeal mais próximo dele, que era o jovem espanhol Villaneuva.

— O que houve? Viu o que foi?

— Ela derrubou uma garrafa de vinho, acho.

Fosse o que fosse, o incidente parecia estar encerrado. Os cardeais voltaram a se sentar às suas mesas. O murmúrio das conversas começou a se elevar novamente. Lomeli voltou-se de novo para o balcão para pegar a comida. De bandeja em punho, olhou em volta em busca de um local onde pudesse se sentar. Uma freira surgiu da cozinha carregando um balde e um esfregão e foi na direção da mesa dos africanos. Nesse momento, Lomeli percebeu que Adeyemi não se encontrava mais ali. Num instante de terrível lucidez, ele percebeu o que devia ter acontecido. Porém, mesmo assim — como ele se recriminou por isto depois! —, *mesmo assim*, o seu instinto lhe disse para ignorar. A discrição e a autodisciplina de uma vida inteira guiaram seus pés rumo à cadeira vazia mais próxima, e depois ordenaram ao seu corpo que se sentasse, à sua boca que sorrisse saudando os vizinhos de mesa, às suas mãos que desdobrassem um guardanapo, enquanto, em seus ouvidos, ele só escutava algo que lembrava o rugido de uma cachoeira.

Ocorreu então que o arcebispo de Bordeaux, Courtemarche — o que questionara as evidências históricas do Holocausto, e que Lomeli sempre procurara evitar —, de repente, viu-se sentado ao lado do decano do Colégio. Confundindo esse acaso com uma aproximação oficial, ele passou a fazer uma petição em nome da Fraternidade Sacerdotal São Pio x. Lomeli escutou sem ouvir. Uma freira, com os olhos discretamente abaixados, veio e se postou próxima ao seu ombro para lhe oferecer vinho. Ele ergueu os olhos para recusar e, por uma fração de segundo, ela o olhou de volta — um olhar terrível, acusador, que lhe deixou a boca seca.

— ... Imaculado Coração de Maria... — Courtemarche estava dizendo — ... a intenção celestial declarada em Fátima...

Por trás da irmã, três dos arcebispos africanos que tinham estado à mesa de Adeyemi — Nakitanda, Mwangale e Zucula — vinham na direção de Lomeli. O mais jovem, Nakitanda, de Kampala, parecia ser o porta-voz do grupo.

— Podemos ter uma palavra com o senhor, decano?

— Claro. — Ele fez um aceno com a cabeça para Courtemarche. — Com sua licença.

Seguiu o trio até um canto do saguão.

— O que aconteceu ali? — perguntou.

Zucula abanou a cabeça, com tristeza.

— Nosso irmão está com problemas.

Nakitanda aduziu:

— Uma das freiras que serviam nossa mesa começou a falar com Joshua. Ele tentou ignorá-la, de início. Ela jogou a bandeja no chão e gritou alguma coisa. Ele se levantou e saiu do salão.

— E ela gritou o quê?

— Infelizmente, não sabemos. Ela falou num dialeto nigeriano.

— Iorubá — disse Mwangale. — Era iorubá, o dialeto de Adeyemi.

— E onde está o cardeal Adeyemi agora?

Nakitanda disse:

— Não sabemos, decano, mas ficou claro que há alguma coisa errada e que ele precisa nos dizer do que se trata. E precisamos falar com a irmã antes de voltarmos para a Sistina, para votar. Qual será exatamente a queixa que ela tem contra ele?

Zucula pegou Lomeli pelo braço. Para um homem aparentemente tão frágil, seu aperto era impressionante.

— Esperamos muito tempo por um papa africano, Jacopo, e se é a vontade de Deus que seja Joshua, estou feliz com isso. Mas ele deve ser puro em seu coração e em sua consciência... um homem verdadeiramente santo. Qualquer coisa menos do que isso seria um desastre para nós.

— Compreendo. Deixem-me ver o que posso fazer. — Ele olhou o relógio. Passavam três minutos de uma hora da tarde.

Para chegar à cozinha a partir do saguão, Lomeli teve que cruzar por inteiro o salão de refeições. Os cardeais tinham ficado observando seu diálogo com os africanos, e ele tinha a consciência de que sua caminhada estava sendo seguida por dezenas de pares de olhos — homens que se curvavam para cochichar uns com os outros, garfos imobilizados a meio caminho. Ele empurrou a porta. Fazia muitos anos que tinha entrado numa cozinha, e jamais vira uma tão atarefada quanto aquela. Olhou em torno, espantado, para as freiras que preparavam a comida. As irmãs mais próximas fizeram-lhe reverências.

— Eminência... Eminência...

— Deus as abençoe, minhas filhas. Digam-me, onde está a irmã que teve um acidente ainda há pouco?

Uma freira italiana respondeu:

— Está com a irmã Agnes, Eminência.

— Podia por gentileza me conduzir até elas?

— Claro, Eminência. — Ela fez um gesto, indicando a porta que levava de volta ao salão de refeições.

Lomeli hesitou.

— Não há uma saída pelos fundos que possamos usar?

— Sim, Eminência.

— Leve-me por lá, minha filha.

Ele a seguiu através de um depósito até uma entrada de serviço.

— Como é o nome da irmã, sabe me dizer?

— Não, Eminência. Ela é nova aqui.

A freira bateu timidamente na porta de vidro de um escritório. Lomeli o reconheceu como o local onde ele encontrara Benítez pela primeira vez, só que agora as persianas internas haviam sido baixadas por privacidade, e era impossível vê-lo por dentro. Depois de alguns momentos, ele próprio voltou a bater, com mais força. Houve lá dentro um barulho de movimento e então uma fresta de porta abriu-se, revelando o rosto da irmã Agnes.

— Eminência?...

— Boa tarde, irmã. Preciso falar com a irmã que derrubou uma bandeja ainda há pouco.

— Ela está em segurança comigo, Eminência. Estou cuidando da situação.

— Tenho certeza de que está, irmã Agnes. Mas eu preciso vê-la.

— Não acho que a queda de uma bandeja deva preocupar o decano do Colégio dos Cardeais.

— Mesmo assim. Posso?... — Ele segurou a maçaneta.

— Não é nada que eu mesma não possa...

Ele empurrou delicadamente a porta e, depois de uma última tentativa de resistência, a irmã cedeu.

A freira estava sentada na mesma cadeira que Benítez tinha ocupado, junto à fotocopiadora. Ficou de pé quando ele entrou. Lomeli teve a impressão de uma mulher de seus cinquenta anos — pequena, atarracada, de óculos, tímida; idêntica às demais. Mas era sempre difícil enxergar além do uniforme e do adorno de cabeça e ver a pessoa, especialmente quando essa pessoa estava com os olhos voltados para o chão.

— Sente-se, minha filha — disse ele, gentilmente. — Sou o cardeal Lomeli. Estamos preocupados com você. Como está se sentindo?

A irmã Agnes respondeu:

— Está se sentindo muito melhor, Eminência.

— Pode me dizer seu nome?

— O nome dela é Shanumi. Ela não entende uma palavra do que o senhor está dizendo. Ela não fala italiano, pobrezinha.

— Inglês? — perguntou ele à freira. — Fala inglês? — Ela assentiu. — Ótimo. Eu também. Vivi nos Estados Unidos por algum tempo. Por favor, sente-se.

— Eminência, eu acho realmente que seria melhor se...

Sem se virar para encará-la, Lomeli disse, com firmeza:

— Pode fazer a gentileza de nos deixar agora, irmã Agnes? — E somente quando ela ousou protestar mais uma vez ele se virou e lhe lançou um olhar de tão gélida autoridade que mesmo ela, diante de quem três papas e pelo menos um chefe tribal africano tinham se intimidado, abaixou a cabeça e recuou até sair do aposento, fechando a porta.

Lomeli puxou uma cadeira e se sentou de frente para a freira, tão próximo dela que seus joelhos quase se tocavam. Aquela intimidade era difícil para ele. *Ó Deus*, ele rezou, *dai-me a força e a sabedoria para ajudar esta pobre mulher e descobrir o que preciso saber, para que possa cumprir meu dever perante Vós.*

Ele disse:

— Irmã Shanumi, quero que entenda, antes de qualquer outra coisa, que você não está envolvida em nenhum problema. O fato é que eu tenho a responsabilidade, diante de Deus e da nossa Mãe Igreja, que nós dois tentamos servir da melhor maneira possível, de me certificar de que as decisões a serem tomadas aqui sejam as decisões corretas. Agora, é importante que me diga qualquer coisa que esteja no seu coração e que a esteja perturbando, caso essa coisa tenha relação com o cardeal Adeyemi. Pode fazer isso para mim?

Ela abanou a cabeça dizendo que não.

— Mesmo que eu lhe dê uma garantia absoluta de que isso não passará das paredes desta sala?

Uma pausa, seguida por outro sinal negativo.

Foi então que ele teve uma inspiração. Depois, ia sempre acreditar que Deus tinha ido em seu socorro.

— Gostaria que eu a ouvisse em confissão?

11. A quarta votação

Cerca de uma hora mais tarde, e apenas vinte minutos antes de os micro-ônibus começarem a partir rumo à Capela Sistina para o início da quarta rodada de votação, Lomeli saiu em busca de Adeyemi. Procurou por todo o saguão e depois na capela. Meia dúzia de cardeais estavam lá, ajoelhados, de costas para ele. Ele foi até o altar para poder ver os seus rostos. Nenhum era o nigeriano. Saiu, pegou o elevador para o segundo andar, cruzou rápido o corredor e foi direto para a porta do quarto ao lado do seu.

Bateu com força.

— Joshua? Joshua? É Lomeli. — Bateu novamente. Estava a ponto de desistir quando ouviu passos e a porta foi aberta.

Adeyemi, ainda trajado com o hábito eclesiástico completo, estava enxugando o rosto com uma toalha. Ele disse:

— Estarei pronto num instante, decano.

Deixando a porta aberta, ele desapareceu no banheiro; depois de uma breve hesitação, Lomeli entrou no quarto e fechou a porta. O quarto, com as janelas fechadas, tinha um cheiro forte da loção pós-barba do cardeal. Sobre a escrivaninha via-se uma foto em preto e branco, emoldurada, mostrando Adeyemi como um jovem seminarista, do lado de fora de uma missão católica, com uma mulher mais idosa, de ar orgulhoso, usando chapéu — a mãe dele, provavelmente, ou uma tia. A cama estava desarrumada, como se o cardeal tivesse se deitado nela. Ouviu-se o som da descarga no banheiro e Adeyemi emergiu, abotoando a parte inferior da batina. Ficou surpreso ao ver que Lomeli estava no quarto, e não no corredor.

— Não devíamos estar embarcando?

— Daqui a pouco.

— Isso parece ameaçador. — Adeyemi inclinou-se para olhar o espelho. Plantou o solidéu firmemente na cabeça, e o ajustou até ficar perfeitamente reto. — Se isso é a respeito do incidente lá de baixo, não quero falar a respeito. — Ele espanou grãos invisíveis de poeira dos ombros da mozeta. Ergueu bastante o queixo. Ajustou a cruz peitoral. Lomeli continuou em silêncio, olhando para ele. Por fim, Adeyemi falou, com voz calma: — Sou vítima de um complô vergonhoso para arruinar minha reputação, Jacopo. Alguém trouxe aquela mulher para cá e encenou esse melodrama todo apenas para evitar que eu seja eleito papa. Para começar, como ela veio parar dentro da Casa Santa Marta? Ela nunca havia saído da Nigéria.

— Com todo respeito, Joshua, a questão de como ela veio parar aqui é menos importante do que a questão de sua relação com ela.

Adeyemi ergueu os braços, cheio de exasperação.

— Mas eu não tenho relação com ela! Não pus os olhos nela durante trinta anos, até a noite passada, quando ela veio à porta do meu quarto! Nem sequer a reconheci. Você não percebe o que está acontecendo aqui?

— As circunstâncias são curiosas, concordo, mas vamos deixar isso de lado por enquanto. É a condição da sua alma que me preocupa.

— Minha alma? — Adeyemi deu meia-volta e encarou bem de perto Lomeli. Seu hálito tinha um cheiro adocicado. — Minha alma está cheia de amor a Deus e a Sua Igreja. Eu senti a presença do Espírito Santo hoje de manhã — você também deve tê-la sentido — e estou pronto para receber o meu fardo. Pode um simples erro de trinta anos atrás me desqualificar? Ou será que isso me deixa mais forte? Permita me citar sua própria homilia de ontem: "Oremos para que Ele nos conceda um papa capaz de pecar, e de pedir perdão, e de seguir em frente".

— E você pediu perdão? Confessou o seu pecado?

— Sim! Confessei meu pecado naquela época, e meu bispo me transferiu para outra paróquia, e nunca mais voltei a pecar. Relações assim não eram tão incomuns naquele tempo. O celibato sempre foi uma coisa alheia à África, você sabe disso.

— E a criança?

— "A criança?" — Adeyemi vacilou, balbuciando um pouco. — "A criança" cresceu num lar cristão, e até hoje não tem ideia de quem seja o seu pai, se é que sou eu. É isso.

Ele recobrou a pose a tempo de encarar Lomeli com fúria e, por um momento a mais, o edifício continuou de pé — desafiador, ferido, magnífico: ele teria sido uma tremenda figura de proa para a Igreja, pensou Lomeli. Então alguma coisa cedeu e Adeyemi se sentou abruptamente na beira da cama, agarrando a cabeça com as mãos. Sua atitude fez Lomeli recordar uma fotografia que vira, de um prisioneiro sentado na beira de uma cova, esperando sua vez de ser fuzilado.

Que enrascada terrível era aquela. Lomeli não conseguia recordar uma hora mais estranhamente dolorosa em sua vida do que aquela que acabara de passar ouvindo a confissão da irmã Shanumi. Pelo seu relato, ela não era nem sequer uma noviça quando aquilo teve início, mas uma mera postulante, uma criança, enquanto Adeyemi era o padre da sua comunidade. Se não fora um estupro nos termos da lei, não tinha ficado muito longe disso. Qual o pecado, então, que *ela* tinha a confessar? Onde estava sua culpa? No entanto, carregar esse fardo tinha arruinado sua vida. Para Lomeli, o pior de tudo fora o momento em que ela exibiu a fotografia, dobrada até ficar quase do tamanho de um selo postal. Mostrava um menino de seis ou sete anos numa camiseta sem mangas, sorrindo para a câmera: uma boa foto de escola católica, com um crucifixo na parede atrás dele. As marcas onde a foto tinha sido dobrada e redobrada durante o último quarto de século haviam rachado tanto a superfície lustrosa que era como se o menino estivesse olhando por trás de grades.

A Igreja tinha se encarregado de providenciar uma adoção. Depois que o bebê nasceu, ela não queria nada de Adeyemi exceto algum tipo de confirmação do que ocorrera, mas ele foi transferido para uma paróquia em Lagos e as cartas dela foram devolvidas ainda fechadas. Ao reencontrá-lo na Casa Santa Marta, ela não conseguira se conter. Por isso o tinha visitado no quarto de dormir. Ele lhe dissera que deviam esquecer tudo aquilo. E, no salão de jantar, quando se recusou até

mesmo a olhar para ela, e quando uma das outras irmãs lhe sussurrou que ele estava a ponto de ser eleito papa, ela não fora mais capaz de se controlar. Era culpada de muitos pecados, insistiu, nem sabia por onde começar a enumerá-los — luxúria, ira, orgulho, dissimulação. Caiu de joelhos e recitou o Ato de Contrição. "Meu Deus, porque sois infinitamente bom e Vos amo de todo o meu coração, pesa-me de Vos ter ofendido e, com o auxílio da Vossa divina graça, proponho firmemente emendar-me e nunca mais Vos tornar a ofender. Peço e espero o perdão das minhas culpas pela Vossa infinita misericórdia. Amém."
Ele a fizera ficar de pé e a absolvera.
— Não foi você quem pecou, minha filha, foi a Igreja. — Ele fez o sinal da cruz. — Agradeça a Deus por ele ter sido bom.
— Porque a Sua Piedade dura para sempre.

Depois de algum tempo, Adeyemi disse, em voz baixa:
— Nós dois éramos muito jovens.
— Não, Eminência. *Ela* era jovem. O senhor tinha trinta anos.
— Você quer destruir minha reputação para se tornar o papa!
— Não diga absurdos. Mesmo em pensamento, isso é indigno de você.
Os ombros de Adeyemi tinham começado a ser sacudidos por soluços. Lomeli sentou-se na cama ao seu lado.
— Componha-se, Joshua — disse ele, gentilmente. — Só tomei conhecimento de tudo isso porque ouvi a pobre mulher em confissão, e ela jamais revelará nada em público, tenho certeza, nem que seja para proteger o menino. Quanto a mim, estou preso pelos votos do segredo da confissão, não posso revelar o que ouvi.
Adeyemi o olhou meio de lado. Seus olhos reluziam. Mesmo então, ele não conseguia aceitar que seu sonho estava desfeito.
— Está dizendo que eu ainda tenho esperanças?
— Não! Nenhuma, absolutamente! — Lomeli estava consternado. Conseguiu controlar-se, e prosseguiu, num tom mais ponderado. — Depois de uma cena pública como a que aconteceu, os boatos são inevitáveis. Você sabe como é a Cúria.
— Sim, mas boatos não são a mesma coisa que fatos.

— Nesse caso, são. Você sabe tão bem quanto eu que, se há alguma coisa que aterroriza os nossos colegas, mais do que todas as outras, é pensar na possibilidade de novos escândalos sexuais.

— Então é isso? Eu nunca poderei ser papa?

— Eminência, nunca poderá ser *coisa alguma*.

Adeyemi parecia incapaz de erguer os olhos do chão.

— O que posso fazer, Jacopo?

— Você é um bom homem. Encontrará algum modo de achar a expiação. Deus saberá, se sua penitência for sincera, e decidirá o que deve lhe acontecer.

— E o Conclave?

— Deixe-o por minha conta.

Ficaram sentados em silêncio. Lomeli não suportava imaginar a agonia do outro. *Deus me perdoe pelo que tive de fazer.* Finalmente, Adeyemi disse:

— Pode rezar comigo por um momento?

— Claro que sim.

E os dois homens se ajoelharam sob a luz elétrica do quarto fechado onde pairava o perfume agradável da loção de barba — ajoelharam-se com facilidade, no caso de Adeyemi, com esforço, no caso de Lomeli — e rezaram juntos, lado a lado.

Lomeli teria gostado de ir a pé novamente para a Sistina, respirando ar puro e virando o rosto na direção do suave sol de novembro. Mas estava muito tarde para isso. Quando chegaram ao saguão, os cardeais já estavam subindo nos micro-ônibus e Nakitanda o esperava junto do balcão.

— E então?

— Ele terá que renunciar a todos os seus cargos.

A cabeça de Nakitanda se abaixou, em consternação.

— Ah, não!

— Não imediatamente. Espero podermos evitar uma humilhação, mas, dentro de um ano, mais ou menos. Deixo a seu cargo o que informar aos outros. Falei com ambas as partes e estou preso aos meus votos. Não posso dizer mais nada.

No micro-ônibus, ele se sentou bem no fundo, com os olhos fechados, e pousou seu barrete no assento ao lado, para desencorajar companhia. Cada detalhe de tudo aquilo o deixava enojado, mas um aspecto, em particular, começava a agulhar sua mente. Era a primeira coisa que Adeyemi tinha alegado: o momento. De acordo com a irmã Shanumi, seu trabalho na Nigéria nos últimos vinte anos tinha sido na comunidade de Iwaro Oko, na província de Ondo, ajudando mulheres que sofriam de aids.

— Era feliz lá?

— Muito feliz, Eminência.

— Seu trabalho devia ser um pouco diferente do que tem que fazer aqui, eu imagino.

— Ah, sim. Lá eu era enfermeira. Aqui sou uma criada.

— Então, o que a fez querer vir para Roma?

— Mas eu nunca quis vir para Roma!

O modo como tinha ido parar na Casa Santa Marta era ainda um mistério para ela. Certo dia, em setembro, havia sido chamada para conversar com a irmã a cargo de sua comunidade, e fora informada da chegada de um e-mail do escritório da superiora-geral, em Paris, requisitando sua transferência imediata para a missão da ordem em Roma. Houve grande excitação entre as outras irmãs diante de tal honraria. Algumas chegaram mesmo a supor que o Santo Padre seria pessoalmente responsável por esse convite.

— Que extraordinário. Você conheceu o papa?

— Claro que não, Eminência! — Foi o único momento em que ela riu, pelo absurdo da ideia. — Eu o vi apenas uma vez, quando ele fez sua viagem à África, mas eu era uma pessoa no meio de milhões. Para mim, ele era um pontinho branco visto à distância.

— E a que altura você foi chamada a Roma?

— Há seis semanas, Eminência. Deram-me três semanas para me preparar, e então peguei o avião.

— E quando chegou aqui, teve alguma chance de falar com o Santo Padre?

— Não, Eminência. — Ela se benzeu. — Ele morreu no dia em que eu cheguei. Que a sua alma descanse em paz.

— Não compreendo por que concordou em vir. Por que deixaria sua casa na África para viajar para tão longe?

A resposta o feriu mais do que qualquer outra coisa que ela dissera:

— Porque eu pensei que talvez o cardeal Adeyemi tivesse mandado me buscar.

Uma coisa era preciso reconhecer a favor de Adeyemi. O cardeal nigeriano se comportou com a mesma dignidade e gravidade que tinha exibido ao fim da terceira votação. Ninguém que o observasse ao entrar na Capela Sistina poderia adivinhar, pela sua expressão, que seu senso manifesto de propósito tinha sido abalado, quanto mais que caíra em desgraça. Ele ignorou os homens à sua volta e se sentou calmamente à sua mesa, lendo a Bíblia durante o tempo da chamada, e quando seu nome foi lido, respondeu com voz firme: "Presente".

Às 14h45 as portas foram trancadas e, pela quarta vez, Lomeli conduziu as orações. E mais uma vez ele escreveu o nome de Bellini na cédula e foi até o altar para depositá-la na urna.

— Invoco Cristo, o nosso Senhor, como minha testemunha e meu juiz, de que o meu voto é dado àquele que diante dos olhos de Deus eu julgo que deve ser eleito.

Voltou a se instalar no seu lugar, e ficou à espera.

Os trinta primeiros cardeais a votar eram os membros de maior senioridade do Conclave: os patriarcas, os cardeais-bispos, os cardeais presbíteros com mais tempo de serviço. Examinando seus rostos impassíveis quando se erguiam de suas mesas, um por um, na parte dianteira da capela, era impossível para Lomeli adivinhar o que se passava pela mente deles. De repente ele foi tomado por uma ansiedade, a de que talvez não tivesse feito tudo o que deveria ter feito. E se eles não tivessem ideia da gravidade do pecado de Adeyemi e estivessem votando nele por mera ignorância? Porém, depois de um quarto de hora, os cardeais agrupados em torno de Adeyemi na seção central da Sistina começaram a votar. Um por um, ao voltar aos seus assentos depois de depositar suas cédulas, todos evitaram olhar para o nigeriano. Eram como membros de um júri, postados num tribunal para entregar seu veredito, e incapazes de olhar nos olhos do réu que estavam a ponto de condenar. Observando-os, Lomeli começou a se sentir um pouco mais calmo. Quando chegou a vez de Adeyemi, ele caminhou com passo solene até a urna e recitou o juramento com a mesma segurança absoluta de antes. Passou por Lomeli sem um olhar sequer.

Às 15h51 a votação foi encerrada e os escrutinadores assumiram o comando. Cento e dezoito votos receberam a confirmação. Eles instalaram a mesa e a contagem pública começou.

— O primeiro voto é para o cardeal Lomeli.

Ah, não, Deus, rezou ele, *de novo, não; fazei com que isso passe para longe de mim.* Adeyemi sugerira que ele estava agindo movido por ambição pessoal. Não era verdade — ele estava certo disso. Porém, agora, enquanto ia assinalando os resultados, não podia deixar de notar sua contagem começando a aumentar de novo, não até chegar a um nível perigoso, mas ainda num ponto alto demais para lhe dar alívio. Curvou-se para a frente e espiou ao longo da fila de mesas o local onde Adeyemi estava. Diferentemente dos homens à sua volta, ele não se dava ao trabalho de contar os votos, e limitava-se a olhar para a parede. Quando Newby leu o último voto, Lomeli somou os totais:

Tedesco — 36
Adeyemi — 25
Tremblay — 23
Bellini — 18
Lomeli — 11
Benítez — 5

Ele pôs a lista com os resultados em cima da mesa e a estudou, com os cotovelos na mesa, apoiando a cabeça nas mãos e apertando as têmporas com o nó dos dedos. Adeyemi tinha perdido mais da metade dos seus eleitores desde a pausa para o almoço — uma hemorragia impressionante: trinta e dois votos — dos quais Tremblay herdara onze, Bellini oito, ele próprio seis, Tedesco quatro e Benítez três. Estava bem claro que Nakitanda havia espalhado as novidades, e um número suficiente de cardeais testemunhara a cena do refeitório, ou tinham ouvido falar nela, e isso fora o bastante para assustá-los.

Enquanto o Conclave absorvia a nova realidade, houve um murmúrio geral de conversas por toda a Capela Sistina. Lomeli podia saber, pelos rostos, o que estavam dizendo. *A corrida não é para os velozes, nem a batalha para os fortes, mas tempo e sorte afetam a todos...* E pensar que, se não tivessem feito um intervalo para o almoço, Adeyemi podia ser papa àquela altura! Em vez disso, o sonho de um pontífice africano estava morto, e Tedesco estava de volta à liderança, a uma distância de meros quatro votos dos quarenta de que precisava para evitar que qualquer um dos outros conquistasse os dois terços. E Tremblay, presumindo que o voto do Terceiro Mundo começasse a pender na sua direção, poderia estar se posicionando para ser o novo líder? (Pobre Bellini, sussurravam eles, relanceando os olhos para sua expressão desapaixonada, quando findaria aquela longa e arrastada humilhação?) Quanto a Lomeli, sua votação presumivelmente refletia o fato de que, quando as coisas começam a parecer incertas, há sempre certa ânsia por uma mão firme... E, finalmente, havia Benítez: cinco votos para um homem que ninguém nem sequer conhecia dois dias antes: isso era quase miraculoso.

Lomeli abaixou a cabeça e continuou a examinar as anotações, sem perceber o número de cardeais que tinham começado a olhá-lo fixamente, até que Bellini se curvou por trás do patriarca do Líbano e lhe deu um cutucão discreto nas costelas. Ele ergueu os olhos, alarmado. Houve algumas risadas do lado oposto da aleia. Que velho tolo ele estava se tornando!

Ele se levantou e foi até o altar.

— Meus irmãos, como nenhum candidato alcançou a maioria de dois terços, vamos agora realizar imediatamente a quinta votação.

12. A quinta votação

Nos tempos modernos, um papa era eleito em geral na quinta votação. O falecido Santo Padre, por exemplo, chegara à vitória na quinta, e Lomeli podia evocar agora sua figura, recusando-se resolutamente a se sentar no trono papal e insistindo em ficar de pé e abraçar os cardeais à medida que se enfileiraram para saudá-lo. Ratzinger vencera com uma votação a menos, quando votaram pela quarta vez; Lomeli lembrava dele também — seu sorriso tímido quando seus votos atingiram os dois terços e o Conclave explodiu em aplausos. João Paulo I — também um vencedor na quarta rodada. De fato, a não ser por Wojtyła, a regra da quinta rodada se mantinha como um fato, retroativamente, até 1963, quando Montini derrotara Lercaro e fizera o famoso comentário para o seu carismático rival: "É assim a vida, Eminência: o senhor é que deveria estar sentado aqui".

Uma eleição concluída em cinco rodadas era tudo que Lomeli pedia secretamente em suas preces — um número tranquilo, sem problemas, convencional, sugerindo uma eleição que não tinha rumado para o cisma nem para a coroação, mas para um processo meditativo de discernimento da vontade de Deus. Não seria assim naquele ano. Ele não estava gostando.

Quando estudava para seu doutorado em Direito Canônico na Universidade Pontifícia de Latrão, ele havia lido *Massa e poder*, de Elias Canetti. Com a obra, aprendera a separar as várias categorias de massa — a massa em pânico, a massa estanque, a massa em revolta, e assim por diante. Era uma habilidade útil para um clérigo. Aplicando essa análise secular, um Conclave Papal podia ser visto como a massa mais sofisticada da Terra, movida nesta ou naquela direção pelo impulso coletivo do Espírito Santo. Alguns Conclaves eram tímidos e pouco inclinados à mudança, tais como o que elegera Ratzinger;

outros eram ousados, como o que acabou por eleger Wojtyta. O que preocupava Lomeli com relação àquele Conclave em particular era que ele dava sinais de estar se tornando aquilo que Canetti chamava "massa em desintegração". Era conturbado, instável, frágil — capaz de subitamente se inclinar a qualquer direção.

Aquele senso crescente de propósito e de excitação com que eles haviam encerrado a sessão da manhã já tinha se evaporado. Agora, enquanto os cardeais se enfileiravam para votar e a pequena área de céu visível pelas altas janelas começava a escurecer, o silêncio na Sistina tornou-se lúgubre e sepulcral. As badaladas de São Pedro para as cinco horas podiam ter sido o toque de finados para um funeral. Somos ovelhas desgarradas, pensou Lomeli, e uma grande tempestade se aproxima. Porém, quem será nosso melhor pastor? Ele ainda achava que a melhor escolha era Bellini, e votou nele uma vez mais, mas já sem expectativa de que ele pudesse ganhar. Suas contagens nas rodadas anteriores tinham sido de dezoito, dezenove, dez e dezoito, respectivamente; era bem claro que alguma coisa impedia que sua aceitação se expandisse para além do seu grupo de partidários fiéis. Talvez porque ele tivesse sido secretário de Estado, e estivesse associado muito de perto ao finado Santo Padre, cuja política tinha, ao mesmo tempo, antagonizado os tradicionalistas e desapontado os liberais.

Ele percebeu que seu olhar se virava mais e mais na direção de Tremblay. O canadense, cujos dedos apalpavam nervosamente sua cruz peitoral à medida que a votação avançava, conseguia de alguma forma combinar uma personalidade amorfa com uma grande ambição pessoal — um paradoxo que não era incomum, pela experiência de Lomeli. Contudo, talvez essa qualidade amorfa fosse um elemento necessário para manter a unidade da Igreja. E a ambição seria necessariamente tão grande pecado? Wojtyta tinha sido ambicioso. Meu Deus, como ele era autoconfiante, desde o início! Na noite de sua eleição, quando surgiu no balcão para saudar as dezenas de milhares de pessoas amontoadas na Praça de São Pedro, ele praticamente jogara para o lado, com o corpo, o mestre das Celebrações Litúrgicas Pontifícias, na sua ânsia de se dirigir ao mundo. Se for preciso escolher entre Tremblay e Tedesco, pensou Lomeli, votarei em Tremblay, com ou sem relatórios secretos. Podia apenas rezar para que um momento assim não acontecesse.

O céu estava totalmente escuro quando a última cédula foi depositada e os escrutinadores começaram a contar os votos. O resultado produziu outro choque:
Tremblay — 40
Tedesco — 38
Bellini — 15
Lomeli — 12
Adeyemi — 9
Benítez — 4

Quando os colegas se voltaram para olhar para ele, Tremblay baixou a cabeça e pôs as mãos em atitude de prece. Pelo menos dessa vez, aquela demonstração ostensiva de piedade não irritou Lomeli. Em vez disso, ele fechou os olhos um instante e deu graças. *Obrigado, Senhor, por essa indicação da Vossa vontade, e se o cardeal Tremblay for a Vossa escolha, oro para que Vós lhe concedais a sabedoria e a força para cumprir sua missão. Amém.*

Foi com certo alívio que ele voltou a encarar o Conclave.

— Meus irmãos, dessa maneira está concluída a quinta votação. Como nenhum candidato alcançou a maioria necessária, retomaremos a votação amanhã pela manhã. Os mestres de cerimônias vão recolher seus papéis. Por favor, não levem consigo nenhum tipo de anotação para fora da Sistina, e tenham o cuidado de não discutir as nossas deliberações até que estejam de volta à Casa Santa Marta. Por favor, o cardeal diácono júnior pode providenciar para que as portas sejam abertas?

Às 18h22, a fumaça preta voltou a brotar da chaminé da Sistina, iluminada pelo holofote instalado na lateral da Basílica de São Pedro. Os experts contratados pelas emissoras de TV confessaram-se surpresos pelo fato de o Conclave não ter chegado ainda a um acordo. A maioria deles tinha predito que, àquela altura, o novo papa já estaria eleito, e as redes de TV norte-americanas estavam todas a postos para interromper a qualquer momento sua programação da hora do jantar para mostrar as imagens da Praça de São Pedro quando o vencedor aparecesse no balcão. Pela primeira vez, os especialistas começaram a manifestar dúvidas a respeito da força do grupo que apoiava Bellini. Se ele ia mesmo vencer, isso já deveria ter acontecido. Uma nova sabedoria coletiva começou a se formar entre as ruínas da velha: a de que o Conclave estava a ponto de fazer história. No Reino Unido — aquela ilha ímpia de apostasia, onde o processo inteiro do Conclave era tratado como se fosse uma corrida de cavalos —, a agência de apostas Ladbrokes transformou o cardeal Adeyemi no novo favorito. Amanhã, comentava-se por toda parte, podemos assistir à eleição do primeiro papa negro.

Como sempre, Lomeli foi o último cardeal a deixar a Capela. Ficou para trás para ver monsenhor O'Malley queimar os votos e, depois, os dois cruzaram juntos a Sala Régia. Um segurança os acompanhou na descida até o pátio. Lomeli presumiu que O'Malley, como secretário do Colégio Cardinalício, devia já estar sabendo dos resultados das votações daquela tarde, no mínimo porque era o encarregado de recolher as anotações dos cardeais para queimá-las, e O'Malley não era o tipo de homem capaz de afastar os olhos de um documento secreto. Ele já devia estar ciente, portanto, do colapso da candidatura de Adeyemi e da subida inesperada do nome de Tremblay. Porém, ele era discreto demais para tocar no assunto diretamente. Em vez disso, perguntou, em voz baixa:

— Há alguma coisa que gostaria que eu fizesse antes de amanhã cedo, Eminência?

— O quê, por exemplo?

— Eu estava imaginando se não iria querer que eu voltasse a conversar com monsenhor Morales e ver se descobria mais alguma coisa a respeito do tal relatório ligado ao cardeal Tremblay, que dizem ter sido retirado.

Lomeli olhou por cima do ombro para o segurança que os acompanhava.

— Não sei do que adiantaria, Ray. Se ele não disse nada antes do início do Conclave, dificilmente o faria agora, ainda mais se tiver alguma suspeita de que o cardeal Tremblay tem uma boa chance de ser eleito papa. E isso, é claro, é exatamente o que ele *iria* suspeitar se insistíssemos nesse assunto outra vez.

Saíram para a noite. O último dos micro-ônibus já tinha partido. Nas vizinhanças, um helicóptero circulava pelo céu. Lomeli fez um sinal para o segurança e um gesto indicando o pátio agora deserto.

— Parece que fui deixado para trás — disse. — Poderia chamar um ônibus?

— Pois não, Eminência — disse o homem, e murmurou alguma coisa para o radiocomunicador na manga do paletó.

Lomeli voltou-se para O'Malley. Sentia-se cansado e sozinho e foi tomado de um desejo pouco frequente de desabafar.

— Às vezes ficamos sabendo de um número excessivo de coisas, meu caro monsenhor O'Malley. Quero dizer, quem, dentre nós, não tem algum segredo de que poderia se envergonhar? Essa questão tenebrosa de fecharmos os olhos para os abusos sexuais, por exemplo... Eu estava a serviço no estrangeiro, de modo que fui poupado de qualquer envolvimento direto, graças a Deus, mas duvido que eu tivesse agido de maneira mais firme. Muitos dos nossos colegas deixaram de levar a sério os depoimentos das vítimas, e se limitaram a transferir os padres responsáveis para uma paróquia diferente. Não é que esses que pecaram por omissão fossem pessoas más; é que simplesmente não compreenderam a escala da maldade com que estavam lidando, e preferiram fazer com que tudo continuasse quieto. Agora, sabemos que deviam ter agido de modo diferente.

Ficou em silêncio por um momento, pensando na irmã Shanumi e na maltratada foto de seu filhinho. Continuou:

— Ou quantos de nós tiveram amizades que se tornaram demasiado íntimas, e que conduziram ao pecado e ao sofrimento profundo? Ou o pobre tolo do Tutino e aquele seu lamentável apartamento... Sem uma família, as pessoas podem facilmente se tornar presas de fantasias de status e de protocolo para obter alguma sensação de realização pessoal. Diga-me, então: será que meu dever é agir aqui como uma espécie de caçador de bruxas, vasculhando o passado dos meus colegas à procura de erros de trinta anos atrás?

O'Malley disse:

— Concordo, Eminência. "Quem dentre vós estiver sem pecado, seja o primeiro a lhe atirar uma pedra." No entanto, acho que, no caso do cardeal Tremblay, o senhor estava preocupado com algo mais recente, uma audiência dele com o Santo Padre que ocorreu no mês passado, não?

— Sim, mas estou começando a descobrir que o Santo Padre... que esteja agora para todo o sempre na Irmandade dos Santos Pontífices...

— Amém — disse O'Malley, e os dois prelados se benzeram.

— Estou começando a descobrir — prosseguiu Lomeli numa voz mais discreta — que o Santo Padre pode não ter estado completamente senhor de si nas suas últimas semanas de vida. Sem dúvida, pelo que o cardeal Bellini me contou, depreendo que ele tinha quase se tornado, e digo-lhe isso sob confidência absoluta, ligeiramente paranoico, ou cheio de segredos, de alguma maneira.

— E um testemunho disso seria a sua decisão de criar um cardeal *in pectore*?

— Sem dúvida. Por que, em nome dos céus, ele haveria de fazer isso? Deixe-me dizer desde logo que tenho uma alta estima pelo cardeal Benítez, não só eu, como, claramente, vários dos nossos irmãos. Ele é um verdadeiro homem de Deus. Mas seria de fato necessário para ele ser elevado cardeal em segredo, e de maneira tão apressada?

— Principalmente quando ele acabara de tentar renunciar a seu cargo de bispo, alegando problemas de saúde.

— E, no entanto, ele me parece perfeitamente são do corpo e da mente, e ontem à noite quando lhe perguntei sobre sua saúde, ele pareceu surpreendido por essa pergunta. — Lomeli percebeu que estava cochichando, e deu uma risada. — Escute só. Estou parecendo uma daquelas típicas funcionárias velhas da Cúria, fofocando nos cantos escuros a respeito dos encontros de alguém.

Um micro-ônibus entrou no pátio e manobrou até parar diante deles. O motorista abriu a porta. Não havia outros passageiros dentro. Uma rajada de ar condicionado fustigou o rosto dos dois homens.

Lomeli virou-se para O'Malley.

— Quer uma carona até a Casa Santa Marta?

— Não, Eminência, muito obrigado. Preciso voltar para a Sistina e preparar as cédulas, para que esteja tudo em ordem amanhã cedo.

— Bem, então, boa noite, Ray.
— Boa noite, Eminência. — Ele ofereceu a mão para ajudar Lomeli a subir no veículo, e dessa vez o cardeal se sentia tão cansado que aceitou. O'Malley aduziu: — Claro que eu posso fazer mais alguma pequena investigação, se quiser.
Lomeli parou sobre o degrau do ônibus.
— A respeito do quê?
— Cardeal Benítez.
Ele pensou um pouco.
— Obrigado, mas não é preciso. Não acho. Já escutei segredos demais para um único dia. Que a vontade de Deus se cumpra, e de preferência que seja depressa.

Quando chegou à Casa Santa Marta, Lomeli foi direto para o elevador. Era um pouco antes das sete. Segurou a porta aberta o bastante para que os arcebispos de Stuttgart e de Praga, Löwenstein e Jandaček, se juntassem a ele. O tcheco estava apoiado na bengala, o rosto descorado de fadiga. Quando a porta se fechou e a cabine começou a subir, Löwenstein disse:
— Bem, decano, acredita que isso estará encerrado amanhã à noite?
— Pode ser, Eminência. Não está nas minhas mãos.
Löwenstein ergueu as sobrancelhas e olhou rapidamente para Jandaček.
— Se se arrastar muito, imagino quais serão as chances atuariais de que um de nós morra antes que tenhamos escolhido o novo papa.
— Deveria mencionar esse risco a alguns dos nossos colegas — disse Lomeli, sorrindo e fazendo uma curta reverência. — Talvez faça suas mentes trabalharem com maior concentração. Se me dão licença... este é o meu andar.
Ele saiu do elevador, passou pelas velas votivas diante do apartamento do Santo Padre e caminhou ao longo do corredor à meia-luz. Por trás de algumas portas fechadas, pôde ouvir o ruído dos chuveiros ligados. Chegando na frente do seu quarto, ele hesitou, deu mais alguns passos e parou diante da porta de Adeyemi. Nenhum som vinha lá de

dentro. O contraste entre aquele silêncio profundo e as gargalhadas e a excitação da noite anterior foi terrível para ele. Sentiu-se cheio de desalento pela necessidade brutal que guiara suas ações. Bateu de leve.

— Joshua? É Lomeli. Você está bem? — Não houve resposta.

Seu próprio quarto tinha sido arrumado novamente pelas freiras. Ele tirou a mozeta e o roquete, sentou-se na beira da cama e afrouxou os cadarços. Suas costas doíam. Seus olhos pareciam estar nadando em cansaço. Ele sabia que, caso se deitasse naquele momento, iria adormecer. Foi ao genuflexório, ajoelhou-se e abriu o breviário para a leitura do dia. Seus olhos caíram de imediato no Salmo 46:

Vinde ver os atos de Iahweh,
é ele quem na terra faz assombros:
acaba com as guerras até ao extremo da terra,
quebra os arcos, despedaça as lanças,
e atira os carros no fogo.

Enquanto meditava, começou a experimentar a mesma premonição de violento caos que quase o possuíra durante a sessão matinal da Capela Sistina. Viu pela primeira vez como Deus podia impor a destruição por Sua vontade: viu que ela era inerente à Sua Criação desde o princípio, e que eles não podiam lhe escapar — pois Ele desceria com toda sua ira sobre eles. "É ele quem na terra faz assombros..." Ele agarrou os apoios laterais do genuflexório com tanta força que, alguns minutos depois, quando alguém bateu vigorosamente na porta às suas costas, seu corpo inteiro pareceu se sacudir, como se tivesse levado um choque elétrico.

— Espere!

Ele se pôs de pé e, por alguns instantes, pousou a mão sobre o coração, que escoiceava de encontro aos seus dedos como um animal capturado. Era assim que tinha se sentido o Santo Padre no instante antes de morrer? Palpitações súbitas que se transformaram num doloroso círculo de ferro? Esperou alguns momentos até readquirir a compostura e foi abrir a porta.

Parados no corredor, estavam Bellini e Sabbadin.

Bellini o olhou com preocupação.

— Perdoe-nos, Jacopo, estamos perturbando suas orações?

— Não há problema. Estou certo de que Deus nos desculpará.

— Sente-se mal?

— Nem um pouco. Entrem.

Deu um passo de lado para lhes dar passagem. Como de hábito, o arcebispo de Milão tinha a aparência profissionalmente lúgubre de um agente funerário, embora seu rosto tenha se descontraído quando ele viu o tamanho do quarto de Lomeli.

— Meu Deus, como isto é pequeno. Nós dois estamos em suítes.

— Não é tanto a falta de espaço, é a falta de luz que acho opressiva. Tem me dado pesadelos. Mas rezemos para que não seja por muito mais tempo.

— Amém!

Bellini disse:

— Foi por isso mesmo que viemos.

— Fiquem à vontade. — Lomeli recolheu a mozeta e o roquete que estavam sobre a cama e os pendurou no genuflexório para que os visitantes pudessem se sentar. Puxou a cadeira da escrivaninha e deu meia-volta para sentar-se de frente para eles. — Eu lhes ofereceria algo para beber, mas fui um tolo, ao contrário de Guttuso, e não trouxe meus próprios mantimentos.

— Não vai ser demorado — disse Bellini. — Queria apenas lhe dizer que cheguei à conclusão de que não tenho apoio suficiente entre os nossos colegas para ser eleito papa.

Lomeli ficou surpreso com uma confissão tão direta.

— Eu não teria tanta certeza, Aldo. Não acabou ainda.

— Você é generoso, mas estou com medo, no que me diz respeito, de que tenha acabado, sim. Tenho contado com um grupo de partidários muito leal, entre os quais me comove incluir você, Jacopo, a despeito do fato de que eu o substituí como secretário de Estado, um fato pelo qual você teria todo o direito de guardar algum ressentimento.

— Eu nunca duvidei nem por um instante de que fosse você o homem mais indicado para o cargo.

Sabbadin disse:

— Muito bem dito.

Bellini ergueu a mão.

— Por favor, caros amigos, não tornem isso ainda mais difícil para mim. A questão que se coloca agora é: dado que eu não posso ganhar, quem eu deveria indicar como candidato àqueles que me apoiam? Na primeira rodada votei em Vandroogenbroek, que é o maior teólogo de nosso tempo, em minha opinião, mesmo sabendo que ele, naturalmente, jamais teria a menor chance. Nas quatro últimas rodadas, Jacopo, votei em você.

Lomeli piscou os olhos com surpresa.

— Meu caro Aldo, não sei o que dizer...

— E eu ficaria feliz de continuar votando em você, e de dizer aos meus colegas que fizessem o mesmo. Mas... — Ele encolheu os ombros.

— Mas você também não tem chances — disse Sabbadin com uma certeza brutal. Ele abriu sua caderneta preta. — Aldo teve quinze votos na última rodada; você teve doze. Se conseguíssemos transferir em bloco todos esses quinze votos para você, e francamente não podemos, você ainda estaria em terceiro lugar, atrás de Tremblay e Tedesco. Os italianos estão divididos, como sempre, e como nós três concordamos que o patriarca de Veneza seria uma catástrofe, a lógica da situação é clara. A única opção viável é Tremblay. Nosso total combinado de vinte e sete, mais os quarenta votos dele, o levariam para sessenta e sete. Isso quer dizer que ele precisaria de apenas mais doze para atingir a maioria de dois terços. Se não o conseguisse na próxima votação, minha impressão é de que chegaria lá na votação seguinte. Concorda, Lomeli?

— Concordo, infelizmente.

Bellini disse:

— Não tenho mais entusiasmo por Tremblay do que você tem. Mesmo assim, temos que encarar o fato de que ele vem encontrando uma boa receptividade. E se acreditamos que o Espírito Santo está se manifestando através do Conclave, temos que aceitar o fato de que Deus, por mais improvável que isso pareça, deseja que entreguemos as Chaves de São Pedro às mãos de Joe Tremblay.

— Talvez deseje, embora até a hora do almoço de hoje ele parecesse querer entregá-las a Joshua Adeyemi. — Lomeli olhou para a parede; imaginou se o nigeriano estaria à escuta. — Devo aduzir que me sinto levemente incomodado com isto — ele fez um gesto abrangendo tudo ao redor —, nós três aqui em conluio tentando influenciar o resultado? Parece um sacrilégio. Só falta o patriarca de Lisboa com seus charutos, e estaríamos num quarto cheio de fumaça, tal qual uma convenção política dos norte-americanos. — Bellini deu um pequeno sorriso; Sabbadin franziu a testa. — Falando sério: não devemos nos esquecer de que nosso juramento é para dar nosso voto ao candidato que "diante de Deus achamos que deve ser eleito". Para nós, contentarmo-nos com a opção "menos ruim" não é o suficiente.

Sabbadin deu uma risada de zombaria.

— Ora, decano, realmente, com todo o respeito, isso é um sofisma! Na primeira votação pode-se assumir uma visão purista; tudo bem, está certo. Mas quando chegamos à altura da quarta ou quinta rodada, nosso favorito pessoal tem muitas chances de ter ficado para trás na corrida, e temos que fazer a nossa escolha numa faixa muito mais estreita. Esse processo de concentração é a própria função do Conclave. De outra maneira, ninguém jamais mudaria de voto e ficaríamos aqui durante semanas.

— Que é o que Tedesco deseja — completou Bellini.

— Eu sei, eu sei, tem razão — suspirou Lomeli. — Cheguei à mesma conclusão lá na Sistina, hoje à tarde. E mesmo assim... — Ele se curvou para a frente na cadeira, esfregando a palma das mãos, tentando decidir se devia ou não dizer a eles o que sabia. — Há uma outra coisa de que vocês precisam ter conhecimento. Um pouco antes de começar o Conclave, o arcebispo Woźniak me procurou. Ele disse que o Santo Padre havia tido uma divergência profunda com Tremblay, a tal ponto que pretendia retirar dele todos os cargos que ocupa na Igreja. Algum de vocês ouviu falar nessa história?

Bellini e Sabbadin se entreolharam, estupefatos. Bellini disse:

— Isso é novo para mim. Acha que é verdade?

— Não sei. Levei essa alegação a Tremblay, pessoalmente, mas ele negou tudo, é claro. Pôs a culpa nos hábitos alcoólicos de Woźniak.

Sabbadin disse:

— Bem, isso é possível.

— Mesmo assim, não deve ser inteiramente um produto da imaginação de Woźniak.

— Por que não?

— Porque eu vim a descobrir que *havia* um relatório de algum tipo a respeito de Tremblay, mas que foi depois removido.

Houve um momento de silêncio enquanto eles consideravam aquilo tudo. Sabbadin virou-se para Bellini.

— Se havia algum relatório, você, como secretário de Estado, não deveria ter ouvido algo a respeito?

— Não necessariamente. Sabe como as coisas funcionam aqui. E o Santo Padre sabia ser muito cheio de segredos.

Outro silêncio. Durou cerca de meio minuto, ao fim do qual Sabbadin falou.

— Nunca vamos encontrar um candidato que não tenha algum tipo de mancha em seu nome. Já tivemos um papa que foi membro da Juventude Hitlerista e lutou ao lado do nazismo. Tivemos papas acusados de conluio com comunistas e com fascistas, ou que ignoraram denúncias a respeito dos piores abusos... Aonde isso nos leva? Se você já foi membro da Cúria, pode ter certeza de que alguém já vazou alguma informação a seu respeito. E se você já foi arcebispo, é provável que tenha cometido um erro aqui ou ali. Somos homens mortais. Servimos a um ideal, mas não podemos sempre *ser* ideais.

Aquilo soava como um discurso de defesa bem ensaiado, tanto assim que, por um momento, Lomeli considerou a indigna hipótese de que talvez Sabbadin já tivesse abordado Tremblay e se oferecido para defender seu papado em troca de algum favor futuro. Ele não acharia isso impossível para o arcebispo de Milão; ele jamais escondera sua ambição de se tornar secretário de Estado. Porém, no final, tudo o que ele disse foi:

— Muito bem colocado.

Bellini disse:

— Então estamos de acordo, Jacopo? Devo conversar com os meus partidários, e você com os seus, e lhes dizer que devemos apoiar Tremblay?

— Suponho que sim. Não que eu saiba de fato quem *são* os meus partidários, a não ser você e Benítez.

— Benítez — disse Sabbadin, pensativo. — Ah, aí sim, temos um sujeito interessante. Não consigo entender qual a função dele.

— Ele consultou a caderneta. — No entanto, ele teve quatro votos nesta última rodada. De onde poderão ter vindo? Deveria ter uma palavrinha com ele, decano, e ver se consegue atraí-lo para o nosso ponto de vista. Esses quatro votos podem vir a fazer toda a diferença.

Lomeli prometeu que tentaria falar com ele antes do jantar. Iria procurá-lo no quarto. Não era o tipo de conversa que gostaria que fosse testemunhada pelos outros cardeais.

Meia hora depois, Lomeli tomou o elevador rumo ao sexto andar do bloco B. Lembrou-se de Benítez ter comentado que seu quarto ficava na cobertura do prédio, na ala que dava para a cidade, mas assim que chegou ali, percebeu que não sabia o número exato. Andou pelo corredor, examinando as doze portas fechadas e idênticas, até que ouviu vozes às suas costas e virou-se para ver dois cardeais que saíam por uma delas. Um era Gambino, o arcebispo de Perúgia, que atuava como um dos coordenadores não oficiais da campanha de Tedesco. O outro era Adeyemi. Estavam em meio a uma conversa.

— Estou certo de que ele pode ser persuadido — vinha dizendo Gambino. Porém, no momento em que viram Lomeli, os dois se calaram.

Gambino perguntou:

— Está perdido, decano?

— Para falar a verdade, estou. Procuro o cardeal Benítez.

— Ah, o novo colega? Está *conspirando*, Eminência?

— Não, ou pelo menos não mais do que todo mundo.

— Então *está* conspirando. — O arcebispo apontou a extremidade do corredor, com uma expressão de quem se divertia. — Acho que vai encontrá-lo ali, último quarto, lado esquerdo.

Gambino deu-lhe as costas e apertou o botão do elevador, enquanto Adeyemi hesitava por uma fração de segundo, olhando para Lomeli. *Você pensa que eu estou acabado*, seu rosto parecia dizer, *mas pode poupar sua compaixão, porque eu ainda tenho algum poder, mesmo agora*. Então ele se juntou a Gambino dentro do elevador. As portas se fecharam e Lomeli ficou parado, olhando para o espaço vazio. A influência de Adeyemi tinha sido totalmente subestimada naqueles cálculos, percebeu ele. O nigeriano ainda recebera nove votos na última rodada, mesmo que, àquela altura, sua candidatura estivesse claramente naufragando. Se ele conseguisse transferir pelo menos metade desses seguidores fiéis para Tedesco, o patriarca de Veneza teria em mãos o terço dos votos de que precisava para impedir temporariamente a vitória de qualquer um.

Aquela ideia lhe deu energia. Caminhou a passos largos pelo corredor e bateu com firmeza na última porta. Depois de alguns momentos, escutou a voz de Benítez, perguntando:

— Quem é?

— É Lomeli.

O trinco foi destrancado e a porta, entreaberta.

— Eminência?

Benítez estava segurando a batina desabotoada à altura do pescoço. Seus pés morenos estavam descalços. O quarto atrás dele estava às escuras.

— Perdão por interrompê-lo quando está se vestindo. Podemos ter uma palavra?

— Claro. Um momento.

Benítez desapareceu dentro do quarto. Sua cautela pareceu estranha a Lomeli, mas depois ele pensou que, se tivesse vivido em alguns dos lugares onde aquele homem vivera, sem dúvida também teria adquirido o hábito de não abrir a porta sem antes verificar quem batia.

No corredor, outros dois cardeais surgiram, preparando-se para descer para o jantar. Olharam na sua direção. Ele ergueu a mão. Os dois acenaram.

Benítez escancarou a porta. Estava completamente vestido.

— Pode entrar, decano. — Ele acendeu a luz. — Desculpe. Nesta hora do dia eu costumo meditar durante algum tempo.

Lomeli o seguiu para dentro do quarto. Era um quarto pequeno, idêntico ao seu, e nele havia uma dúzia de velas espalhadas, bruxuleando: na mesa de cabeceira, na escrivaninha, ao lado do genuflexório, até mesmo no banheiro às escuras.

— Na África, eu me acostumei à falta de eletricidade — explicou Benítez. — Agora descobri que as velas se tornaram algo essencial para

mim quando rezo a sós. As irmãs foram muito gentis e me arranjaram algumas. Existe algo especial na luminosidade delas.
— Interessante. Vou ver se elas me ajudam.
— Tem alguma dificuldade em rezar?
Lomeli ficou surpreso com uma pergunta tão direta.
— Às vezes. Sobretudo nos últimos tempos. — A mão dele fez um círculo vago no ar. — Minha mente anda muito cheia de coisas.
— Talvez eu possa ajudá-lo...
Por um instante, Lomeli sentiu-se ofendido. Ele, um ex-secretário de Estado, decano do Colégio dos Cardeais, precisaria de aulas sobre como rezar? Mas o oferecimento era tão sincero que ele se ouviu respondendo:
— Sim, eu gostaria, muito obrigado.
— Sente-se, por favor. — Benítez puxou a cadeira que estava à escrivaninha. — Vou atrapalhá-lo, se terminar de me vestir enquanto conversamos?
— Não, continue.
Lomeli observou o filipino enquanto ele se sentava na beira da cama e enfiava as meias. Mais uma vez ele admiriu o quanto o outro parecia jovem e em forma para um homem de sessenta e sete anos — com aparência de menino, e uma madeixa de cabelo negro caindo sobre o rosto quando se curvava para a frente. Para Lomeli, naquela fase da vida, calçar as meias podia levar dez minutos. No entanto, os membros e os dedos do filipino pareciam tão flexíveis e ágeis quanto os de um rapaz de vinte anos. Talvez ele praticasse ioga à luz de velas, enquanto rezava.

Ele lembrou o motivo de ter ido ali.
— Ontem à noite o senhor foi gentil o bastante para dizer que havia votado em mim.
— E votei.
— Não sei se continuou a fazê-lo, e não vou pedir que me diga. Mas, se o fez, gostaria de repetir meu pedido para que não fizesse mais isso, só que agora repito esse pedido com uma urgência muito maior.
— Por quê?
— Primeiro, porque me falta a profundidade espiritual necessária para ser papa. Segundo, porque não tenho chances de vencer. Deve

compreender, Eminência, que este Conclave está em cima do fio da navalha. Se não chegarmos a uma decisão amanhã, as regras são muito claras. A votação terá que ser suspensa por um dia, para que possamos refletir sobre o impasse. Então devemos passar mais dois dias tentando. Então, paramos por mais um dia. E assim por diante, até que tenham se passado doze dias e um total de trinta votações tenham sido realizadas. Somente depois disso o papa poderá ser eleito por maioria simples.

— E então? Qual é o problema?

— Pensei que fosse óbvio. O problema é o dano que um processo tão arrastado irá causar à Igreja.

— "Dano"? Não compreendo.

Ele será ingênuo ou dissimulado?, pensou Lomeli. Continuou, pacientemente:

— Bem, doze dias sucessivos de votações e discussões, tudo isso em segredo, com metade da imprensa mundial acampada em Roma, representariam uma prova de que a Igreja está em crise, de que é incapaz de chegar a um acordo a respeito de um líder para conduzi-la em tempos tão difíceis. Iria também dar forças, para ser franco, àquela facção entre nossos colegas que quer conduzi-la de volta a uma época mais antiga. Nos meus piores pesadelos, para ser absolutamente franco, eu chego a imaginar que um Conclave muito prolongado pode assinalar o começo do grande cisma que vem nos ameaçando nos últimos sessenta anos.

— Então veio me pedir para votar no cardeal Tremblay?

Ele é mais esperto do que parece, pensou Lomeli.

— Este seria o meu conselho. E caso conheça a identidade dos cardeais que votaram no seu nome, eu lhe pediria que considerasse a possibilidade de lhes pedir que fizessem o mesmo. *Sabe* quem são eles, se posso manifestar esse interesse?

— Desconfio que dois deles sejam os meus conterrâneos, o cardeal Mendoza e o cardeal Ramos, mesmo tendo eu, tal como o senhor, pedido a todos que não votassem em mim. O cardeal Tremblay, na verdade, conversou comigo nesse sentido.

Lomeli deu uma risada.

— Tenho certeza de que sim! — exclamou, mas logo se arrependeu do seu sarcasmo.

— Quer que eu vote num homem que o senhor considera ambicioso? — Benítez encarou Lomeli com um olhar longo, duro, avaliador, que o deixou desconfortável, e então, sem dizer mais nada, começou a calçar os sapatos.

Lomeli mudou de posição na cadeira. Não estava gostando daquele silêncio tão prolongado. Finalmente, disse:

— Estou presumindo, é claro, por causa de sua relação tão próxima com o Santo Padre, que o senhor não deseje ver o cardeal Tedesco como papa. Mas talvez eu esteja errado; talvez o senhor acredite nas mesmas coisas que ele...

Benítez terminou de atar os cadarços e ficou de pé. Ergueu os olhos novamente.

— Acredito em Deus, Eminência. Em Deus, apenas. É por isso que não vejo com alarme a perspectiva de um Conclave muito longo, ou mesmo de um cisma, se chegarmos a esse ponto. Quem sabe? Talvez seja isto que Deus quer. Isto explicaria por que o nosso Conclave está se revelando um novelo tão intrincado que nem mesmo o senhor consegue deslindar.

— Um cisma iria de encontro a tudo em que acreditei e por que trabalhei em minha vida inteira.

— E o que é?

— O dom divino de uma Igreja universal, única.

— E vale a pena preservar a unidade de uma instituição mesmo ao preço de quebrar um juramento sagrado?

— Esta é uma alegação extraordinária. A Igreja não é meramente uma instituição, como o senhor a chama, mas a encarnação viva do Espírito Santo.

— Ah, bem, é aí que divergimos. Eu me sinto mais próximo de encontrar a encarnação viva do Espírito Santo em algum outro lugar. Por exemplo, naqueles dois milhões de mulheres que foram estupradas num ato de tática militar nas guerras civis da África central.

Lomeli ficou tão chocado que, por um momento, não foi capaz de replicar. Disse, bem empertigado:

— Posso lhe garantir que nem por um momento eu consideraria quebrar o meu juramento a Deus, quaisquer que fossem as consequências para a Igreja.

A campainha da noite tocou — a mesma longa nota que retinia como um alarme de incêndio — para avisar que o jantar estava sendo servido.

Benítez foi na direção de Lomeli e lhe estendeu a mão.

— Não quis ofendê-lo, decano, e lamento se dei essa impressão, mas não posso votar num homem a menos que ele seja o que eu considero mais digno de ser papa. E não é o cardeal Tremblay: é o senhor.

— Quantas vezes mais, Eminência? — Lomeli bateu com força no braço da cadeira, frustrado. — Eu não quero o seu voto!

— Mas vai tê-lo, mesmo assim. — Ele esticou mais o braço, ainda oferecendo a mão. — Vamos. Sejamos amigos. Vamos descer juntos para o jantar?

Lomeli permaneceu emburrado por mais alguns segundos, depois segurou a mão do outro e permitiu que ele o ajudasse a se levantar da cadeira. Observou enquanto Benítez caminhava pelo quarto soprando as velas. Os pavios extintos ainda emitiam fiapos negros de fumaça pungente, e o cheiro de cera queimada levou Lomeli de volta aos dias do seminário, quando lia no dormitório à luz de velas, depois que as luzes eram apagadas, e fingia estar dormindo quando o padre ia verificar o dormitório. Ele foi ao banheiro, umedeceu na boca o polegar e o indicador, e apagou a última vela, ao lado da pia. Quando o fez, notou o pequeno kit de utilidades que O'Malley tinha providenciado para Benítez na noite de sua chegada — uma escova de dentes, um pequeno tubo de creme dental, um frasco de desodorante e uma lâmina de barbear descartável, ainda envolta em celofane.

13. O *Inner Sanctum*

Naquela noite, enquanto consumiam o terceiro jantar do seu confinamento — algum peixe não identificado em molho de alcaparras —, um entusiasmo diferente e febril tomou conta do Conclave.

Os cardeais eram eleitores sofisticados. Eles sabiam "fazer as contas", como Paul Krasinski, o arcebispo emérito de Chicago, circulava de mesa em mesa exortando-os a fazer. Eram capazes de ver que aquilo tinha se tornado agora uma corrida entre Tedesco e Tremblay: entre princípios inabaláveis de um lado e a ânsia pelo compromisso do outro; entre um Conclave que podia se arrastar por mais dez dias e um que provavelmente acabaria na manhã seguinte. As duas facções agiam pelo salão afora, cada uma a seu modo.

Tedesco, desde o princípio, assumira uma posição ao lado de Adeyemi, na mesa dos cardeais africanos. Como sempre, segurava o prato com uma mão e punha a comida na boca com a outra, ocasionalmente fazendo uma pausa para gesticular com o garfo enquanto sublinhava um argumento. Lomeli, sentado na sua posição habitual entre o contingente de Landolfi, Dell'Acqua, Santini e Panzavecchia, não precisava ouvir o que ele dizia para saber que dissertava sobre o seu tema costumeiro da decadência moral das sociedades liberais do Ocidente, e a julgar pelos gestos mudos de assentimento da cabeça de seus ouvintes, estava encontrando uma audiência receptiva.

Enquanto isso, Tremblay, um natural de Quebec, fazia sua refeição numa mesa de outros cardeais de língua francesa: Courtemarche, de Bordeaux, Bonfils, de Marselha, Gosselin, de Paris, e Kourouma, de Abidjan. Sua técnica de campanha era o oposto da de Tedesco, que gostava de ter um círculo à sua volta e discursar para ele. Em vez disso, Tremblay passou a noite indo de grupo em grupo, raramente passando mais que uns poucos minutos em cada um: apertando mãos, abraçando ombros, entregando-se ao bom humor com um cardeal, trocando confidências sussurradas com outro. Ele não parecia ter um administrador de campanha propriamente dito, mas Lomeli já ouvira vários dos talentos emergentes — tais como Modesto Villaneuva, o arcebispo de Toledo — anunciando em altas vozes que Tremblay era o único vencedor possível.

De tempos em tempos, Lomeli deixava seu olhar passear pelos outros. Bellini estava sentado num canto afastado. Parecia ter desistido de influenciar os indecisos e, pelo menos dessa vez, estava satisfeito em cear acompanhado por outros teólogos, Vandroogenbroek e Löwenstein, sem dúvida discutindo o tomismo e a fenomenologia, ou outras abstrações semelhantes.

Quanto a Benítez, no momento em que entrou no salão foi convidado a se juntar aos cardeais falantes do inglês. Lomeli não conseguia enxergar o rosto do filipino, que estava de costas para ele, mas podia ver as expressões dos seus companheiros de mesa: Newby, de Westminster, Fitzgerald, de Boston, Santos, de Galveston-Houston e Rudgard, da Congregação para as Causas dos Santos. Como os africanos em relação a Tedesco, eles pareciam arrebatados pelo que o colega estava dizendo.

Durante todo esse tempo, por entre as mesas, carregando bandejas e garrafas de vinho, moviam-se as freiras de hábitos azuis e olhos baixos das irmãs da Companhia das Filhas da Caridade de São Vicente de Paulo. Lomeli tinha familiaridade com a antiga ordem desde os seus tempos de núncio. Ela era administrada de uma sede situada na Rue du Bac, em Paris. Ele a visitara duas vezes. Os restos mortais de Santa Catarina Labouré e Santa Luísa de Marillac estavam sepultados em sua capela. Aquelas freiras não haviam abandonado a vida na ordem para servir de garçonetes para os cardeais. O propósito do seu carisma era servir aos pobres.

Na mesa de Lomeli, o clima era sombrio. A menos que pudessem chegar ao ponto de acabar votando em Tedesco, o que todos concordavam que não era possível, estavam no processo de gradualmente se acostumar aos poucos com a ideia de que provavelmente não mais veriam um papa italiano durante o resto de suas vidas. A conversa foi superficial durante toda a refeição, e Lomeli estava absorto demais em seus próprios pensamentos para lhe dar muita atenção.

Sua conversa com Benítez o deixara profundamente perturbado. Não conseguia tirá-la da mente. Seria possível que ele tivesse passado os últimos trinta anos venerando a Igreja, em vez de Deus? Porque essa, em essência, era a acusação que Benítez tinha lançado contra ele. Em seu coração, ele não conseguia fugir à verdade que havia nessa acusação: o pecado, a heresia. Era de admirar que a oração tivesse se tornado algo tão difícil para ele?

Era uma epifania semelhante àquela que o tinha acometido na Basílica, quando esperava para fazer o seu sermão.

Por fim, não aguentou mais e empurrou para trás a cadeira.

— Meus irmãos — anunciou —, receio que eu esteja sendo uma companhia tediosa. Acho que vou me recolher.

Houve um coro de murmúrios em volta da mesa:

— Boa noite, decano.

Lomeli caminhou para o saguão. Pouca gente reparou nele. E entre estas, nenhuma seria capaz de enxergar, por trás do seu porte altivo, o clamor que ressoava em seu coração.

No derradeiro minuto, em vez de rumar para o andar de cima, seus passos se desviaram da escada e foram para a recepção. Perguntou à freira por trás do balcão se a irmã Agnes estava de serviço. Eram cerca de 21h30. Atrás dele, no salão, a sobremesa começava a ser servida.

Quando a irmã Agnes emergiu do seu escritório, algo na sua atitude sugeriu a Lomeli que ela tinha estado à sua espera. Seu rosto bonito estava emagrecido e pálido, o azul de seus olhos era cristalino.

— Eminência!

— Irmã Agnes, boa noite. Estava pensando se me seria possível ter mais uma palavra com a irmã Shanumi.

— Receio que seja impossível.

— Por quê?

— Ela está voltando para casa, para a Nigéria.

— Meu Deus, isso foi muito rápido!

— Havia um voo da Ethiopian Airlines para Lagos, saindo de Fiumicino agora à noite. Achei que o melhor, para todas as pessoas envolvidas, seria que ela embarcasse nele.

Os olhos dela sustentaram os dele, sem piscar.

Depois de uma pausa, ele disse:

— Nesse caso, eu poderia ter uma conversa privada com a senhora?

— Não estamos tendo uma conversa privada agora, Eminência?

— Sim, mas talvez possamos continuá-la dentro do seu escritório.

Ela relutou. Disse que estava perto da hora de largar o serviço. Contudo, acabou permitindo que ele rodeasse a recepção e entrasse em sua pequena cela de vidro. As persianas estavam abaixadas. A única luz era a de uma luminária de mesa. Em cima da mesa havia um antigo toca-fitas entoando um canto gregoriano. Ele reconheceu *Alma Redemptoris Mater*, "Santa Mãe do Redentor". Aquela prova de sua piedade o tocou. Lembrou que o antepassado dela, martirizado durante a Revolução Francesa, havia sido beatificado. Ela desligou a música e ele fechou a porta atrás dos dois. Ambos permaneceram de pé.

Ele disse, calmamente:

— Como a irmã Shanumi veio parar em Roma?

— Não faço ideia, Eminência.

— A pobre mulher nem sequer falava italiano, e nunca tinha saído da Nigéria. Ela não pode simplesmente ter aparecido em Roma sem que alguém fosse o responsável por isso.

— Recebi uma notificação do escritório da superiora-geral de que ela estaria se juntando a nós. As providências foram tomadas em Paris. Deve perguntar na Rue du Bac, Eminência.

— É o que eu faria, mas, como sabe, estou isolado aqui durante toda a duração do Conclave.

— Pode lhes perguntar depois.

— A informação é necessária agora.

Ela o encarou com aqueles indomáveis olhos azuis. Podia ser guilhotinada ou queimada na fogueira, mas nunca cederia. Se um dia tivesse me casado, pensou ele, iria querer uma mulher assim.

Disse, com delicadeza:

— Amava o falecido Santo Padre, irmã Agnes?

— É claro.

— Bem, eu sei com certeza que ele tinha uma consideração especial pela senhora. Acho que tinha uma verdadeira fascinação pela senhora.

— Não sei de nada a esse respeito. — O tom de voz dela era desdenhoso. Ela sabia o que ele estava fazendo e, no entanto, uma parte dela não podia deixar de se sentir lisonjeada, e pela primeira vez seu olhar vacilou só um pouquinho.

Lomeli insistiu:

— E acredito que ele possa ter nutrido uma pequena medida de consideração por mim, também. De qualquer modo, deixe-me lhe dizer que, quando tentei renunciar ao meu cargo de decano, ele não permitiu. Não entendi, naquele momento. Para ser honesto, fiquei zangado com ele, Deus que me perdoe. Mas agora acho que entendo. Acho que ele pressentiu que ia morrer e, por alguma razão, preferia que fosse eu a chefiar este Conclave. E, com orações constantes, é o que venho tentando fazer — por ele. Desse modo, quando digo que preciso saber por que a irmã Shanumi veio parar na Casa Santa Marta, não pergunto por mim mesmo, mas em nome do nosso amigo comum, o papa.

— É o que o senhor diz, Eminência. Mas como posso saber o que ele gostaria que eu fizesse?

— Pergunte-lhe, irmã Agnes. Pergunte a Deus.

Durante pelo menos um minuto, ela não respondeu. Finalmente, disse:

— Eu prometi à minha superiora que não diria nada. E eu não direi nada. O senhor compreende?

E então ela pôs um par de óculos, sentou-se na frente do computador e começou a digitar com grande rapidez. Era uma visão curiosa — Lomeli jamais a esqueceria — a freira idosa e aristocrática, espiando de perto a tela do monitor, os dedos voando, como que dotados de vontade própria, por cima do teclado de plástico cinzento. O matraquear dos dedos foi num crescendo, diminuiu, reduziu-se a toques ocasionais, até uma última batida, agressiva, final. Ela recolheu as mãos, ficou de pé e se afastou da mesa, indo para o lado oposto do escritório.

Lomeli sentou-se. Na tela havia um e-mail da superiora em pessoa, datado de 3 de outubro — duas semanas antes da morte do Santo Padre, ele reparou —, com a marca "Confidencial", comunicando a transferência imediata para Roma da irmã Shanumi Iwaro, da comunidade de Oko, na província de Ondo, na Nigéria. "Minha cara Agnes, entre nós duas apenas, e não para conhecimento público, eu ficaria grata se pudesse ter um cuidado especial com a nossa irmã, já que a sua presença foi requisitada pelo prefeito da Congregação para a Evangelização dos Povos, Sua Eminência o cardeal Tremblay."

 Depois de desejar boa-noite à irmã Agnes, Lomeli refez seus passos e foi ao salão de jantar. Entrou na fila, pegou seu cafezinho e foi com ele para o saguão. Ali, sentou-se numa das poltronas carmesim superestofadas, com as costas para a recepção, e esperou, e espreitou. Ah, pensou ele, mas aquele era um indivíduo como poucos, esse cardeal Tremblay! Um norte-americano que não era americano, um falante do francês que não era francês, um liberal na doutrina que era também um conservador em termos sociais (ou seria o contrário?), um defensor do Terceiro Mundo e um símbolo do Primeiro — como ele, Lomeli, tinha sido tolo em subestimá-lo! A essa altura, já tinha percebido que o canadense não precisava mais ir buscar seu cafezinho — Sabbadin já se dispusera a levá-lo — e logo depois o arcebispo de Milão acompanhou Tremblay até o local onde estava um grupo de cardeais italianos, que o receberam com deferência, e imediatamente formaram um círculo à sua volta.

 Lomeli bebericou o café e ganhou tempo. Não queria que houvesse testemunhas para o que tinha de fazer.

 Ocasionalmente algum cardeal se aproximaria para lhe falar e ele sorriria e trocaria algumas amenidades — nada em seu rosto transpareceria a agitação que lhe passava pela mente —, mas percebeu que, se não ficasse de pé, eles logo entenderiam a "deixa" e iriam embora. De um em um, eles começaram a subir para se recolher.

 Eram quase onze horas e a maior parte do Conclave já havia se recolhido quando Tremblay finalmente encerrou sua conversa com os italianos. Ele ergueu a mão no que podia ser interpretado como um sinal de bênção. Vários dos cardeais fizeram uma leve reverência. Ele deu meia-volta, sorridente, e foi na direção das escadas. Imediatamente Lomeli tentou interceptá-lo. Houve um momento quase cômico quando ele percebeu que suas pernas estavam entrevadas e que mal conseguia se levantar da poltrona. Depois de certa luta, conseguiu se erguer e foi no encalço do outro, mesmo mancando. Alcançou o canadense no instante em que ele pousava o pé no primeiro degrau.

— Eminência, pode me conceder uma palavra?

Tremblay ainda sorria. Tudo nele transpirava benignidade.

— Olá, decano. Eu estava indo me recolher.

— Não vai lhe tomar mais do que um momento. Venha, por favor.

O sorriso permaneceu, mas com ele agora havia uma expressão de enfado nos olhos de Tremblay. Mesmo assim, quando Lomeli fez um gesto pedindo que o seguisse, ele obedeceu, e atravessaram toda a extensão do saguão, dobraram a esquina e entraram na capela. O anexo estava deserto e quase às escuras. Por trás do vidro reforçado, o muro exterior do Vaticano, iluminado pelos holofotes, tinha um brilho verde-azulado, como num cenário de ópera para uma cena de encontro à meia-noite, ou de assassinato. A única outra fonte de iluminação vinha das lâmpadas sobre o altar. Lomeli fez o sinal da cruz. Tremblay o imitou.

— Isso está cheio de mistério — disse o canadense. — Do que se trata?

— É muito simples. Quero que retire o seu nome da próxima votação.

Tremblay o encarou, ainda com um olhar mais divertido do que alarmado.

— Está se sentindo bem, Jacopo?

— Lamento muito, mas você não é o homem adequado para ser papa.

— Esta pode ser a sua opinião. Quarenta colegas nossos discordam.

— Somente porque eles não o conhecem como eu conheço.

Tremblay balançou a cabeça.

— Isso é muito triste. Sempre valorizei sua sabedoria, tão equilibrada. Mas, desde que se iniciou o Conclave, você parece estar bastante perturbado. Orarei por você.

— Acho que faria melhor guardando suas orações para a sua própria alma. Eu sei quatro fatos a seu respeito, Eminência, que seus colegas não sabem. Primeiro, sei que houve algum tipo de relatório a respeito das suas atividades. Segundo, sei que o Santo Padre abordou esse assunto com o senhor apenas algumas horas antes de morrer. Terceiro, soube que ele o desligou de todos os seus cargos. E quarto, sei agora o porquê.

Na meia-luz azulada, o rosto de Tremblay parecia subitamente estupefato. Ele dava a impressão de ter sido atingido por uma pancada na parte de trás da cabeça. Sentou-se depressa na cadeira mais próxima. Por algum tempo não disse nada, ficou apenas olhando direto para a frente, para o crucifixo suspenso no altar.

Lomeli sentou-se na cadeira atrás da dele. Curvou-se para a frente e falou baixo, perto do ouvido do outro.

— Você é um homem bom, Joe. Tenho certeza disso. Você quer servir a Deus na plenitude de sua capacidade. Infelizmente, você acha que essa capacidade tem as dimensões do papado, e tenho que lhe dizer que ela não tem. Estou falando como amigo.

Tremblay permaneceu de costas para ele. Murmurou, com amargura, com menosprezo.

— Como amigo!

— Sim, é verdade. Mas também como decano do Colégio dos Cardeais e, neste papel, tenho minhas responsabilidades. Para mim, deixar de agir, sabendo o que eu sei, seria um pecado mortal.

A voz de Tremblay soou vazia.

— E o que é exatamente isso que você "sabe", e que não seja um mero boato?

— Sei que, de alguma maneira, imagino que através dos seus contatos com nossas missões na África, você descobriu a história do cardeal Adeyemi, de que ele sucumbiu gravemente a uma tentação trinta anos atrás, e providenciou para que a mulher envolvida nesse caso fosse trazida para Roma.

Tremblay não se mexeu de início. Quando por fim girou o corpo, estava com a testa franzida, como se tentando lembrar alguma coisa.

— E como é que *você* sabe a respeito dela?

— Não se preocupe com isso. O que importa é que você a trouxe para Roma com a intenção expressa de destruir as chances de Adeyemi ser eleito papa.

— Eu nego essa acusação, de forma absoluta.
Lomeli ergueu um dedo em advertência.
— Pense bem antes de falar, Eminência. Nós estamos dentro de um lugar sagrado.
— Pode me trazer uma Bíblia para que eu jure sobre ela, se quiser. Eu nego.
— Deixe-me ser bem claro: nega ter pedido à superiora das Filhas da Caridade para que transferisse uma de suas irmãs para Roma?
— Não, eu lhe pedi. Mas não foi em meu benefício.
— Em benefício de quem, então?
— Do Santo Padre.
Lomeli recuou, incrédulo.
— Para salvar sua candidatura você faria uma acusação falsa contra o Santo Padre em sua própria capela?
— Não é acusação falsa, é a verdade. O Santo Padre me deu o nome de uma irmã na África e me pediu, como prefeito para a Evangelização dos Povos, que fizesse uma solicitação privada às Filhas da Caridade para trazê-la para Roma. Não fiz perguntas. Apenas fiz o que ele determinara.
— Isso é muito difícil de acreditar.
— Bem, é a verdade e, para ser franco, estou chocado ao vê-lo pensar de outra forma. — Ele ficou de pé. Toda a sua velha autoconfiança estava de volta. Agora olhou Lomeli de cima para baixo. — Vou fingir que esta conversa nunca aconteceu.
Lomeli também se levantou. Foi preciso um grande esforço para tirar a raiva de sua voz.
— Infelizmente, ela aconteceu, sim, e a menos que você dê sinais amanhã de que não deseja mais ser considerado para o papado, eu tornarei público a todo o Conclave que o último ato oficial do Santo Padre foi demiti-lo por tentativa de chantagem contra um colega.
— E qual a prova que vai apresentar para uma acusação tão ridícula? — Tremblay espalmou as mãos. — Não existe nenhuma. — Ele deu um passo, chegando mais perto de Lomeli. — Posso lhe dar um conselho, Jacopo, e eu, também, estou falando aqui como amigo. Não repita essas acusações maliciosas diante dos nossos colegas. Sua própria ambição não passou despercebida. Isso pode ser visto como

uma tática para difamar o nome de outro rival. Pode acabar tendo um efeito totalmente oposto ao que você pretende. Lembre-se de como os tradicionalistas tentaram destruir o cardeal Montini em 1963. Dois dias depois, ele era o papa.

Tremblay ajoelhou-se diante do altar, fez o sinal da cruz, deu a Lomeli um gélido boa-noite e saiu da capela, deixando o decano do Colégio dos Cardeais a escutar o eco cada vez mais distante dos seus passos sobre o piso de mármore.

Durante as horas seguintes, Lomeli ficou deitado na cama, completamente vestido, olhando para o teto. A única fonte de luz vinha do banheiro. Através da divisória, soavam os roncos de Adeyemi, mas, naquela hora, Lomeli estava tão preocupado com seus próprios pensamentos que mal os ouvia. Nas mãos, segurava a chave-mestra que a irmã Agnes lhe emprestara na manhã em que ele voltara para a Casa Santa Marta após a missa em São Pedro, quando descobriu que tinha batido a porta com a chave do lado de dentro. Ele a girou entre os dedos, repetidamente, orando e falando consigo mesmo a um só tempo, de tal modo que as duas coisas se misturaram num só monólogo.

Ó Senhor, Vós deixastes ao meu cargo cuidar deste mais sagrado dos Conclaves... Será que o meu dever é meramente o de administrar as deliberações dos meus colegas ou tenho também a responsabilidade de intervir e influir no resultado? Sou Vosso servo, e me dedico a servir a Vossa vontade... O Espírito Santo certamente nos guiará para um pontífice digno, a despeito de qualquer ação que eu possa praticar... Guiai-me, Senhor, eu Vos imploro, para que eu possa fazer cumprir a Vossa vontade... Servo, tens que guiar a ti mesmo...

Por duas vezes, ele se levantou da cama e foi até a porta, e por duas vezes, voltou e se deitou novamente. Ele sabia, é claro, que não haveria nenhum clarão ou revelação súbita, nenhuma infusão repentina de certeza. Não esperava nada desse tipo. Deus não agia dessa forma. Deus já lhe mandara todos os sinais necessários. Cabia a ele agora agir de acordo com eles. E talvez ele tivesse sempre suspeitado de que teria que fazer aquilo, afinal, e era essa a razão de não ter devolvido a chave-mestra, que tinha ficado guardada na gaveta de sua mesa de cabeceira.

Ele se levantou pela terceira vez e abriu a porta.

De acordo com as regulamentações apostólicas, ninguém poderia permanecer na Casa Santa Marta após a meia-noite, a não ser os cardeais. As irmãs eram levadas de volta para seus alojamentos. Os seguranças estavam ou nos seus carros estacionados em volta, ou patrulhando o perímetro. No Palazzo San Carlo, a uns poucos cinquenta metros de distância, dois médicos estavam de sobreaviso. Em caso de emergência, médica ou de outra natureza, os cardeais tinham instruções para fazer soar o alarme de incêndio.

Depois de verificar que o corredor estava deserto, Lomeli caminhou depressa. Do lado de fora do apartamento do Santo Padre, as velas votivas ardiam em seus vidros vermelhos. Ele contemplou a porta. Por uma última vez, hesitou. *O que quer que eu faça, é por Vós que estou fazendo. Vós vedes o meu coração. Sabeis que as minhas intenções são puras. Eu me entrego à Vossa proteção.* Ele enfiou a chave na fechadura e a girou. A porta se abriu, uma pequena fração. As faixas, seladas por Tremblay com tanta pressa após a morte do Santo Padre, se esticaram, impedindo que ela se abrisse por completo. Lomeli examinou os selos. Os discos de cera vermelha traziam o Brasão da Câmara Apostólica: duas chaves cruzadas sobre um guarda-sol aberto. Sua função era puramente simbólica. Não resistiriam a um instante de pressão. Ele empurrou a porta com mais força. A cera se rachou e se partiu, os laços se afrouxaram e a passagem para dentro dos aposentos papais estava livre. Ele se benzeu, cruzou o umbral e fechou a porta.

O local estava abafado e cheirava a mofo. Ele tateou em busca do interruptor. A sala de estar, tão familiar, parecia exatamente como estava na noite em que o Santo Padre morrera. As cortinas cor de limão, bem fechadas. O sofá azul com encosto em forma de concha, e as duas poltronas. A mesinha de café. O genuflexório. A escrivaninha, com a surrada pasta de couro do papa encostada ao lado.

Ele se sentou à escrivaninha e pegou a pasta, colocou-a sobre os joelhos e a abriu. Dentro havia um barbeador elétrico, uma latinha de pastilhas de hortelã, um breviário e um exemplar em edição de bolso da *Imitação de Cristo*, de Tomás de Kempis. O livro já era famoso, de acordo com um comunicado emitido pela Sala de Imprensa do Vaticano, como sendo a última leitura do Santo Padre antes do ataque cardíaco. A página que ele tinha consultado estava marcada com um tíquete amarelo de ônibus, emitido em sua cidade natal, mais de vinte anos antes:

Não abras teu coração a qualquer homem (*Eclo, 8,22*), *mas trata de teus negócios com o sábio e temente a Deus. Com moços e estranhos conversa pouco. Não lisonjeies os ricos, nem busques aparecer muito na presença dos potentados. Busca a companhia dos humildes e simples, dos devotos e morigerados...*

Ele fechou o livro, pôs tudo de volta na pasta e a guardou onde estava antes. Experimentou a gaveta do meio, na escrivaninha. Estava destrancada. Retirou-a por completo, colocou-a sobre o tampo da mesa e começou a remexer no seu conteúdo: uma caixa de óculos vazia e um recipiente plástico de limpador de lentes, lápis, um frasco de aspirina, uma calculadora de bolso, elásticos, um canivete, uma velha carteira de couro contendo uma nota de dez euros, uma cópia do mais recente *Annuario Pontifico*, o grosso diretório encadernado em vermelho com a listagem de todos os cargos da Igreja e seus ocupantes... Ele puxou as gavetas restantes. A não ser por alguns cartões-postais assinados pelo Santo Padre, que ele costumava dar de presente aos visitantes, não havia papéis de nenhuma espécie. Recostou-se e considerou tudo aquilo. O papa se recusara a ocupar o costumeiro apartamento papal, mas tinha usado o escritório dos seus predecessores no Palácio Apostólico. Caminhava todas as manhãs, carregando sua pasta, e invariavelmente levava trabalho para casa, para estudá-lo durante a noite. As tarefas do papado eram intermináveis. Lomeli lembrava-se claramente de estar ali quando ele assinava cartas e documentos, naquela mesma cadeira. Ou tinha suspendido totalmente o trabalho em seus últimos dias ou a escrivaninha devia ter sofrido uma limpeza — sem dúvida por parte das mãos sempre eficientes do seu secretário particular, monsenhor Morales.

Ele ficou de pé e andou pela saleta, reunindo coragem para abrir a porta do quarto de dormir.

Os lençóis tinham sido retirados da antiga e enorme cama, e os travesseiros estavam sem as fronhas. Porém, os óculos do papa e o despertador ainda estavam sobre a mesa de cabeceira, e quando ele abriu o armário, viu duas batinas brancas penduradas como fantasmas nos cabides. A visão daquelas vestes simples — ele se recusara a usar as vestes papais mais elaboradas — pareceu romper alguma coisa dentro de Lomeli, algo que tinha estado confinado desde o funeral. Ele cobriu os olhos com as mãos e abaixou a cabeça. Seu corpo se sacudiu todo, embora sem lágrimas. Aquela convulsão a seco durou um meio minuto e, quando passou, ele se sentiu curiosamente fortalecido. Esperou que a respiração se normalizasse e então virou-se e contemplou a cama.

Era uma cama formidavelmente feia, com séculos de idade, com balaústres quadrados nas quatro quinas, e placas entalhadas nos pés e na cabeceira. De toda a mobília a que tinha direito no apartamento papal, o Santo Padre escolhera apenas aquele feíssimo móvel para ser removido para a Casa Santa Marta. Papas tinham dormido ali por várias gerações. Para que tivesse passado pelas portas externas certamente tinha sido necessário desmontá-la e montá-la de novo dentro do aposento.

Com todo cuidado, assim como fizera na noite da morte do papa, ele se ajoelhou no chão, ficou de mãos postas, fechou os olhos e apoiou a testa na beirada do colchão para rezar. De repente, a terrível solidão da vida daquele homem idoso pareceu insuportável demais para seu pensamento. Estendeu os braços em ambas as direções, ao longo da estrutura de madeira da cama, e a agarrou com força.

Quanto tempo ficou naquela posição, ele não pôde dizer depois com exatidão. Podiam ter sido dois minutos; podiam ter sido vinte. O que ficou sabendo com certeza foi que, a certa altura durante esse tempo, o Santo Padre penetrou na sua mente e falou com ele. É claro, tudo podia não passar de um truque da sua imaginação: os racionalistas tinham uma explicação para tudo, inclusive para a inspiração. Tudo o que ele sabia era que, antes de ajoelhar ali, estava mergulhado no desespero, e que depois, quando com algum esforço ficou de pé e olhou para a cama, o homem já morto lhe dissera o que fazer.

Pensou de início que se tratava de uma gaveta secreta. Ajoelhou-se novamente e rodeou a cama, tateando embaixo da estrutura de madeira, mas suas mãos encontraram apenas o espaço vazio. Tentou levantar o colchão, mesmo sabendo que era uma perda de tempo: o Santo Padre que derrotava Bellini no xadrez quase todas as noites nunca recorreria a algo tão óbvio. Finalmente, depois que todas as outras opções foram esgotadas, ele considerou os balaústres da cama.

Primeiro, tentou o que ficava do lado direito da cabeceira. Seu topo era um domo de carvalho, polido, maciço, todo entalhado. A um primeiro olhar parecia ser uma peça inteiriça juntamente com o seu pesado suporte. Porém, quando ele correu os dedos em torno de sua moldura, um dos discos entalhados pareceu levemente frouxo. Ele acendeu a luminária de cabeceira, subiu no colchão e examinou o disco. Com todo cuidado, fez pressão sobre ele. Nada pareceu acontecer. No entanto, quando ele segurou o balaústre apoiando-se para descer de volta ao chão, o topo de madeira soltou-se e ficou em sua mão.

Embaixo dele, havia uma cavidade com uma base de madeira não envernizada, em cujo centro, tão pequeno que ele quase não o enxergava, via-se um pequeno botão de madeira. Ele o alcançou, puxou-o e extraiu dali lentamente uma caixa de madeira lisa, que se encaixava com admirável perfeição na abertura. Depois de totalmente retirada, mostrou ser do tamanho aproximado de uma caixa de sapatos. Ele a sacudiu. Alguma coisa dentro fez barulho.

Ele se sentou no colchão e deslizou a tampa da caixa. Dentro dela, viu cerca de uma dúzia de documentos enrolados. Desenrolou-os e os examinou um por um. Colunas de algarismos. Documentos bancários. Transferências de dinheiro. Endereços de apartamentos. Muitas páginas tinham anotações a lápis com a caligrafia miúda e angulosa do Santo Padre. De repente, os olhos de Lomeli encontraram o seu próprio nome.

Lomeli. Apartamento n. 2. Palácio do Santo Ofício. 445 metros quadrados!

Parecia ser uma lista dos apartamentos oficiais ocupados pelos membros da Cúria, em serviço e aposentados, preparada para o papa pela APSA, a Administração do Patrimônio da Sé Apostólica. Os nomes de todos os cardeais eleitores que tinham apartamentos estavam sublinhados: Bellini (410 metros quadrados), Adeyemi (480 metros quadrados), Tremblay (510 metros quadrados)... Ao pé do documento,

o papa tinha adicionado seu próprio nome: *O Santo Padre, Casa Santa Marta, 50 metros quadrados!*
Havia um adendo, anexo:

Para o conhecimento do pontífice somente.

Santíssimo Padre,
Até onde podemos averiguar, a área de superfície total do patrimônio da APSA totaliza 347 532 metros quadrados, com um valor potencial de venda de mais de 2,7 bilhões de euros, mas com um valor declarado de 389,6 milhões de euros. O déficit de arrecadação parece indicar uma taxa de ocupação paga de 56%. Parece, portanto, que, como Vossa Santidade suspeitava, essa parte da renda não está sendo declarada propriamente.

Tenho a honra de ser,
o filho mais devoto e obediente de Vossa Santidade,
D. Labriola
(Comissário especial)

Lomeli virou as outras páginas e ali estava seu nome novamente: para seu assombro, dessa vez, quando olhou com mais atenção, viu que era um resumo de seu extrato bancário pessoal do IOR, o Istituto para as Obras de Religião, o Banco do Vaticano. Uma lista de totais mensais retroagindo a mais de uma década. O registro mais recente, de 30 de setembro, mostrava que ele tinha um saldo de 38 734,76 euros. Ele próprio não tinha ideia exata daquele número. Era todo o dinheiro que ele possuía no mundo.

Correu os olhos pelas centenas de nomes daquela lista. Sentiu-se sórdido pelo simples fato de estar lendo aquilo, mas não conseguia se conter. Bellini tinha 42 112 euros depositados, Adeyemi tinha 121 865, e Tremblay, 519 732 (um número que mereceu do papa outra série de pontos de exclamação). Alguns cardeais tinham saldos ínfimos — o de Tedesco eram meros 2 821 euros, e Benítez aparentemente não tinha nenhuma conta bancária, mas outros eram homens ricos. O arcebispo emérito de Palermo, Calogero Scozzazu, que trabalhara por algum tempo no IOR na época de Marcinkus, e que de fato tinha sido investigado por suspeitas de lavagem de dinheiro, tinha um valor de 2 643 923 euros. Um certo número de cardeais da África e da Ásia tinha feito vultosos depósitos nos últimos doze meses. Numa das folhas, o Santo Padre havia rabiscado, com um lápis trêmulo, uma citação do Evangelho de São Marcos: "Não está escrito: 'Minha casa será chamada casa de oração para todos os povos'? Vós, porém, fizestes ela um covil de ladrões!".

Quando terminou de ler, Lomeli voltou a enrolar com cuidado todos os papéis, colocou-os de volta na caixa e a fechou. Tinha um gosto ruim na boca, como se houvesse tocado em algo podre com a língua. O Santo Padre havia usado sua autoridade para secretamente obter do IOR os registros financeiros privados dos seus colegas! Estaria pensando que eram *todos* corruptos? Uma parte daquilo não constituía surpresa para ele: o escândalo dos apartamentos da Cúria, por exemplo, tinha vazado para a imprensa anos antes. Além disso, a fortuna pessoal de alguns dos seus colegas cardeais era algo de que ele suspeitava havia muito tempo — do ingênuo Luciani, que fora papa durante apenas um mês, dizia-se que tinha sido eleito em 1978 porque era o único cardeal italiano que estava "limpo". Não, o que mais o abalou, na primeira leitura, foi o que aquela coleção de documentos revelava sobre o estado mental do Santo Padre.

Enfiou a caixa de volta em seu compartimento e recolocou o topo do balaústre da cama. As tremendas palavras dos discípulos para Jesus lhe vieram à mente: "O lugar é deserto e a hora já está avançada". Por alguns segundos, ele se apoiou ao sólido balaústre de madeira da cama. Tinha pedido a Deus uma orientação, e Deus o orientara até ali. No entanto, estava temeroso sobre o que mais poderia encontrar.

Mesmo assim, logo que recobrou a calma, rodeou a cama até o lado oposto da cabeceira e examinou os entalhes por baixo do topo de madeira. Ali também descobriu uma alavanca oculta. O topo de madeira desprendeu-se e ficou em sua mão, e dali de dentro ele retirou uma segunda caixa. Depois, foi até os pés da cama, e dali retirou uma terceira, e uma quarta.

14. Simonia

Eram cerca de três da manhã quando Lomeli deixou a suíte papal. Abriu a porta apenas o bastante para conferir o corredor à luz avermelhada das velas. Ficou à escuta. Mais de cem homens, a maior parte deles na casa dos setenta anos, estavam dormindo ou rezando em silêncio. O edifício estava mergulhado em completo silêncio.

Fechou a porta. Tentar lacrar a entrada novamente não fazia sentido. A cera estava quebrada, as fitas pendiam frouxas. Os cardeais decerto perceberiam tudo quando acordassem; não havia como evitá-lo. Ele cruzou o corredor rumo à escada e começou a subir. Lembrou-se de Bellini ter lhe dito que seu quarto ficava bem em cima do quarto do Santo Padre, e que o espírito do pontífice parecia evolar-se através do piso; não duvidou disso.

Encontrou o número 301 e bateu na porta, baixinho. Achara que teria dificuldade em se fazer ouvir sem acordar metade do corredor, mas, para sua surpresa, quase imediatamente ouviu movimento, a porta foi aberta e ali estava Bellini, também de batina. Olhou para Lomeli com a simpatia de quem reconhece um companheiro de infortúnio.

— Olá, Jacopo. Também não consegue dormir? Entre.

Lomeli entrou na suíte. Era igual à do andar de baixo. As luzes da saleta de estar estavam apagadas, mas a porta do quarto de dormir estava escancarada, e era de lá que vinha a iluminação. Viu que Bellini estava no meio de suas devoções. O rosário estava pendurado no genuflexório; o *Ofício Divino* estava aberto sobre a bancada.

Bellini disse:

— Gostaria de rezar um pouco comigo?

— Sim, muito.

Os dois homens ficaram de joelhos. Bellini curvou a cabeça.

— Neste dia, lembramos de São Leão, o Grande. Senhor Deus, Vós construístes a Vossa Igreja na fundação segura do apóstolo Pedro, e Vós prometestes que os portões do inferno jamais poderiam abatê-la. Com o apoio das preces do papa São Leão, pedimos a Vós que mantenhais a Igreja fiel à Vossa verdade, e que a mantenhais em paz duradoura, através de Vós, Senhor. Amém.

— Amém.

Depois de um ou dois minutos, Bellini disse:

— Posso lhe oferecer alguma coisa? Um copo d'água, talvez?

— Sim, seria bom. Muito obrigado.

Lomeli sentou-se no sofá. Sentia-se agitado e exausto ao mesmo tempo — não era o melhor estado para se tomar uma decisão crucial. Porém, que escolha ele tinha? Ouviu o som de uma torneira sendo aberta. Bellini falou, lá do banheiro:

— Não posso oferecer nada mais, fora isto. — Ele voltou à saleta trazendo dois copos de água e estendeu um para Lomeli. — Então, o que o manteve acordado até esta hora?

— Aldo, você deve insistir em sua candidatura.

Bellini soltou um gemido e deixou-se cair pesadamente na poltrona.

— Por favor, não. Não recomece com isso. Pensei que esse assunto estivesse resolvido. Eu não quero, e não tenho chances de vencer.

— Qual dessas duas considerações pesa mais em você, a de não querer ou a de não ter chances?

— Se dois terços dos meus colegas me considerassem digno desse cargo, eu abandonaria minhas dúvidas e aceitaria a vontade do Conclave, mas eles não o fizeram, de modo que isso nem está em questão. — Ele ficou olhando enquanto Lomeli tirava de dentro da batina três folhas de papel e as colocava em cima da mesinha de café. — O que é isso?

— As Chaves de São Pedro, se você quiser recebê-las.

Houve uma longa pausa, e então Bellini disse, calmamente:

— Acho que preciso pedir que você se retire.

— Mas eu não o farei, Aldo. — Lomeli tomou um longo gole de água. Não tinha percebido o quanto estava sedento. Bellini cruzou os braços e ficou em silêncio. Lomeli o observou por cima da borda do copo, enquanto o esvaziava. Pôs o copo na mesinha. — Leia. — Ele empurrou as folhas sobre a mesa, na direção de Bellini. — É um relatório das atividades da Congregação para a Evangelização dos Povos, e, mais especificamente, um relatório sobre as atividades do seu prefeito, o cardeal Tremblay.

Bellini franziu a testa olhando para os papéis, e depois afastou os olhos deles. Finalmente, com relutância, descruzou os braços e os apanhou.

Lomeli disse:

— É um caso arrasadoramente prima facie de que ele é culpado de simonia, um delito, devo lembrá-lo, previsto nas Escrituras Sagradas: "Quando Simão viu que o Espírito era dado pela imposição das mãos dos apóstolos, ofereceu-lhes dinheiro, dizendo: 'Dai também a mim este poder, para que receba o Espírito Santo todo aquele a quem eu impuser as mãos'. Pedro, porém, replicou: 'Pereça o teu dinheiro, e tu com ele, porque julgaste poder comprar com dinheiro o dom de Deus!'".

Bellini ainda estava lendo.

— Eu sei o que quer dizer simonia, obrigado.

— Mas existirá um caso mais claro do que este, de uma tentativa de comprar um ofício ou sacramento? Tremblay só obteve aqueles votos na primeira rodada porque os comprou — a maioria deles de cardeais da África e da América do Sul. Os nomes estão todos aí: Cárdenas, Diène, Figarella, Garang, Papouloute, Baptiste, Sinclair, Alatas. Ele inclusive lhes pagou em dinheiro vivo, para tornar mais difícil o rastreamento. E tudo isso foi realizado nos últimos doze meses, quando ele percebeu que o pontificado do Santo Padre se aproximava do fim.

Bellini terminou a leitura e ficou com o olhar perdido à meia distância. Era possível ver sua mente poderosa assimilando a informação, testando a força das evidências. Por fim, ele disse:

— Como sabe que eles não usaram o dinheiro para fins completamente legítimos?

— Vi seus extratos bancários.

— Deus do céu!

— A questão imediata não são os cardeais. Eu nem os acusaria necessariamente de estarem sendo corruptos; talvez eles tivessem a intenção de repassar esse dinheiro para suas igrejas, mas não cheguei a cuidar desse aspecto. Além do mais, os votos deles foram queimados, então como poderíamos provar em quem eles votaram? O que *é* absolutamente claro, no entanto, é que Tremblay ignorou os canais oficiais e distribuiu dezenas de milhares de euros de uma maneira que era claramente destinada a alavancar sua candidatura. E a pena automática para a simonia, não preciso lhe lembrar, é a excomunhão.

— Ele vai negar tudo.

— Ele pode negar o que quiser: se o relatório se tornar do conhecimento geral, será um escândalo para eclipsar todos os escândalos. Para começo de conversa, isso demonstra que Woźniak estava falando a verdade quando disse que o Santo Padre, em seu último ato oficial, ordenou a Tremblay que renunciasse aos seus cargos.

Bellini não respondeu. Recolocou as folhas de papel sobre a mesa. Com seus longos dedos, ele as arrumou com todo cuidado, até ficarem perfeitamente alinhadas.

— Posso perguntar onde você obteve essa informação?

— No apartamento do Santo Padre.

— Quando?

— Agora à noite.

Bellini o fitou com incredulidade:

— Você violou os lacres?

— Que escolha eu tinha? Você foi testemunha daquela cena na hora do almoço. Eu tinha razões para suspeitar que Tremblay havia deliberadamente destruído as chances de Adeyemi ser eleito papa ao trazer aquela pobre mulher da África para constrangê-lo. Ele negou tudo, é claro, de modo que eu tive que tentar encontrar alguma prova. Em sã consciência, eu não poderia ficar de braços cruzados vendo um homem assim ser eleito papa sem pelo menos fazer algumas investigações.

— E ele fez isso? Trouxe a mulher aqui para constranger Adeyemi?

Lomeli hesitou.

— Não sei. Ele decerto solicitou a transferência dela para Roma. Mas diz que o fez a pedido do Santo Padre. Parte disso talvez seja verdade: o Santo Padre certamente parece ter montado uma espécie de operação de espionagem contra seus próprios colegas. Encontrei todo tipo de mensagens de e-mail privadas e transcrições de conversas telefônicas escondidas no quarto dele.

— Meu Deus, Jacopo! — Bellini gemeu como se estivesse sofrendo uma dor física, e ergueu os olhos para o teto. — Que assunto demoníaco é este!

— É mesmo, com isso eu concordo, mas é melhor esclarecer logo tudo, enquanto o Conclave ainda está em reunião e podemos discutir nossos problemas em segredo, do que descobrirmos a verdade somente depois de termos eleito um novo papa.

— E como vamos "esclarecer" isso a esta hora da madrugada?

— Para começar, devemos fazer com que os nossos irmãos tomem conhecimento do relatório Tremblay.

— Como?

— Mostrando-o a eles.

Bellini o olhou com uma expressão de horror.

— Está falando sério? Um documento baseado em extratos bancários privados, roubados do apartamento do Santo Padre? Isso vai parecer um ato de desespero. O tiro pode sair pela culatra contra nós.

— Não estou sugerindo que você o faça, Aldo, de forma alguma. Você deve se manter afastado disso tudo. Deixe o caso comigo, ou talvez comigo e com Sabbadin. Eu estou disposto a aguentar as consequências.

— É muito nobre da sua parte, e naturalmente eu fico grato. Mas o prejuízo não se deteria em você. Os rumores acabariam vazando. Pense no que isso pode significar para a Igreja. Eu não posso considerar a hipótese de me tornar papa em circunstâncias como essas.

Lomeli mal podia acreditar no que estava ouvindo.

— Que circunstâncias?

— Circunstâncias cheias de truques sujos: um arrombamento, um documento roubado, o ataque à reputação de um colega cardeal. Eu seria o Richard Nixon dos papas! Meu pontificado estaria manchado desde o primeiro dia, mesmo assumindo que eu ganhasse a eleição, o que duvido muito. Você já parou para avaliar que a pessoa que tem mais a ganhar com tudo isso é Tedesco? A base principal da candidatura dele é que o Santo Padre conduziu a Igreja à catástrofe pelas suas mal concebidas tentativas de reforma. Para ele e para os que o apoiam, a revelação de que o Santo Padre estava lendo seus extratos bancários e encomendando relatórios para acusar a Cúria de corrupção institucional seria a melhor prova do que afirmam.

— Pensei que estivéssemos aqui para servir a Deus, e não à Cúria.

— Ah, não seja ingênuo, Jacopo, logo você, entre tanta gente! Venho travando essas batalhas há mais tempo do que você, e a verdade final é que só podemos servir a Deus através da Igreja do Seu Filho, Jesus Cristo, e a Cúria *é* o coração e o cérebro da Igreja, por mais imperfeita que possa ser.

Lomeli teve consciência, de repente, de uma medonha dor de cabeça começando a tomar forma, posicionada precisamente atrás do seu olho direito; sempre era causada por exaustão e tensão nervosa. Ele sabia que se não tivesse cuidado, teria que repousar por um ou dois dias. Havia uma determinação nas regras Apostólicas de que cardeais doentes podiam depositar seus votos na Casa Santa Marta. Suas cédulas deveriam ser recolhidas por três cardeais indicados, conhecidos como *Infirmarii*, cuja tarefa era conduzir esses votos, numa caixa trancada, para a Capela Sistina. Ele sofreu a tentação passageira de ficar na cama com as cobertas puxadas por cima da cabeça e deixar aos outros o encargo de resolver aquela encrenca. Porém, pediu perdão a Deus imediatamente por essa fraqueza.

Bellini disse, com calma:

— O pontificado dele foi uma guerra, Jacopo. Começou no primeiro dia, quando ele se recusou a usar todas as regalias do cargo e insistiu em viver aqui, e não no Palácio Apostólico, e prosseguiu durante todos os dias seguintes. Lembra-se de como ele marchou naquela reunião de apresentação com os prefeitos de todas as congregações, na Sala Bologna, e exigiu plena transparência funcional — contabilidade adequada, transparência nas contas, auditoria externa para cada obra de construção por menor que fosse, recibos? Recibos! Na Administração do Patrimônio, nem sequer se sabia o que era um recibo! Depois, ele trouxe contadores e consultores administrativos para passar um pente-fino em cada arquivo, e os instalou com escritórios próprios aqui no primeiro andar da Casa Santa Marta. E ele não entendia por que motivo a Cúria detestava tudo isso, e não era apenas a velha guarda!

"E assim, os vazamentos começaram, e todas as vezes que ele lia um jornal ou via televisão, havia um constrangimento novo a respeito de como os amigos dele, como Tutino, estavam malversando os fundos destinados aos pobres para terem seus apartamentos reformados ou para fazerem viagens voando de primeira classe. E durante todo esse tempo, na retaguarda, lá estavam Tedesco e sua quadrilha alvejando-o sem parar, praticamente acusando-o de heresia sempre que ele dizia qualquer coisa que tivesse um mínimo de bom senso sobre homossexuais, sobre pessoas divorciadas ou sobre uma valorização maior da mulher. Daí o paradoxo cruel do seu papado: quanto mais o mundo exterior o amava, mais isolado ele se tornava dentro da Santa Sé. Na fase final, ele nem conseguia confiar em alguém. Nem tenho certeza de que confiava em mim.

— Ou em mim.

— Não, acho que ele confiava em você tanto quanto em qualquer outro, senão teria aceitado seu pedido de renúncia. Mas não faz sentido ficarmos nos enganando, Jacopo. Ele estava doente, enfraquecido, e isso estava afetando seu julgamento. — Bellini inclinou-se e tocou com o dedo nos documentos. — Se usarmos isto, não estaremos prestando um serviço à memória dele. Meu conselho é: ponha de volta onde o achou ou então o destrua.

— E deixar que Tremblay seja papa?

— Já tivemos piores.

Lomeli o encarou por alguns momentos e então ficou de pé. A dor por trás do seu olho o deixava quase sem enxergar direito.

— Você me magoa, Aldo. Muito. Por cinco vezes eu lhe dei o meu voto, na crença sincera de que você era o homem certo para guiar a Igreja. Mas agora vejo que o Conclave, na sua sabedoria, estava certo, e eu é que estava errado. Você não tem a coragem necessária para ser papa. Não estou mais do seu lado.

Três horas depois, com as reverberações do sino das seis e meia ainda ecoando por todo o prédio, Jacopo Baldassare Lomeli, cardeal-bispo de Ostia, usando hábito eclesiástico completo, saiu do seu quarto e caminhou depressa pelo corredor, passando diante do apartamento do Santo Padre, que exibia sinais inconfundíveis de violação, e desceu as escadas até o saguão da Casa.

Nenhum dos outros cardeais tinha descido ainda. Junto à porta de vidro, um segurança verificava a identificação das freiras que chegavam para preparar o café da manhã. Ainda não havia luz suficiente para que se pudesse distinguir o rosto delas. Naquele lusco-fusco de antes da aurora, não passavam de uma fila de sombras em movimento, um tipo de sombras que podiam ser vistas em qualquer ponto do mundo àquela hora — os pobres da Terra preparando-se para mais um dia de trabalho.

Ele deu a volta no balcão da recepção, a passos rápidos, e entrou no escritório da irmã Agnes.

Já fazia muitos anos que o decano do Colégio dos Cardeais tinha usado uma fotocopiadora. De fato, agora que estava olhando para uma, veio-lhe a dúvida sobre se já o fizera. Examinou o conjunto de botões e apertou alguns ao acaso. Uma pequena tela se iluminou e exibiu uma mensagem. Ele se curvou para ler: "Erro".

Ouviu um barulho atrás de si. A irmã Agnes estava parada na porta. Seu olhar firme o intimidou. Ele se perguntou quanto tempo ela teria estado observando seus esforços desajeitados. Ergueu as mãos, em desespero.

— Estou tentando tirar cópias de um documento.

— Se permitir, Eminência, posso fazer isso.

Ele hesitou. A primeira página trazia como título "Relatório preparado para o Santo Padre sobre o presumível delito de simonia praticado pelo cardeal Joseph Tremblay. Resumo Executivo. Estritamente confidencial". Estava datado de 19 de outubro, a data da morte do Santo Padre. Por fim, ele resolveu que não tinha escolha, e estendeu os papéis para ela. Ela olhou as páginas sem fazer comentários.

— Quantas cópias, Eminência?

— Cento e dezoito.

Os olhos dela se arregalaram um pouquinho.

— E mais uma coisa, irmã, se me permite. Eu gostaria de preservar o documento original intacto, mas, ao mesmo tempo, obscurecer algumas palavras nas cópias. Existe alguma maneira de fazer isso?

— Sim, Eminência. Creio que seja possível. — Sua voz tinha um leve tom de divertimento. Ela ergueu a tampa da máquina. Copiou todas as páginas uma vez e entregou esse conjunto de cópias a Lomeli. — O senhor pode fazer suas mudanças nesta versão, e será esta a que copiaremos. A máquina é excelente. Haverá pouca perda de qualidade. — Ela entregou-lhe uma caneta e puxou uma cadeira para que ele se sentasse à mesa. Discretamente, lhe deu as costas e foi até o armário buscar mais um pacote de folhas de papel.

Ele repassou o documento linha por linha, borrando cuidadosamente os nomes dos oito cardeais a quem Tremblay tinha feito pagamentos em dinheiro. *Em dinheiro!*, pensou ele, cerrando os lábios. Lembrou de como o falecido Santo Padre costumava dizer que o dinheiro era a maçã no Jardim do Éden, a tentação original que produzira tanto pecado. Dinheiro jorrava através da Santa Sé numa correnteza constante, que se encorpava até se tornar um verdadeiro rio na época do Natal e da Páscoa, quando bispos, monsenhores e frades podiam ser vistos cruzando pelo Vaticano com envelopes, pastas executivas e latas de metal atulhadas de notas e moedas dos fiéis. Uma audiência papal podia levantar cem mil euros em doações, dinheiro que era transferido discretamente para as mãos dos assessores do Santo Padre pelos visitantes, quando se retiravam, enquanto o papa fingia não notar. Esse dinheiro, teoricamente, ia direto para o cofre dos cardeais no Banco do Vaticano. A Congregação para a Evangelização dos Povos, sobretudo, era obrigada a enviar dinheiro para suas missões no Terceiro Mundo, onde a propina era abundante e os bancos pouco confiáveis, e, portanto, precisava lidar com enormes quantidades de dinheiro vivo.

Quando chegou ao fim do relatório, Lomeli voltou ao princípio, para se certificar de que tinha removido todos os nomes. Os trechos borrados a tinta tinham deixado o documento ainda mais sinistro, como alguma coisa liberada pela CIA através do Ato de Liberdade de Informação. Claro que uma cópia chegaria à imprensa mais cedo ou mais tarde. Isso acontecia com tudo. O próprio Cristo não havia profetizado, de acordo com o Evangelho de Lucas, que *nada há de oculto que não se torne manifesto, e nada em segredo que não seja conhecido e venha à luz do dia?* Era um cálculo sutil tentar avaliar quem sairia daquilo mais prejudicado, se Tremblay ou a Igreja, e quando ele entregou o relatório rasurado à irmã Agnes e ela começou a fazer

as cento e dezoito cópias de cada página, a luz azulada da máquina movendo-se para a frente e para trás, indo e voltando, indo e voltando, pareceu a Lomeli produzir um ritmo como o de uma ceifadeira.
Ele murmurou:
— Que Deus me perdoe.
Irmã Agnes ergueu os olhos para ele. Àquela altura, ela já devia saber o que estava imprimindo: não poderia ter evitado olhar para o texto.
— Se o seu coração é puro, Eminência — disse ela —, Ele o perdoará.
— Seja abençoada a sua bondade, irmã. Acredito que o meu coração *é* puro. Mas como podemos, qualquer um de nós, afirmar com certeza por que agimos desta ou daquela maneira? Na minha experiência, os piores pecados são cometidos muitas vezes pelos mais elevados motivos.
Foram necessários vinte minutos para imprimir as cópias e mais vinte para organizar as páginas e grampeá-las. Eles trabalharam lado a lado, em silêncio. Houve um momento em que uma freira entrou querendo usar o computador, mas a irmã Agnes ordenou secamente que ela saísse. Quando acabaram, Lomeli perguntou se havia na Casa Santa Marta envelopes em número suficiente para que cada documento fosse selado e endereçado individualmente.
— Vou ter que olhar, Eminência. Sente-se, por favor. O senhor parece exausto.
Enquanto ela esteve fora, ele ficou sentado à mesa, de cabeça baixa. Ouvia os passos dos cardeais atravessando o saguão e se dirigindo à capela para a missa matinal. Ele segurou a cruz peitoral. *Perdoai-me, Senhor, se hoje tentei servir a Vós de um modo diferente...* Alguns minutos depois, irmã Agnes voltou carregando duas caixas de envelopes pardos, tamanho A4.
Começaram a inserir os documentos nos envelopes. Ela disse:
— O que devemos fazer com eles, Eminência? Entregá-los em todos os quartos?
— Receio que não haja tempo para isso. Ademais, quero ter a certeza de que cada um dos cardeais o tenha lido antes de sairmos para votar. E se os distribuíssemos no refeitório?
— Como o senhor quiser.

Assim, quando todos os envelopes estavam prontos, eles dividiram o monte em duas pilhas e se encaminharam para o refeitório, onde as freiras estavam pondo as mesas para o café da manhã. Lomeli trabalhou num lado do salão, colocando um envelope sobre cada cadeira, e a irmã Agnes do outro. Da capela, onde Tremblay estava celebrando a missa, vinha o som do cantochão. Lomeli sentia o coração martelando, e a dor por trás dos olhos latejava em uníssono com cada batida. Ainda assim, continuou, até que ele e a irmã Agnes se encontraram no centro do salão e confirmaram que todos os envelopes tinham sido distribuídos.

— Obrigado — disse ele para a freira. Estava comovido com a solicitude inabalável dela, e lhe estendeu a mão, esperando que ela a apertasse. Em vez disso, ela se ajoelhou e beijou seu anel. Em seguida, ergueu-se, alisou as saias e se retirou sem uma palavra.

Depois disso, não restou mais nada a Lomeli senão puxar para si uma cadeira da mesa mais próxima, sentar-se e esperar.

Horas após o encerramento do Conclave, começaram a brotar relatos fragmentários sobre o que sucedeu a partir daquele momento, porque, embora houvesse um compromisso férreo de sigilo sobre cada cardeal, muitos deles não resistiam e faziam comentários com seus assistentes mais próximos depois que retornavam ao mundo exterior, e esses confidentes, em sua maior parte padres e monsenhores, por sua vez, passavam os segredos adiante, de modo que muito rapidamente uma versão dos fatos se impôs.

De um modo geral, havia duas categorias de testemunhas oculares. Aqueles que estavam entre os primeiros a sair da capela e chegar ao refeitório tiveram um choque inicial diante da visão de Lomeli, sentado sozinho e impassível numa das mesas centrais, os braços pousados na toalha da mesa, o olhar fixo, perdido. A outra coisa que lembraram, além da imagem de Lomeli, foi o silêncio mortal que se espalhou à medida que os cardeais descobriram os envelopes e começaram a ler.

Em contraste, aqueles que chegaram alguns minutos depois — os que haviam preferido ficar orando em seus quartos, em vez de comparecer à missa matinal, ou que se demoraram um pouco mais na capela após receber a comunhão — lembravam com mais clareza do tumulto de vozes no refeitório e da pequena multidão de cardeais aglomerados em torno de Lomeli, exigindo explicações.

A verdade, em outras palavras, era uma questão de perspectiva.

Além desses dois, havia um terceiro grupo, bem menor, de cardeais cujos quartos ficavam no segundo andar, ou que haviam descido dois lances de escada, vindos do andar superior, e que tinham notado que os lacres que selavam os aposentos papais estavam partidos. Em função disso, um novo conjunto de boatos começou a circular, em contraponto ao primeiro, de que teria acontecido algum tipo de arrombamento à noite.

Durante tudo isso, Lomeli não se moveu do lugar onde estava sentado. A todos os cardeais que o abordaram — Sá, Brotzkus, Yatsenko e os demais —, ele repetiu o mesmo mantra. Sim, ele era o responsável pela circulação do documento. Sim, ele rompera os lacres do apartamento do Santo Padre. Não, ele não tinha perdido o juízo. Chegara ao seu conhecimento a informação de que uma ofensa merecedora de excomunhão havia sido cometida, e depois acobertada. Ele sentira que seu dever era investigar, mesmo que isso o obrigasse a invadir os aposentos papais em busca de provas. Ele tentara encarar o problema de maneira responsável. Os seus irmãos eleitores tinham agora diante de si as provas. O dever de todos era um dever sagrado. Cada um tinha que decidir que peso atribuir àquilo. Ele não fizera mais do que agir de acordo com sua consciência.

Ficou surpreso tanto com sua própria sensação de força interior quanto pela forma como a sua convicção parecia se irradiar à sua volta, de modo que, mesmo aqueles cardeais que o abordavam para manifestar sua consternação, em geral se afastavam balançando a cabeça, aprovando-o. Outros assumiram atitudes mais ásperas. Sabbadin inclinou-se, ao passar pela sua mesa indo na direção do bufê, e cochichou no seu ouvido:

— Por que jogou fora uma arma tão valiosa? Podíamos ter usado isso para controlar Tremblay depois que ele fosse eleito! Tudo que você conseguiu foi reforçar a posição de Tedesco!

E o arcebispo Fitzgerald, de Boston, Massachusetts, um dos mais proeminentes aliados de Tremblay, chegou a se dirigir à mesa de Lomeli e atirar sobre ela o relatório.

— Isso é contrário ao senso de justiça mais elementar. O senhor não deu ao nosso irmão cardeal nenhuma oportunidade para apresentar sua defesa. O senhor agiu como juiz, júri e carrasco. Estou decepcionado com uma atitude tão anticristã. — Alguns cardeais que escutavam nas mesas vizinhas fizeram murmúrios de aprovação. Um exclamou: "Muito bem!", e outros: "Amém!".

Lomeli permaneceu impassível.

A certa altura, Benítez trouxe para ele um pouco de pão e de frutas, e pediu a uma das freiras que lhe servisse café. Sentou-se ao seu lado.

— Precisa comer um pouco, decano, ou vai acabar se sentindo mal.

Lomeli respondeu em voz baixa:

— Terei feito a coisa certa, Hector? Qual é a sua opinião?

— Ninguém que siga sua própria consciência estará agindo errado, Eminência. As consequências podem não vir a ser as que pretendíamos; pode ser que com o tempo se comprove que cometemos um erro. Mas isso não é o mesmo que agir errado. O único guia para as ações de uma pessoa só pode ser sua consciência, porque é em nossa consciência que escutamos com mais clareza a voz de Deus.

Não foi senão depois das nove horas que Tremblay em pessoa apareceu, emergindo do elevador mais próximo do refeitório. Alguém devia ter levado para ele uma cópia do relatório. O cardeal o trazia na mão, enrolado em forma de canudo. Parecia bastante composto ao caminhar por entre as mesas, na direção de Lomeli. A maior parte dos cardeais ficou em silêncio e interrompeu a refeição. O cabelo de Tremblay estava meio desalinhado, o queixo projetado para a frente. Se não fosse pelo seu hábito eclesiástico escarlate, ele bem poderia ser um xerife se encaminhando para um duelo.

— Uma palavra com o senhor, decano, é possível?

Lomeli pousou o guardanapo e ficou de pé.

— Pois não, Eminência. Gostaria de ir para um local mais reservado?

— Não, eu prefiro falar em público, se não se incomoda. Quero que os nossos irmãos escutem o que eu tenho a dizer. O senhor é o responsável por isto, creio eu? — Ele agitou o relatório diante do rosto de Lomeli.

— Não, Eminência, *o senhor* é o responsável pelas suas ações.
— Este relatório é completamente mentiroso! — Tremblay virou-se para se dirigir a todo o refeitório. — Isto nunca deveria ter vindo à luz, e não teria sido, se o cardeal Lomeli não tivesse arrombado os aposentos do Santo Padre para pegá-lo, a fim de manipular o resultado deste Conclave!

Um dos cardeais — Lomeli não conseguiu distinguir quem era — gritou: "Vergonha!".

Tremblay continuou:

— Nestas circunstâncias, eu considero que ele deve renunciar ao seu cargo de decano, uma vez que ninguém mais pode ter confiança na sua imparcialidade.

Lomeli retrucou:

— Se este relatório é mentiroso, conforme o senhor alega, talvez possa nos explicar por que o Santo Padre, em seu último ato oficial como papa, lhe ordenou que renunciasse aos seus cargos.

Uma agitação de assombro percorreu todo o recinto.

— Ele nunca fez tal coisa, como pode ser comprovado pela única testemunha dessa audiência, monsenhor Morales.

— E, no entanto, o arcebispo Woźniak insiste em afirmar que o Santo Padre lhe falou pessoalmente sobre essa audiência, e que estava tão contrariado durante o jantar, ao lembrar do que ocorrera, que essa agitação pode ter contribuído para sua morte.

A fúria de Tremblay foi magnífica.

— O Santo Padre, e que seu nome esteja inscrito entre os dos papas mais elevados, era um homem doente no final da vida, confundia-se com facilidade, como pode ser confirmado por qualquer um de nós que o visse com regularidade, não é assim, cardeal Bellini?

Bellini franziu a testa, com os olhos pousados no prato.

— Não tenho nada a dizer sobre esse assunto.

Num canto afastado do refeitório, Tedesco ergueu a mão.

— Alguém mais pode contribuir para este diálogo? — Ele se ergueu pesadamente e ficou de pé. — Acho deplorável toda essa boataria a respeito de conversas privadas. A questão aqui é se o relatório é verdadeiro ou não. Os nomes de oito cardeais foram ocultados. Eu presumo que o decano saiba que nomes são esses. Que ele nos revele os nomes, e que os nossos irmãos respondam, aqui e agora, se receberam ou não esses pagamentos, e caso isso tenha acontecido, se o cardeal Tremblay lhes pediu votos em troca.

Voltou a se sentar. Lomeli teve a consciência de que todos os olhos se voltavam para ele. Disse, tranquilamente:

— Não, não farei isso. — Ouviram-se protestos, e ele ergueu a mão. — Que cada homem examine sua consciência, tal como eu fui obrigado a fazer. Omiti esses nomes precisamente porque não quero criar animosidade dentro do Conclave, o que tornaria ainda mais difícil para nós ouvir a voz de Deus e cumprir o nosso dever sagrado. Fiz o que achei que era necessário. Muitos dos senhores acharão que fui longe demais; posso compreender. Nas circunstâncias, eu aceitaria renunciar às minhas funções como decano, e proponho que o cardeal Bellini, como o membro sênior seguinte na linha deste Colégio, presida o restante deste Conclave.

De imediato vozes começaram a gritar dentro do refeitório, algumas a favor, outras contra; Bellini abanou a cabeça vigorosamente e disse:

— Absolutamente *não*!

No meio daquela cacofonia, foi difícil a princípio ouvir aquelas palavras, talvez por terem sido faladas por uma mulher.

— Eminências, posso pedir permissão para falar? — Ela precisou repeti-las, com mais firmeza, e dessa vez sua voz se destacou em meio à balbúrdia. — Eminências, posso dizer algo, por favor?

Uma voz de mulher! Era algo difícil de acreditar. Os cardeais se voltaram, chocados, para ver a figura pequena e resoluta da irmã Agnes avançando pelo meio das mesas. O silêncio que se espalhou no recinto era provavelmente em partes iguais de constrangimento pela sua ousadia e de curiosidade pelo que ela poderia vir a dizer.

— Eminências — disse ela —, embora nós, Filhas da Caridade de São Vicente de Paulo, sejamos consideradas invisíveis, Deus ainda assim nos deu olhos e ouvidos, e eu sou responsável pelo bem-estar das minhas irmãs. Quero declarar que sei o que levou o decano do Colégio a penetrar nos aposentos do Santo Padre na noite passada, porque antes disso ele conversou comigo. Ele receava que a irmã da minha Ordem que protagonizou aquela cena lamentável de ontem, pela qual peço perdão a todos, pudesse ter sido trazida a Roma com a intenção deliberada de causar embaraços a um membro deste Conclave. As suspeitas dele estavam corretas. Eu pude lhe dizer que ela estava aqui por uma exigência específica de um dentre vós, o cardeal Tremblay. Acredito que foi a descoberta desse fato, mais do que qualquer intenção maliciosa, que guiou as ações do decano. Obrigada a todos.

Ela fez uma genuflexão diante dos cardeais, deu meia-volta e, com a cabeça muito erguida, cruzou o refeitório, indo para o saguão. Tremblay a acompanhou com os olhos, a boca aberta de horror. Ele ergueu as mãos, num apelo em busca de compreensão.

— Meus irmãos, é verdade que fiz esse pedido, mas apenas porque o Santo Padre me ordenou. Eu não tinha conhecimento de quem fosse aquela mulher, juro a todos vós!

Durante vários segundos, ninguém disse nada. Então Adeyemi se levantou. Muito lentamente ele ergueu o braço e apontou para Tremblay. Em sua voz profunda e bem modulada, que soou aos seus ouvintes como a voz de Deus tornada manifesta, ele entoou uma única palavra:

— Judas!

15. A sexta votação

O Conclave não podia ser interrompido. Como uma espécie de máquina sagrada, ele avançou para o seu terceiro dia, sem tomar conhecimento de quaisquer distrações profanas. Às 9h30, de acordo com a Constituição Apostólica, os cardeais começaram mais uma vez a fazer filas diante dos micro-ônibus. Àquela altura, já conheciam bem a rotina. Com a rapidez que a idade avançada e a saúde precária permitiam, eles tomaram seus assentos. Logo os ônibus estavam partindo, um a cada dois minutos, rumando na direção oeste através da praça da Casa Santa Marta para a Capela Sistina.

Lomeli ficou parado diante do edifício, com o barrete na mão, de cabeça descoberta sob o céu cinzento, observando. O comportamento dos cardeais era contido, até mesmo atordoado, e ele chegou quase a esperar que Tremblay alegasse problemas de saúde para se ausentar da votação, mas não, ele emergiu do saguão conduzido pelo braço do arcebispo Fitzgerald e subiu no ônibus, aparentemente muito calmo, embora seu rosto, quando se virou para a janela durante a partida do ônibus, fosse a máscara lívida da desgraça.

Bellini, de pé ao lado de Lomeli, disse secamente:

— Parece que estamos ficando sem favoritos.

— Sem dúvida. Dá para imaginar quem será o próximo.

Bellini o encarou.

— Achei que isso seria óbvio: você.

Lomeli pôs a mão na testa. Com a ponta dos dedos podia sentir uma veia pulsando.

— Eu estava falando sério quando disse aquilo no refeitório: creio que seria melhor para todos nós se eu renunciasse ao meu posto de decano e você assumisse a supervisão do Conclave.

— Não, decano, muito obrigado. Além disso, deve ter percebido que os sentimentos do grupo, agora no final, estavam do seu lado. Você está guiando este Conclave. Para onde, exatamente, eu não sei, mas com certeza o está guiando, e não faltará quem admire essa sua mão firme.

— Não acho.

— Na noite passada eu lhe disse que expor os delitos de Tremblay poderia ser um tiro pela culatra, atingindo quem o disparasse, mas pelo que vejo eu estava errado, mais uma vez. Agora, minha previsão é de que se trata de uma disputa entre você e Tedesco.

— Então espero que esteja novamente errado.

Bellini deu um dos seus sorrisos mais gélidos.

— Depois de quarenta anos, por fim podemos ter um papa italiano. Isso vai agradar nossos compatriotas. — Ele agarrou o braço de Lomeli. — Falo sério, meu amigo, e rezarei por você.

— Pode fazê-lo, contanto que não vote em mim.

— Ah, farei isso também.

O'Malley abaixou a prancheta e disse:

— Eminências, estamos prontos para partir.

Bellini subiu primeiro. Lomeli ajustou o barrete na cabeça, deu um último olhar para o céu e subiu no ônibus seguindo as vestes vermelhas e esvoaçantes do patriarca de Alexandria. Instalou-se num dos assentos vazios logo atrás do motorista, e O'Malley sentou-se ao seu lado. As portas se fecharam, e o ônibus partiu trepidando sobre as pedras.

Quando passaram diante da Basílica de São Pedro e do Palácio da Justiça, O'Malley inclinou-se para ele e falou em voz baixa, de modo que ninguém o ouvisse:

— Eu imagino, Eminência, que dados os últimos acontecimentos, é bastante improvável que o Conclave chegue a uma decisão ainda hoje.

— Você ouviu o que aconteceu?

— Eu estava o tempo todo no saguão.

Lomeli deu um grunhido silencioso. Se O'Malley sabia, em breve todo mundo estaria sabendo. Ele disse:

— Bem, naturalmente, pela questão aritmética, você há de reconhecer que um impasse é algo quase inevitável. Talvez tenhamos que dedicar o dia de amanhã à meditação, e depois retomar as votações na... — Ele se interrompeu. Indo e voltando entre a Casa Santa Marta e a Sistina, raramente vendo a luz do sol, ele estava perdendo a noção do tempo.

— Na sexta-feira, Eminência.

— Obrigado. Na sexta-feira. Quatro votações na sexta, outras quatro no sábado, e depois mais uma meditação no domingo, presumindo que não cheguemos a um resultado. Teremos que tomar providências com relação a lavanderia, vestes limpas e tudo o mais.

— Está tudo organizado.

Pararam enquanto os ônibus à sua frente descarregavam seus passageiros. Lomeli ficou olhando o muro austero do Palácio Apostólico, depois se voltou para O'Malley e sussurrou:

— Diga-me, o que estão comentando na imprensa?

— Estão prevendo uma decisão para hoje de manhã ou hoje à tarde, ainda considerando o cardeal Adeyemi como o favorito. — O'Malley aproximou ainda mais os lábios do ouvido de Lomeli. — Aqui entre nós, Eminência, se a fumaça branca não subir hoje, receio que comecemos a perder o controle dos acontecimentos.

— Em que sentido?

— No sentido de que não sabemos ao certo o que a Sala de Imprensa pode dizer aos meios de comunicação para impedi-los de fazer especulações sobre uma crise na Igreja. De que outra maneira eles podem preencher seus noticiários? E há também as questões ligadas à segurança. Consta que há quatro milhões de peregrinos em Roma à espera do novo papa.

Lomeli ergueu os olhos para o espelho retrovisor. Um par de olhos escuros o observava. Talvez o motorista fosse capaz de fazer leitura labial? Tudo era possível. Ele tirou o barrete e o usou para ocultar a boca enquanto cochichava para O'Malley:

— Fizemos um juramento de segredo, Ray, de modo que confio na sua discrição, mas acho que devemos fazer chegar ao conhecimento da Sala de Imprensa, muito sutilmente, que o Conclave talvez seja mais longo do que qualquer outro na história recente. Eles devem estar instruídos para preparar a imprensa nesse sentido.

— E que razões devo alegar diante deles?

— Não as verdadeiras razões, com certeza! Diga-lhes que temos uma abundância de candidaturas fortes e que está sendo difícil escolher entre elas. Diga que estamos deliberadamente avançando devagar, e rezando muito para alcançar a vontade divina, e que talvez precisemos de alguns dias até definir quem será o nosso novo pastor. Você pode dizer também que Deus não vai fazer nada às pressas simplesmente para atender às conveniências da CNN.

Ele passou a mão pelos cabelos e recolocou o barrete. O'Malley estava fazendo anotações na caderneta. Quando acabou, voltou a cochichar:

— Só mais uma coisa, Eminência. É algo muito trivial. Eu não preciso preocupá-lo com isso, se não quiser saber.

— Continue.

— Fiz mais algumas pesquisas a respeito do cardeal Benítez. Espero que isso não o incomode.

— Sei. — Lomeli fechou os olhos como se estivesse ouvindo alguém em confissão. — É melhor que me diga.

— Bem, deve estar lembrado de que eu o informei sobre a audiência privada que ele teve com o Santo Padre em janeiro deste ano, assim que pediu para renunciar ao arcebispado por motivos de saúde. A carta de renúncia dele está arquivada em seu dossiê na Congregação para os Bispos, junto com uma nota do escritório pessoal do Santo Padre dizendo que a solicitação dele foi retirada. Não há nada mais. No entanto, quando joguei o nome do cardeal Benítez no sistema de busca do nosso banco de dados, descobri que logo depois disso ele recebeu uma passagem aérea de volta, mas para Genebra, paga através da conta pessoal do papa. Num registro em separado.

— Isso significa alguma coisa?

— Bem, como um nativo das Filipinas, ele teve que solicitar um visto. O objetivo da viagem foi descrito como "tratamento médico", e quando olhei seu endereço na Suíça durante sua estadia prevista, descobri que era um hospital particular.

Lomeli abriu os olhos ao ouvir aquilo.

— E por que não uma das instalações médicas do Vaticano? Do que ele estava sendo tratado?

— Não sei, Eminência. Presumivelmente era algo relacionado com os ferimentos que ele sofreu durante o ataque com carro-bomba em Bagdá. Em todo caso, fosse o que fosse, não deve ter sido nada sério. A passagem aérea foi cancelada. Ele não chegou a viajar.

Durante a meia hora seguinte, Lomeli não se preocupou mais com o arcebispo de Bagdá. Ao desembarcar do ônibus, fez questão de deixar que O'Malley e os outros seguissem na frente, e depois caminhou sozinho, subindo a longa escadaria e cruzando a Sala Régia rumo à Capela Sistina. Precisava de um intervalo a sós para abrir aquele espaço em sua mente que era a precondição necessária para admitir a presença de Deus. Os escândalos e as pressões das últimas quarenta e oito horas, sua consciência de que milhões de pessoas, por trás daqueles muros, aguardavam com impaciência uma decisão — tudo isso ele tentou afugentar da cabeça, recitando a prece de Santo Ambrósio:

Ó bondade divina e temível majestade,
em minha miséria recorro a Vós,
fonte de misericórdia;
corro para junto de Vós a fim de ser curado,
refugio-me em Vossa proteção
e anseio ter como salvador
Aquele que não posso suportar como juiz.

Cumprimentou o arcebispo Mandorff e seus assistentes no vestíbulo, onde estavam à sua espera, perto dos fornos, e entraram juntos na Sistina. Dentro da Capela não se ouvia uma palavra. Os únicos sons, ampliados pelo eco do vasto recinto, eram uma tosse ocasional e o ruído dos cardeais se instalando em seus assentos. Lembravam os sons de uma galeria de arte ou de um museu. Muitos cardeais estavam orando em silêncio.

Lomeli sussurrou para Mandorff:

— Obrigado. Espero vê-lo mais tarde, na hora do almoço.

Depois que as portas foram trancadas, ele se sentou em seu lugar, de cabeça baixa, e deixou que o silêncio se estendesse. Percebeu um desejo coletivo por algum tempo de meditação, para restaurar o sentimento do sagrado. Porém, não podia afastar da mente a presença de todos aqueles peregrinos e dos comentaristas tagarelando banalidades diante das câmeras. Depois de cinco minutos, ele se levantou e foi até o microfone.

— Meus santos irmãos, agora farei a chamada por ordem alfabética. Por favor respondam "presente" ao ouvir seus nomes. Cardeal Adeyemi?

— Presente.

— Cardeal Alatas?

— Presente.

Alatas, um indonésio, estava sentado mais ou menos na metade da aleia, do lado direito. Era um dos que tinham recebido dinheiro de Tremblay. Lomeli imaginou em quem ele iria votar agora.

— Cardeal Baptiste?

Este estava duas mesas adiante de Alatas. Outro dos beneficiários de Tremblay, de Santa Lúcia, no Caribe. Eram tão pobres, aquelas missões. A voz dele estava embargada, como se tivesse chorado.

— Presente.

E assim Lomeli prosseguiu. Bellini... Benítez... Brandão D'Cruz... Brotzkus... Cárdenas... Contreras... Courtemarche... Conhecia a todos muito melhor agora, sabia das suas fraquezas e dos seus defeitos. Uma frase de Kant veio à sua mente: "Da madeira torta da humanidade, nada de reto jamais foi feito". A Igreja era toda construída com madeiras tortas: e como não o seria? Mas, pela graça de Deus, as tábuas tortas se encaixavam umas nas outras. Tinha resistido por dois mil anos e, se fosse preciso, resistiria mais duas semanas sem um papa. Ele se sentiu repleto de um amor profundo e misterioso por seus colegas e suas fraquezas.

— Cardeal Yatsenko?

— Presente.

— Cardeal Zucula?

— Presente, decano.

— Obrigado, meus irmãos. Estamos todos reunidos. Oremos.

Pela sexta vez, o Conclave ficou de pé.

— Ó Pai, para que possamos conduzir e vigiar Vossa Igreja, dai-nos, aos teus servos, as bênçãos da inteligência, da verdade e da paz, a fim de que possamos conhecer a Vossa vontade e Vos servir com total dedicação. Para Cristo nosso Senhor.

— Amém.

— Escrutinadores, podem tomar seus lugares, por favor?

Ele olhou para o relógio. Faltavam três minutos para as dez.

Enquanto o arcebispo Lukša, de Vilna, o arcebispo Newby, de Westminster, e o prefeito da Congregação para o Clero, cardeal Mercurio, assumiam suas posições junto ao altar, Lomeli examinou sua cédula de votação. Na metade superior estavam impressas as palavras *Eligo in Summum Pontificem* — "Eu elejo como Sumo Pontífice" — e a metade inferior estava em branco. Ele deu umas pancadinhas no papel com a caneta. Agora que o momento chegara, não estava mais seguro a respeito do nome em quem devia votar. Sua confiança em Bellini havia sido seriamente abalada, mas quando se pôs a considerar as outras possibilidades, nenhuma lhe parecia muito melhor. Olhou em torno da Capela Sistina e pediu a Deus que lhe mandasse um sinal. Fechou os olhos e rezou, mas nada aconteceu. Consciente de que os outros estavam à espera de que ele desse início à votação, protegeu o papel e escreveu, com relutância: BELLINI.

Dobrou a cédula ao meio, ficou de pé, ergueu-a no ar, caminhou pela aleia acarpetada e se aproximou do altar.

Disse, com voz firme:

— Invoco Cristo, o nosso Senhor, como minha testemunha e meu juiz, de que o meu voto é dado àquele que diante dos olhos de Deus eu julgo que deve ser eleito.

Colocou o papel no prato e o fez deslizar para o interior da urna. Ouviu quando caiu na base de prata. Ao retornar para seu assento, experimentou uma forte sensação de desapontamento. Pela sexta vez Deus lhe fizera a mesma pergunta, e pela sexta vez ele sentiu que tinha dado a mesma resposta errada.

Não guardou muitas lembranças do restante daquele processo de votação. Exausto pelos acontecimentos da noite, ele adormeceu assim que voltou a se sentar, acordando apenas uma hora depois, quando alguma coisa esvoaçou na mesa à sua frente. Ele estava com o queixo enterrado no peito. Abriu os olhos e viu um papelzinho dobrado. Nele estava escrito: "E, nisso, houve no mar uma grande agitação, de modo que o barco era varrido pelas ondas. Ele, entretanto, dormia. Mateus 8,24". Ele olhou em volta e viu Bellini curvado para a frente, encarando-o. Ficou embaraçado por ter demonstrado tal fraqueza em público, mas ninguém mais parecia estar lhe dando a menor atenção. Os cardeais à sua frente estavam lendo ou fitando o espaço. Diante do altar, os escrutinadores estavam preparando a mesa. A votação parecia ter se encerrado. Ele pegou a caneta e rabiscou embaixo da citação já escrita: "Eu me deito e logo adormeço. Desperto, pois é Iahweh quem me sustenta. Salmo 3", e jogou o papel de volta. Bellini leu e assentiu, pensativo, como se Lomeli fosse um dos seus antigos estudantes na Universidade Gregoriana e tivesse dado uma resposta correta.

Newby disse ao microfone:

— Meus irmãos, agora vamos dar início à contagem da sexta votação.

E aquela laboriosa rotina, agora familiar, teve início mais uma vez. Lukša extraiu uma cédula da urna, abriu-a e anotou o nome. Mercurio a verificou e fez também sua anotação. Finalmente, Newby a perfurou, enfiou-a no cordão escarlate e anunciou o voto.

— Cardeal Tedesco.

Lomeli fez um traço junto ao nome de Tedesco e esperou que o segundo voto fosse anunciado.

— Cardeal Tedesco.

E, depois, quinze segundos mais tarde:

— Cardeal Tedesco.

Quando o nome de Tedesco foi anunciado pela quinta vez seguida, Lomeli experimentou uma terrível intuição — a de que todo o seu esforço tinha servido apenas para convencer os membros do Conclave de que precisavam de uma liderança forte, e que o patriarca de Veneza iria ser eleito sem demora. A espera pelo anúncio do sexto voto foi prolongada por uma consulta sussurrada entre Lukša e Mercurio, e transformou-se numa tortura. E então o anúncio veio.

— Cardeal Lomeli.

Os três votos seguintes foram todos para Lomeli, seguidos por dois para Benítez, e mais dois para Tedesco... A mão de Lomeli subia e descia ao longo da lista dos cardeais, e ele não sabia o que o deixava mais alarmado: a fileira de pequenas marcas que crescia ao lado do nome de Tedesco ou a quantidade ameaçadora de marcas que começava a se enfileirar diante do seu. Tremblay, surpreendentemente, conseguiu um par de votos perto do final, assim como Adeyemi, e então tudo se encerrou e os escrutinadores começaram a conferir suas contagens. A mão de Lomeli tremia enquanto ele tentava somar a votação de Tedesco, que era tudo que importava no momento. Será que o patriarca de Veneza alcançaria os quarenta de que precisava para bloquear o Conclave? Ele precisou somar duas vezes antes de se certificar do resultado:

Tedesco — 45
Lomeli — 40
Benítez — 19
Bellini — 9
Tremblay — 3
Adeyemi — 2

Do outro lado da Capela Sistina brotou um inconfundível murmúrio de triunfo, e Lomeli ergueu os olhos ainda a tempo de ver Tedesco tapando a boca com a mão para esconder o sorriso. Seus aliados se inclinavam ao longo da fileira de mesas para tocá-lo nas costas e murmurar os parabéns. Tedesco os ignorava, como se fossem moscas. Em vez de retribuir os cumprimentos, ele encarou Lomeli lá no lado oposto da aleia e ergueu as sobrancelhas hirsutas numa sorridente cumplicidade. O duelo agora era entre os dois.

16. A sétima votação

O zum-zum-zum de uma centena de cardeais conferenciando em voz baixa com seus vizinhos, amplificado pelo eco das paredes cobertas de afrescos da Capela Sistina, evocou em Lomeli uma recordação que ele a princípio não pôde localizar, mas depois lembrou: era o mar em Gênova, ou, para ser mais preciso, uma longa maré vazante sobre um solo pedregoso, numa praia onde ele costumava nadar quando criança, em companhia da mãe. Aquilo persistiu por vários minutos, até que finalmente, após trocar ideias com os três cardeais revisores, Newby ficou de pé para anunciar o resultado oficial. O colégio eleitoral aquietou-se momentaneamente. Porém, o arcebispo de Westminster apenas confirmou o que eles já sabiam, e depois que acabou, enquanto as mesas e cadeiras dos escrutinadores eram retiradas e as cédulas apuradas eram levadas para a sacristia, o murmúrio dos comentários voltou a se erguer.

Durante tudo isso, Lomeli ficou sentado, aparentemente impassível. Não conversou com ninguém, embora tanto Bellini quanto o patriarca de Alexandria tentassem atrair o seu olhar. Quando a urna e o cálice foram recolocados no altar e os escrutinadores se posicionaram, ele foi até o microfone.

— Meus irmãos, como nenhum candidato alcançou a maioria necessária de dois terços, vamos realizar imediatamente a sétima votação.

Por baixo da superfície inalterável de sua atitude, sua mente girava em redemoinho, sem cessar, refazendo sempre e sempre o mesmo percurso. *Quem? Quem?* Dali a cerca de um minuto, ele teria que dar um novo voto — mas *em quem*? Ao retornar para seu assento, ele ainda estava tentando decidir o que fazer.

Ele não queria ser papa — quanto a isso, tinha certeza. Rezou com toda a força do seu coração para ser poupado desse calvário. *Pai, se for possível, afasta de mim esse cálice.* E se a sua prece não fosse ouvida e o cálice lhe fosse ofertado? Nesse caso, ele estava decidido pela recusa, tal como o pobre Luciani tentara fazer no fim do primeiro Conclave de 1978. A recusa a assumir seu posto na Cruz era encarada como um grave pecado de egoísmo e covardia, e essa foi a razão pela qual Luciani acabou cedendo por fim, diante da insistência dos seus colegas. Mas Lomeli estava decidido a se manter firme. Se Deus concedia a alguém o dom do autoconhecimento, então não estaria essa pessoa obrigada a pô-lo em prática? A solidão, o isolamento, a agonia do papado eram algo que ele estava disposto a suportar. O que era inaceitável era ter um papa insuficientemente santo. *Isso* seria um pecado.

Do mesmo modo, contudo, ele tinha de aceitar a responsabilidade pelo fato de que Tedesco estava agora no comando do Conclave. Tinha sido ele, como decano, quem havia colaborado para a destruição de um concorrente e causado a ruína de outro. Tinha removido os obstáculos ao avanço do patriarca de Veneza, mesmo ainda mantendo a crença inabalável de que Tedesco tinha que ser detido. Era visível que Bellini não conseguiria fazê-lo: continuar votando em Bellini seria puramente um ato de autoindulgência.

Ele sentou-se à mesa, abriu sua pasta de couro e retirou a cédula de votação.

Benítez, então? O homem sem dúvida possuía algumas qualidades de espiritualidade e empatia que o distinguiam do restante do Colégio. Sua eleição teria um efeito galvanizador no Ministério da Igreja na Ásia e, provavelmente, na África também. A imprensa iria adorá-lo. Sua aparição no balcão voltado para a Praça de São Pedro seria uma sensação. Porém, quem era ele? Quais eram suas crenças em questões de doutrina? Ele parecia tão frágil. Teria a resistência física necessária para ser papa?

A mente burocrática de Lomeli era acima de tudo lógica. Uma vez eliminados Bellini e Benítez como disputantes, então restava apenas um único candidato capaz de evitar uma debandada na direção de Tedesco — e esse candidato era ele próprio. Ele precisava se apegar aos seus quarenta votos e prolongar o Conclave até que em algum momento o Espírito Santo os guiasse na direção de um candidato mais merecedor de ocupar o Trono de São Pedro. Ninguém mais seria capaz disso.

Era um fato inevitável.

Ele pegou a caneta. Fechou os olhos por um instante. E então escreveu na cédula: LOMELI.

Devagar, ficou de pé. Dobrou a cédula e a ergueu para que todos a vissem.

— Invoco Cristo, o nosso Senhor, como minha testemunha e meu juiz, de que o meu voto é dado àquele que diante dos olhos de Deus eu julgo que deve ser eleito.

A dimensão total do seu perjúrio não se fez clara para ele senão quando parou diante do altar e pôs a cédula dentro do prato. Nesse instante, viu bem à sua frente a reconstituição de Michelangelo dos condenados sendo arrancados da barcaça e arrastados rumo ao inferno. *Senhor amado, perdoai meu pecado.* Entretanto, agora ele não podia mais se deter, e quando deixou seu voto cair na urna, ouviu-se uma ensurdecedora explosão, o chão tremeu, e por trás dele ergueu-se o barulho dos vitrais se espatifando e espalhando os cacos no chão de pedra. Por um longo momento Lomeli teve certeza de que devia estar morto. Naqueles poucos segundos, quando o tempo pareceu ficar suspenso, ele descobriu que o pensamento não é sempre sequencial — que ideias e impressões podem se sobrepor umas às outras, como transparências fotográficas. Desse modo, ele se viu aterrorizado ao pensar que tinha atraído o julgamento de Deus sobre a própria cabeça, e ao mesmo tempo eufórico por receber uma prova da existência d'Ele. Sua vida não fora vivida em vão! No seu medo, na sua alegria, ele imaginou-se transportado para outro plano da existência, mas, quando olhou para as mãos, elas lhe pareceram sólidas o bastante, e de súbito o tempo saltou de volta para sua velocidade costumeira, como se um hipnotizador tivesse estalado os dedos. Lomeli percebeu a expressão chocada dos escrutinadores, que olhavam por cima do seu ombro. Virando-se, viu que a Capela Sistina ainda estava intacta. Alguns cardeais se levantavam para ver o que acontecera.

Ele desceu os degraus do altar e caminhou pelo carpete bege rumo ao fundo da Capela. Gesticulou para os cardeais de ambos os lados, urgindo-os de volta aos seus assentos.

— Calma, meus irmãos. Vamos manter a calma. Fiquem nos seus lugares. — Ninguém parecia estar ferido. Ele viu Benítez à sua frente e perguntou de longe: — O que acha que foi isso? Um míssil?

— Eu diria que foi um carro-bomba, Eminência.

Ao longe, ouviu-se o som de uma segunda explosão, não tão forte quanto o da primeira. Vários cardeais tiveram um sobressalto.

— Irmãos, por favor, mantenham-se onde estão.

Lomeli ultrapassou a divisória e saiu para o vestíbulo. O piso de mármore estava coberto de cacos de vidro. Ele desceu a rampa de madeira, erguendo a barra da batina e caminhando com todo cuidado. Olhando para o alto, viu que no lado em que a chaminé dos fornos se projetava para o céu, as duas janelas tinham sido estilhaçadas. Eram grandes, cada uma com três ou quatro metros de altura, feitas de centenas de lâminas de vidro, e os cacos espalhados pelo chão pareciam flocos de neve cristalizados. Do outro lado da porta, ele ouviu vozes masculinas, discutindo, em pânico, e depois o som de uma chave girando na fechadura. A porta foi escancarada para revelar dois seguranças de ternos pretos e de arma em punho, tendo atrás de si O'Malley e Mandorff, protestando vivamente.

Chocado, Lomeli caminhou sobre os cacos de vidro com os braços abertos, para barrar a entrada dos dois.

— Não! Fora daqui! — Ele os afugentou com as mãos, como se fossem corvos. — Vão embora! Isto é sacrilégio! Não há ninguém ferido!

Um dos homens disse:

— Sinto muito, Eminência, mas temos que remover todas as pessoas para um lugar seguro.

— Estamos tão seguros na Capela Sistina quanto em qualquer outro lugar da Terra, sob a proteção de Deus. Devo insistir para que saiam imediatamente. — Os homens hesitaram. Lomeli gritou: — Este é um Conclave sagrado, meus filhos, e vocês estão colocando em perigo a sua alma imortal!

Os seguranças se entreolharam e, com relutância, recuaram, cruzando de volta o portal.

— Volte a nos trancar por fora, monsenhor O'Malley. Nós o chamaremos quando estivermos prontos.

A fisionomia habitualmente rosada de O'Malley estava de uma lividez acinzentada. Ele abaixou a cabeça. Sua voz estava trêmula.
— Sim, Eminência.
Ele fechou a porta. A chave girou.
Quando Lomeli voltou para a parte principal da capela, cacos de vidro com séculos de idade rangeram e estalaram sob seus pés. Ele deu graças a Deus: era um milagre que nenhuma das janelas por cima do altar tivesse implodido por cima das suas cabeças. Se isso tivesse acontecido, quem estivesse embaixo podia ter sido retalhado em pedaços. No momento, muitos dos cardeais olhavam para o alto, nervosos. Lomeli foi direto para o microfone. Tedesco, ele notou, parecia completamente despreocupado.
— Meus irmãos, é óbvio que alguma coisa muito séria aconteceu. O arcebispo de Bagdá suspeita que tenha sido um carro-bomba, e ele tem experiência com esses males. Pessoalmente, creio que devemos manter nossa fé em Deus, que até agora nos poupou, e continuar a nossa votação, mas sei que outros podem ter opiniões diferentes. Sou o vosso servo. Qual é a vontade do Conclave?
Tedesco ficou de pé imediatamente.
— Não devemos nos precipitar, Eminência. Pode não ser de fato uma bomba. Pode ser apenas uma explosão de gás ou algo desse tipo. Seria absurdo fugirmos daqui por causa de um acidente! Ou talvez *seja* terrorismo, e então, muito bem: a melhor maneira de mostrarmos ao mundo a força inabalável da nossa fé é nos recusar a ser intimidados e prosseguir com a nossa tarefa sagrada.
Lomeli achou que fora tudo muito bem dito, mas ainda assim não pôde suprimir a suspeita indigna de que Tedesco falara apenas para lembrar ao Conclave sua autoridade como concorrente. Ele disse:
— Alguém mais deseja se manifestar?
Alguns cardeais ainda erguiam os olhos, nervosamente, para as fileiras de janelas quinze metros acima de suas cabeças. Nenhum deles deu indicações de querer dizer alguma coisa.
— Ninguém? Então, muito bem. No entanto, antes de prosseguirmos, sugiro que dediquemos alguns instantes à prece. — O Conclave inteiro se pôs de pé. — Senhor Deus, ofertamos as nossas preces por aqueles que sofreram, ou que podem estar agora em sofrimento,

como resultado da violenta detonação que ouvimos. Pela conversão dos pecadores, pelo perdão dos pecados, em reparação aos pecados, e pela salvação das almas.

— Amém.

Lomeli concedeu a todos mais meio minuto de silêncio para reflexão, antes de anunciar:

— A votação será reiniciada agora.

Longe, através das janelas despedaçadas, ouvia-se um som de sirenes e de helicópteros.

A votação recomeçou do ponto em que tinha sido interrompida. Primeiro os patriarcas do Líbano, de Antióquia e de Alexandria, e depois Bellini, seguidos pelos cardeais presbíteros. Pôde-se notar o quanto todos eles caminharam mais rápido até o altar. Alguns pareciam tão ansiosos para acabar logo a votação e retornar ao calor e à proteção da Casa Santa Marta que praticamente balbuciaram às pressas seus juramentos.

Lomeli mantinha as mãos pousadas na mesa, com as palmas para baixo, para evitar que tremessem. No momento em que precisou enfrentar os homens da segurança, sentiu-se muito calmo, mas assim que voltou a se sentar, o choque desabou de vez sobre ele. Não era tão solipsista a ponto de imaginar que uma bomba havia explodido apenas porque tinha escrito seu próprio nome num pedaço de papel. No entanto, também não era tão prosaico que não acreditasse na interconexão entre todas as coisas. De que outra forma interpretar a coincidência daquela explosão, que caíra com a precisão de um raio, exceto como um sinal de que a Deus estavam desagradando aquelas maquinações?

Vós me enviastes uma tarefa, e eu falhei.

O gemido das sirenes elevava-se num crescendo, como o choro dos condenados: algumas ululavam, outras bradavam, outras emitiam um único som lamentoso. Ao ratatá profundo do primeiro helicóptero tinha se somado um segundo. Aquilo parecia zombar da suposta reclusão do Conclave. Era como se estivessem reunidos bem no meio da Piazza Navona.

Ainda assim, mesmo sendo impossível ter paz para meditar, alguém podia pelo menos pedir ajuda a Deus — e as sirenes ajudavam a manter o foco mental — e a cada cardeal que passava à sua frente, Lomeli rezava pela sua alma. Rezou por Bellini, que relutantemente tinha se preparado para aceitar aquele cálice, apenas para vê-lo afastado dos seus lábios de modo tão humilhante. Rezou por Adeyemi, em toda a sua pomposa dignidade, ele que tivera a possibilidade de se tornar uma das grandes figuras da História, mas tinha se arruinado por causa de um impulso sórdido de trinta anos antes. Rezou por Tremblay, que passou à sua frente com passo dissimulado e um olhar furtivo em sua direção, e cujo abatimento ficaria na consciência de Lomeli pelo resto da vida. Rezou por Tedesco, que pisou firme implacavelmente rumo ao altar, sua silhueta robusta oscilando sobre as pernas curtas, como um velho e castigado rebocador encarando as ondas de um mar revolto. Rezou por Benítez, cuja expressão era mais séria e mais focada do que ele vira até então, como se a explosão tivesse lhe trazido à lembrança cenas que ele preferiria esquecer. E finalmente rezou por si mesmo, para que lhe fosse perdoada a quebra do juramento, e que, na sua aflição, ele ainda fosse digno de receber um sinal lhe dizendo o que deveria fazer para salvar o Conclave.

Eram 12h42, pelo relógio de Lomeli, quando o último voto foi depositado, e os escrutinadores começaram a contagem. Àquela altura as sirenes tinham se tornado menos frequentes, e durante alguns minutos pairou no ar uma certa bonança. Um silêncio tenso e alerta se espalhou pela capela. Dessa vez, Lomeli deixou sua lista de cardeais intocada, dentro da pasta de couro. Não podia suportar mais uma vez a experiência da prolongada tortura de ficar acompanhando os resultados voto a voto. Teria tapado os ouvidos com as mãos, se isso não o fizesse parecer ridículo.

Ó Senhor, afastai de mim este cálice!

Lukša retirou a primeira cédula da urna e a entregou a Mercurio, que a entregou a Newby, que a enfiou no cordão. Também eles pareciam apressados para encerrar logo os trabalhos. Pela sétima vez, o arcebispo de Westminster começou seu recital.

— Cardeal Lomeli.

Lomeli fechou os olhos. A sétima votação tinha que ter um significado propício. Nas Sagradas Escrituras, sete era o número da realização e da conquista: o dia em que Deus descansou após a criação do mundo. E as sete Igrejas da Ásia não representavam o corpo completo de Cristo...?
— Cardeal Lomeli.
— Cardeal Tedesco.
... sete estrelas na mão direita de Cristo, os sete selos do Juízo Final de Deus, sete anjos com sete trombetas, sete espíritos diante do Trono divino...
— Cardeal Lomeli.
— Cardeal Benítez.
... as sete voltas em torno da cidade de Jericó, sete mergulhos no rio Jordão...
Ele prosseguiu assim o máximo que pôde, mas não conseguia fechar os ouvidos totalmente à voz empostada de Newby. Finalmente desistiu, e passou a lhe dar toda a atenção. Porém, àquela altura, era impossível para ele calcular o próximo resultado.
— E, com isto, está completa a sétima votação.
Ele abriu os olhos. Os três cardeais revisores estavam se levantando de seus assentos e caminhando rumo ao altar, para conferir a contagem. Ele olhou Tedesco na aleia oposta; ele tocava o papel com a caneta à medida que contava os votos. "Catorze, quinze, dezesseis..." Seus lábios se moviam, mas sua expressão era inescrutável. Dessa vez não havia nenhum murmúrio geral de conversação. Lomeli cruzou os braços e concentrou a atenção na mesa, enquanto esperava Newby anunciar seu destino.
— Meus irmãos, o resultado da sétima votação é o seguinte...
Ele hesitou, e pegou a caneta.

Lomeli — 52
Tedesco — 42
Benítez — 24

Ele estava na liderança. Não poderia estar mais atônito se aqueles números aparecessem escritos em fogo. No entanto, ali estavam eles, inescapavelmente: não iriam mudar por mais que ele os fitasse. As leis da psefologia, se não as leis de Deus, o estavam empurrando sem remorsos rumo à beira do abismo.

Teve consciência de que todos os rostos estavam virados na sua direção. Precisou segurar com força os braços da cadeira para reunir forças suficientes e se pôr de pé. Dessa vez não se deu ao trabalho de ir até o microfone.

— Meus irmãos — disse, elevando a voz para alcançar todos os cardeais dali de onde se encontrava —, mais uma vez, nenhum candidato alcançou a maioria necessária. Portanto, retomaremos nossa tarefa com uma oitava votação, logo mais à tarde. Por favor, tenham a bondade de permanecer em seus lugares até que o mestre de cerimônias termine de recolher suas anotações. Procuraremos sair daqui tão rápido quanto nos for possível. Cardeal Rudgard, poderia por gentileza pedir que a porta seja destrancada?

Ele permaneceu de pé enquanto o cardeal diácono junior cumpria sua função. Cada passo dele no piso de mármore coberto de cacos de vidro era claramente audível. Quando esmurrou a porta e exclamou *"Aprite le porte! Aprite le porte!"*, sua voz soava quase em desespero. Assim que retornou ao corpo principal da capela, Lomeli deixou seu lugar e caminhou ao longo da aleia. Cruzou com Rudgard, que voltava para o seu assento, e tentou lhe dar um sorriso de encorajamento, mas o americano afastou o olhar. Nenhum dos cardeais o fitou diretamente. Primeiro, ele pensou que isso fosse um sinal de hostilidade, mas depois percebeu que era a primeira manifestação e uma nova e terrível deferência: começavam a achar que ele poderia ser o papa.

Passou pela divisória no momento em que O'Malley e Mandorff entravam na capela, seguidos pelos dois padres e dois frades que lhes serviam de assistentes. Atrás deles, amontoando-se na Sala Régia, Lomeli viu uma fileira de seguranças e dois oficiais da Guarda Suíça.

Mandorff caminhou com vivacidade, evitando os vidros espalhados no chão, com as mãos estendidas.

— Eminência, estão todos bem?

— Ninguém se machucou, Willi, graças a Deus, mas vai ser preciso varrer esses vidros antes que o Conclave se retire, para que ninguém venha a ferir os pés.

— Com sua licença, Eminência.

Mandorff fez um sinal na direção da porta e quatro homens entraram empunhando vassouras, fizeram uma reverência diante de Lomeli e imediatamente começaram a abrir caminho, trabalhando depressa, sem ligar para o barulho que faziam. Ao mesmo tempo, os mestres de cerimônias subiram a rampa de madeira e entraram na capela para começar a recolher as notas dos cardeais. Pela pressa de todos, era possível perceber que havia uma ordem de evacuar o Conclave o mais depressa possível. Lomeli pôs os braços em volta dos ombros de O'Malley e Mandorff e os puxou para perto de si. Aquele contato físico o reconfortou. Eles não sabiam ainda o resultado da votação; não se encolheram nem tentaram se manter a uma distância respeitosa.

— É muito sério?

O'Malley disse:

— É grave, Eminência.

— Já sabemos o que aconteceu?

— Parece ter sido um homem-bomba e também um carro-bomba. Na Piazza del Risorgimento. Parece que escolheram um local cheio de peregrinos.

Lomeli soltou os dois prelados e ficou em silêncio por alguns segundos, absorvendo aquele horror. A Pizza del Risorgimento ficava a uns quatrocentos metros dali, fora dos muros da Cidade do Vaticano. Era o lugar público mais próximo da Capela Sistina.

— Quantos mortos?

— Uns trinta, pelo menos. Houve também um tiroteio na igreja de San Marco Evangelista, durante uma missa.

— Deus do céu!

Mandorff disse:

— E também um ataque com armas de fogo em Munique, Eminência, na Frauenkirche, e uma explosão na universidade em Louvain.

O'Malley completou:

— Estamos sob ataque por toda a Europa.

Lomeli lembrou a reunião que tivera com o ministro da Segurança. O jovem ministro havia se referido a "oportunidades múltiplas e coordenadas para atingir alvos". Então era àquilo que se referia. Para um leigo, os eufemismos do terror eram tão universais e desconcertantes quanto a Missa Tridentina. Ele fez o sinal da cruz.

— Que Deus se compadeça de suas almas. Alguém já assumiu a responsabilidade?

Mandorff respondeu:

— Por enquanto, não.

— Mas serão muçulmanos, presumivelmente?

— Receio que várias testemunhas oculares na Piazza del Risorgimento tenham relatado ouvir o homem-bomba gritar "Allahu Akbar", portanto, não há muita dúvida.

— "Deus é grande"! — O'Malley balançou a cabeça, com repulsa. — Como essas pessoas vilipendiam o Todo-Poderoso!

— Sem emoções, Ray — advertiu Lomeli. — Precisamos muito pensar com clareza. Um ataque armado em Roma, por si só, já é algo chocante. Mas um ataque deliberado contra a Igreja católica em três países diferentes no momento em que estamos escolhendo um novo papa? Se não tivermos cuidado, o mundo pode ver isso como o começo de uma guerra religiosa.

— Mas *é* o começo de uma guerra religiosa, Eminência.

Mandorff disse:

— E eles nos golpearam precisamente numa hora em que estamos sem um líder.

Lomeli passou a mão pelo rosto. Embora tivesse se preparado para muitas contingências, aquela era uma que ele nunca havia encarado de fato.

— Meu Deus — murmurou —, que imagem de impotência devemos estar exibindo diante do mundo! Fumaça preta se erguendo da praça romana onde as bombas explodiram, e fumaça preta se erguendo da chaminé da Sistina, ao lado de duas janelas despedaçadas... E, no entanto, o que esperam que façamos? Suspender o Conclave seria decerto um sinal de respeito pelas vítimas, mas não resolveria o vácuo de liderança, pelo contrário, iria apenas prolongá-lo. Por outro lado, acelerar o processo de votação iria violar a Constituição Apostólica...

— Faça isso, Eminência — instou O'Malley. — A Igreja vai compreender.

— Mas nesse caso correríamos o risco de eleger um papa sem legitimidade, o que seria um desastre. Se houvesse a menor dúvida sobre a legalidade do processo, seus éditos seriam questionados desde o primeiro dia do pontificado.

Mandorff disse:

— E ainda há outro problema a considerar, Eminência. Supõe-se que o Conclave esteja em isolamento, sem nenhum conhecimento dos eventos que se dão no mundo exterior. Os cardeais eleitores não devem *mesmo* conhecer os detalhes desses fatos, para que isso não interfira em sua decisão.

O'Malley exclamou:

— Ora, arcebispo, mas certamente eles devem ter *ouvido* o que aconteceu hoje!

— Sim, monsenhor — respondeu Mandorff, muito empertigado —, mas não têm conhecimento da natureza específica desse ataque, que foi contra a própria Igreja. Alguém pode argumentar que esses atentados tiveram a intenção de transmitir uma mensagem diretamente para o Conclave. Se for esse o caso, os cardeais eleitores devem ser protegidos e não devem receber notícias do que ocorreu, para que isso não influencie no seu julgamento. — Os olhos claros de Mandorff piscaram quando ele encarou Lomeli através dos óculos.

— Quais são as suas instruções, Eminência?

Os seguranças tinham acabado de limpar um largo trecho por entre os estilhaços, e agora estavam usando pás para transferir os pedaços de vidro para alguns carrinhos de mão. A Sistina produzia um som como o de uma área de guerra, com o retinir dos vidros contra a pedra, uma algazarra infernal e sacrílega num lugar como aquele. Através das fendas na divisória, Lomeli viu os cardeais, com suas vestes vermelhas, levantando-se dos seus assentos e começando a se organizar em filas viradas para o vestíbulo.

— Não digam nada a eles por enquanto — respondeu. — Se algum deles os pressionar, digam que estão obedecendo às minhas instruções, mas nem uma palavra sobre o que aconteceu. Isso está entendido?

Os dois homens assentiram.

O'Malley disse:

— E quanto ao Conclave, Eminência? Ele vai simplesmente continuar como estava previsto?

Lomeli não sabia o que responder.

Ele deixou apressadamente a Capela Sistina, passou pela falange de guardas que enchia a Sala Régia e chegou à Capela Paulina. O aposento sombrio e cavernoso estava deserto. Ele fechou a porta. Aquele era o local onde O'Malley, Mandorff e os mestres de cerimônia aguardavam enquanto o Conclave estava em sessão. As cadeiras na entrada tinham sido arrumadas em círculo. Ele imaginou como os outros passavam as longas horas enquanto os cardeais votavam. Será que especulavam sobre o que estaria acontecendo? Liam? Dava até a impressão de que tinham ficado jogando cartas, mas isso era absurdo, é claro que não fariam isso. Junto de uma das cadeiras, havia uma garrafa de água. Isso o fez perceber o quanto estava sedento. Bebeu longamente e depois percorreu a aleia na direção do altar, tentando organizar as ideias.

Como sempre, o olhar de reprovação de São Pedro prestes a ser crucificado, no afresco de Michelangelo, cravou-se nele. Ele se apressou na direção do altar, fez uma genuflexão rápida, e depois, num impulso, deu meia-volta e se afastou até a metade da aleia, para poder contemplar melhor a pintura. Havia talvez umas cinquenta figuras ali representadas, e a maior parte delas olhava para o santo, musculoso e quase nu, estirado sobre a cruz, que estava começando a ser erguida na vertical. Somente o próprio São Pedro olhava "para fora", para o mundo exterior, e não o fazia diretamente para o observador — este era o toque de gênio —, mas pelo canto do olho, como se tivesse acabado de perceber alguém passando e o desafiasse a continuar. Lomeli nunca experimentara tamanha conexão com uma obra de arte. Tirou o barrete da cabeça e ajoelhou-se diante da pintura.

Bendito São Pedro, cabeça e chefe dos apóstolos, vós sois o guardião das chaves do reino dos céus, e contra vós os poderes do inferno não prevalecem. Vós sois a pedra que apoia a Igreja, e o pastor do rebanho de

Cristo. Erguei-me do oceano dos meus pecados, e libertai-me da mão dos meus inimigos. Ajudai-me, ó bom pastor, mostrai-me o que devo fazer...

Ele devia ter passado uns dez minutos orando para São Pedro, tão mergulhado em seus pensamentos, que não ouviu os cardeais sendo conduzidos através da Sala Régia e descendo as escadarias rumo aos micro-ônibus. Também não ouviu quando a porta se abriu e O'Malley se aproximou às suas costas. Uma sensação maravilhosa de paz e de certeza tinha pousado sobre ele. Sabia agora o que devia fazer.

Que eu possa servir a Jesus Cristo e a vós, e com a vossa ajuda, depois da conclusão de uma vida voltada para o bem, que eu possa merecer a recompensa da felicidade eterna no céu onde vós sois para sempre o guardião das portas e o pastor do rebanho. Amém.

Só quando O'Malley, polidamente, e com apenas um toque de preocupação, disse: "Eminência?...", ele despertou brevemente do seu êxtase.

Disse, sem olhar em volta:

— Os votos estão sendo queimados?

— Sim, decano. Fumaça preta, mais uma vez.

Ele voltou à sua meditação. Meio minuto se passou. O'Malley disse:

— Como se sente, Eminência?

Com relutância, Lomeli afastou os olhos da pintura e o encarou. Percebia agora algo diferente em sua atitude — hesitação, ansiedade, timidez. Isso se devia ao fato de que o irlandês tinha visto o resultado da sétima votação e sabia o perigo que Lomeli estava correndo. O decano ergueu a mão e O'Malley o ajudou a ficar de pé. Ele ajeitou a batina e o roquete.

— Fortaleça-se, Ray. Olhe para esta obra extraordinária, como eu estive fazendo, e considere o quanto ela é profética. Vê, no topo da pintura, aquelas manchas de trevas? Eu pensava que eram simplesmente nuvens, mas agora tenho certeza de que são fumaça. Há um incêndio em algum lugar, fora do nosso campo de visão, um incêndio que Michelangelo preferiu não nos mostrar — um símbolo da violência, da guerra, da luta. E vê o modo como Pedro tenta manter a cabeça erguida no instante em que está sendo erguido de cabeça para baixo na cruz? Por que ele age assim? Certamente porque está determinado a não se render à violência a que está sendo submetido. Ele está usando suas últimas reservas de energia para demonstrar sua fé e sua humanidade. Ele quer manter o seu equilíbrio ao desafiar um mundo que, para ele, está sendo literalmente virado de cabeça para baixo.

"Não será isso um sinal para nós, hoje, vindo do próprio fundador da nossa Igreja? O mal está tentando virar o mundo de pernas para o ar, mas mesmo quando estamos em pleno sofrimento, o bendito apóstolo Pedro nos instrui a manter a nossa razão e a nossa crença em Cristo, o Salvador Que Se Ergueu Dos Mortos. Vamos completar a tarefa de que Deus nos encarregou, Ray. O Conclave vai prosseguir."

17. *Universi Dominici Gregis*

Lomeli foi conduzido de volta à Casa Santa Marta a toda a velocidade, num carro da polícia, acompanhado por dois seguranças. Um sentou-se ao lado do motorista, o outro ao lado dele, no banco de trás. O carro acelerou na saída da Cortile del Maresciallo e virou a esquina bruscamente. Os pneus cantaram nas pedras do calçamento, e o carro voltou a acelerar ao longo de mais três pátios. A lâmpada no teto do veículo projetava lampejos nas paredes sombrias do Palácio Apostólico. Lomeli vislumbrou na luz azulada o rosto espantado dos guardas suíços virado para eles. Agarrou a cruz peitoral e com o polegar acariciou suas bordas serrilhadas. Lembrou as palavras de um cardeal americano, Francis George: "Minha expectativa é de que morrerei em minha cama, meu sucessor morrerá na prisão, e o sucessor dele morrerá como mártir em praça pública". Ele sempre considerara isso um pouco histérico. Agora, quando viravam a esquina para a praça em frente da Casa Santa Marta, onde percebeu mais seis carros de polícia com luzes piscantes, achou que aquelas palavras tinham um tom de profecia.

Um guarda suíço se adiantou para abrir a porta do carro. Uma lufada de ar frio bateu no seu rosto. Puxando o corpo para fora, ele ergueu o rosto para o céu. Nuvens cinzentas e volumosas; um par de helicópteros circulava ao longe, com mísseis presos à parte inferior, como insetos negros e zangados prontos para ferroar; sirenes, é claro; e depois, a maciça e imperturbável cúpula de São Pedro. Aquela visão familiar o ajudou a firmar sua resolução. Passou pelo meio dos seguranças e dos guardas suíços sem retribuir suas reverências e saudações, e marchou direto para o saguão da Casa.

O ambiente estava como na madrugada da morte do Santo Padre — a mesma atmosfera de estupefação e de alarme reprimido, pequenos grupos de cardeais de pé, conversando em voz baixa, cabeças que se voltaram quando ele entrou. Mandorff, O'Malley, Zanetti e o mestre de cerimônias estavam amontoados diante do balcão de recepção. No refeitório, alguns cardeais já estavam sentados às mesas. As freiras estavam de pé junto à parede, aparentemente incertas quanto a servir ou não o almoço. Lomeli apreendeu tudo isso num único olhar de relance. Ergueu o dedo chamando Zanetti.

— Eu mandei pedir as últimas informações.

— Sim, Eminência.

Ele pedira apenas uma lista dos fatos, nada mais. O padre lhe estendeu uma folha de papel. Lomeli leu rápido. Seus dedos se contraíram involuntariamente, amassando a folha. Que horror!

— Cavalheiros — disse ele com calma aos oficiais —, por gentileza, podem pedir às irmãs que se retirem para a cozinha e, por favor, podem garantir que ninguém mais se aproxime do saguão ou do refeitório? Gostaria que tivéssemos privacidade total.

Quando se dirigiu ao refeitório, viu Bellini de pé, sozinho. Segurou-o pelo braço e sussurrou:

— Decidi anunciar o que acabou de ocorrer. Estou fazendo a coisa certa?

— Não sei. Você mesmo deve julgar. Mas eu o apoiarei, haja o que houver.

Lomeli apertou o cotovelo do outro e virou-se para se dirigir a todo o aposento.

— Meus irmãos — falou, elevando a voz —, poderiam sentar-se, por favor? Eu gostaria de lhes dizer algumas palavras.

Esperou até que os últimos deles viessem do saguão e se sentassem. Nas refeições mais recentes, à medida que foram se conhecendo melhor, tinha havido uma certa mistura entre os vários grupos linguísticos. Agora, na hora da crise, ele notou como inconscientemente todos voltaram aos seus assentos da noite inicial — os italianos próximos da cozinha, os falantes de espanhol no centro, os anglófonos perto da recepção...

— Irmãos, antes de comentar qualquer coisa sobre o que ocorreu, gostaria de receber autorização do Conclave para agir desse modo. Sob os parágrafos 5 e 6 da Constituição Apostólica, é permitido que certos assuntos ou problemas sejam discutidos, em circunstâncias especiais, desde que a maioria dos cardeais reunidos esteja de acordo.

— Posso dizer algo, decano? — O homem com a mão erguida era Krasinski, arcebispo emérito de Chicago.

— É claro, Eminência.

— Como o senhor, sou um veterano de três Conclaves, e lembro-me que no parágrafo 4 da nossa Constituição, também se afirma que nada pode ser feito pelo Colégio dos Cardeais que "de algum modo afete os procedimentos que governam a eleição do sumo pontífice". Acredito que são essas as palavras exatas. Eu considero que o simples fato de tentar promover esta reunião fora da Capela Sistina é uma interferência nesses procedimentos.

— Não estou propondo nenhuma mudança na eleição propriamente dita, que no meu entender deve prosseguir esta tarde, como está previsto nas regras. O que estou perguntando ao Conclave é se ele deseja saber o que aconteceu hoje de manhã, fora dos muros da Santa Sé.

— Mas esse conhecimento *é* uma interferência!

Bellini ficou de pé.

— Está bastante claro, pela atitude do decano, que alguma coisa séria ocorreu, e eu, pelo menos, gostaria de saber do que se trata.

Lomeli lançou-lhe um olhar agradecido. Bellini sentou-se, sob um coro de murmúrios: "Muito bem"; "Concordo".

Tedesco ficou de pé e o refeitório inteiro silenciou. Ele pousou as mãos sobre o ventre rotundo — Lomeli achou que parecia alguém encostado numa parede — e fez uma pausa de alguns momentos antes de falar.

Se o assunto é tão sério como se supõe, ele não representará com certeza uma pressão a mais para que o Conclave chegue a uma decisão rápida? Uma pressão assim é sem dúvida uma interferência, por mais sutil que pareça. Estamos aqui para escutar a voz de Deus, Eminências, e não os boletins noticiosos.

— Sem dúvida o patriarca de Veneza acredita que não devemos ouvir explosões também, mas todos nós as ouvimos!

Houve algumas risadas. O rosto de Tedesco se ruborizou e ele se virou para ver quem havia falado. Era o cardeal Sá, o arcebispo de São

Salvador — um adepto da Teologia da Libertação, nem um pouco amigo de Tedesco ou de sua facção.

Lomeli já havia presidido reuniões no Vaticano em número suficiente para saber a hora de intervir.

— Posso fazer uma sugestão? — Olhou para Tedesco e ficou à espera. Com relutância, o patriarca de Veneza se sentou. — O procedimento mais justo é sem dúvida pôr essa questão em votação, e neste caso, com a permissão de Vossas Eminências...

— Espere um instante...

Tedesco esboçou uma tentativa de intervir, mas Lomeli cobriu a voz dele com a sua.

— Todos os que desejam que o Conclave receba essas informações, por favor, levantem a mão. — Imediatamente, dezenas de braços vestidos em escarlate se ergueram. — E agora, quem não deseja isso? — Tedesco, Krasinski, Tutino e talvez uma dúzia de outros ergueram o braço, com relutância. — Está decidido, então. Naturalmente, aqueles que não desejam tomar conhecimento do que vou dizer têm toda a liberdade para se retirar. — Ele esperou. Ninguém se mexeu. — Muito bem.

Ele alisou a folha de papel, desamassando-a.

— Pouco antes de deixar a Sistina, pedi que um resumo das informações mais recentes fosse preparado pela Sala de Imprensa, em conjunto com o serviço de segurança da Santa Sé. Os fatos básicos são os seguintes. Às 11h20 desta manhã, um carro-bomba explodiu na Piazza del Risorgimento. Logo em seguida, enquanto as pessoas estavam fugindo do local, um indivíduo com explosivos presos ao corpo explodiu a si mesmo. Múltiplas testemunhas, confiáveis, relatam que antes de morrer ele gritou *"Allahu Akbar".*

Vários cardeais soltaram grunhidos.

— Simultaneamente a esse ataque, dois homens armados entraram na igreja de San Marco Evangelista e abriram fogo contra a congregação quando uma missa estava sendo celebrada. Na verdade, naquele exato momento estavam sendo realizadas preces coletivas pelo bom andamento deste Conclave. Forças de segurança estavam nas proximidades e, segundo os relatórios, os dois assassinos foram mortos.

"Às 11h30, ou seja, dez minutos depois, houve uma explosão na biblioteca da Universidade Católica de Louvain..."
O Cardeal Vandroogenbroek, que tinha sido professor de teologia em Louvain, exclamou:
— Ah, meu Deus! Não!
— ... e um homem armado também abriu fogo dentro da Frauenkirche, em Munique. Esse incidente resultou num cerco, e a igreja a esta altura está isolada pela polícia.
"As informações sobre vítimas ainda estão sendo atualizadas, mas os últimos números parecem ser os seguintes: trinta e oito mortos na Piazza del Risorgimento, doze mortos em San Marco, quatro na universidade da Bélgica e pelo menos dois em Munique. Receio que esses números tendam a aumentar. Os feridos chegam à casa das centenas.
Ele abaixou a folha de papel.
— Esta é toda a informação de que disponho. Fiquemos de pé, meus irmãos, e façamos um minuto de silêncio por todos aqueles que foram mortos e feridos.

Depois de tudo acabado, tornar-se-ia óbvio, tanto para os teólogos quanto para os especialistas em direito canônico, que as regras pelas quais o Conclave operava, *Universi Dominici Gregis* — "O Rebanho Inteiro do Senhor" —, promulgadas pelo papa João Paulo II em 1996, pertenciam a uma época de maior inocência. Tinham sido traçadas cinco anos antes do onze de Setembro, e nem o pontífice nem os seus assessores tinham considerado a possibilidade de um múltiplo ataque terrorista.
No entanto, para os cardeais reunidos na hora do almoço na Casa Santa Marta, no terceiro dia do Conclave, nada era óbvio. Depois de concluído o minuto de silêncio, as conversas — em voz baixa, chocadas, incrédulas — começaram a ecoar pelo refeitório. Como poderiam continuar com as suas deliberações depois do que acontecera? Porém, do mesmo modo, como poderiam parar? A maioria dos cardeais tinha se sentado imediatamente após o minuto de silêncio, mas outros permaneceram de pé. Entre eles estavam Lomeli e Tedesco. O patriarca de Veneza espiava em volta, rosto carregado, evidentemente incerto quanto ao que deveria fazer. Se pelo menos três dos seus eleitores o abandonassem, ele perderia a terça parte dos votos que lhe permitiria

continuar bloqueando a eleição do Colégio. Pela primeira vez ele aparentava menos do que uma confiança absoluta.

Lomeli avistou Benítez do outro lado do salão, erguendo hesitantemente a mão para chamar sua atenção.

— Eminência, eu gostaria de dizer algumas palavras.

Os cardeais sentados mais perto, Mendoza e Ramos, das Filipinas, pediram silêncio para que ele pudesse ser escutado.

Lomeli anunciou:

— O cardeal Benítez deseja falar.

Tedesco abriu os braços, consternado.

— Realmente, decano, isto aqui não pode se tornar uma Congregação Geral. Esta fase já ficou para trás.

— Eu acredito que, se um dos nossos irmãos tem algo a nos dizer, ele deve ser ouvido.

— Mas qual artigo da nossa Constituição diz que isso é permitido?

— Qual artigo diz que é proibido?

— Eminência, eu quero ser ouvido!

Era a primeira vez que Lomeli via Benítez erguer a voz, e seu tom agudo fez amainar o murmúrio das conversações. Tedesco encolheu os ombros com exagero e revirou os olhos virando-se para seus aliados, como que dizendo que tudo aquilo estava se tornando ridículo. Mesmo assim, não emitiu mais nenhum protesto. Um certo silêncio se impôs sobre o salão.

— Obrigado, meus irmãos. Serei breve. — As mãos do filipino estavam ligeiramente trêmulas, e ele as escondeu atrás das costas, cerrando os dedos uns nos outros. Sua voz voltou a ficar suave. — Não conheço bem a etiqueta do Colégio, portanto conto com a sua compreensão. Mas talvez em razão de ser eu o seu colega mais novo, sinto que devo dizer alguma coisa em nome dos milhões que estão do lado de fora destes muros, neste momento, e que estão de olhos voltados para o Vaticano em busca de liderança. Todos nós somos homens do bem, acredito... Todos nós, não somos? — Ele procurou com os olhos Adeyemi e Tremblay, e fez um gesto de cabeça na direção deles, e depois para Tedesco e Lomeli. — Nossas ambições mesquinhas, nossas tolices e nossas divergências transformam-se em nada diante do mal que se abateu sobre a nossa Mãe, a Igreja.

Vários cardeais assentiram, concordando.

— Se me atrevo a erguer a voz, é apenas porque vinte entre vós tivestes a bondade, e eu me arriscaria a dizer a ingenuidade, de dar os vossos votos em meu nome. Meus irmãos, eu acredito que não mereceremos perdão se continuarmos com esta eleição, dia após dia, até o dia em que as regras nos permitam finalmente eleger o papa por uma maioria simples. Depois desta última rodada, teremos um líder óbvio, e eu os conclamo a nos unirmos todos em torno do seu nome na tarde de hoje. Da minha parte, peço a todos que me honraram com o seu voto que transfiram seu apoio para o cardeal Lomeli, e que quando retornarmos mais tarde para a Sistina, possamos elegê-lo papa. Obrigado. Perdoai-me. Isso é tudo que tenho a dizer.

Antes que Lomeli pudesse replicar, Tedesco o interrompeu.

— Ah, não! — Ele abanou negativamente a cabeça. — Não, não, não! — Começou a agitar as mãos rechonchudas novamente, sorrindo com desespero em seu alarme. — Ora, vejam só, era exatamente contra isso que eu os prevenia havia pouco, cavalheiros! Deus ficou esquecido no calor do momento e estamos reagindo à pressão dos acontecimentos como se não representássemos algo mais sagrado do que uma convenção de um partido político. O Espírito Santo não pode ser convocado, ser ordenado ao sabor da nossa vontade, como se fosse um garçom! Irmãos, eu lhes imploro, lembrem-se de que prestamos um juramento a Deus de eleger como papa aquele que acreditamos ser o mais capaz, não aquele que podemos mais facilmente empurrar para o balcão da Basílica de São Pedro hoje à tarde para acalmar a multidão!

Se Tedesco tivesse se detido ali, refletiu Lomeli muito tempo depois, ele poderia ter convencido a congregação do seu ponto de vista, que era inteiramente legítimo. Porém, Tedesco não era um homem capaz de se deter depois de abordar um tema: essa era sua glória e sua tragédia; era por isso que seus aliados o amavam e também por isso que o persuadiram a manter-se longe de Roma nos dias antes do Conclave. Ele era como o homem no sermão de Cristo: *A boca fala daquilo de que o coração está cheio*, independentemente de essa abundância ser boa ou má, sábia ou insensata.

— E em todo caso — disse Tedesco, fazendo um gesto na direção de Lomeli —, será o nosso decano o melhor homem para enfrentar esta crise? — Ele fez reluzir de novo o seu sorriso ameaçador. — Eu o respeito como irmão e como amigo, mas ele não é um pastor, ele não é um homem capaz de curar os corações partidos e cuidar das suas feridas, e menos ainda capaz de fazer soar uma trombeta. Na medida em que ele tem alguma posição doutrinal que possa ser levada em consideração, são as próprias posições que nos trouxeram a este momento presente de deriva e de relativismo, onde são conferidos pesos iguais a todas as fés e a todas as fantasias passageiras, de modo que agora, quando olhamos ao nosso redor, vemos a pátria Santa Igreja Católica Romana toda marcada pela presença das mesquitas e dos minaretes de Maomé.

Alguém — era Bellini, percebeu Lomeli — gritou:

— Que ideia infeliz!

Tedesco virou-se para ele, como um touro ao sofrer o golpe de um aguilhão. Seu rosto estava vermelho de fúria.

— "Ideia infeliz", diz o nosso ex-secretário de Estado. É uma infelicidade, concordo. Imaginem o sangue dos inocentes na Piazza del Risorgimento ou na igreja de San Marco nesta manhã! Acham que nós mesmos não somos em parte responsáveis por isso? Toleramos a presença do Islã em nossa terra, mas eles nos rejeitam na terra deles; nós os alimentamos aqui, mas eles nos exterminam lá, às dezenas de milhares, sim, e centenas de milhares — é o genocídio silencioso da nossa época. E agora estão literalmente ao pé dos nossos muros, e nada fazemos! Por quanto tempo mais persistiremos nesta fraqueza?

Mesmo Krasinski tentou erguer a mão para contê-lo, mas Tedesco a afastou.

— Não! Há coisas que precisam ser ditas neste Conclave, e serão ditas agora. Meus irmãos, cada vez que nos enfileiramos para votar na Capela Sistina, passamos, na Sala Régia, por um afresco da Batalha de Lepanto. Eu o contemplei de novo esta manhã. Foi onde as forças navais da Cristandade, reunidas através da diplomacia de Sua Santidade o papa Pio v, e abençoadas pela intercessão de Nossa Senhora do Rosário, derrotaram os galeões do Império Otomano e salvaram o Mediterrâneo da escravidão às mãos das hordas do Islã.

"Precisamos de pelo menos um pouco desse tipo de liderança, hoje. Precisamos nos apegar aos nossos valores tão fortemente quanto os islamitas se apegam aos deles. Precisamos deter esses desvios que vêm ocorrendo incessantemente pelos últimos cinquenta anos, desde o Concílio Vaticano Segundo, e que nos tornaram fracos em face do mal. O cardeal Benítez fala dos milhões que estão do lado de fora destes muros olhando para nós, nesta hora terrível, em busca de liderança. Eu concordo com ele. A mais sagrada tarefa que nos advém da nossa Mãe Igreja — a destinação das Chaves de São Pedro — foi rompida pela violência, no próprio coração de Roma. O momento da crise suprema chegou agora para todos nós, como profetizado por Nosso Senhor Jesus Cristo, e devemos finalmente reunir a força necessária para enfrentá-la: *Haverá sinais no Sol, na Lua e nas estrelas; e na Terra, as nações estarão em angústia, inquietas pelo bramido do mar e das ondas; os homens desfalecerão de medo, na expectativa do que ameaçará o mundo habitado, pois os poderes dos céus serão abalados. E então verão o Filho do Homem vindo numa nuvem com poder e grande glória. Quando começarem a acontecer essas coisas, erguei-vos e levantai a cabeça, pois está próxima a vossa libertação."*

Quando acabou, ele se benzeu e abaixou a cabeça, e em seguida sentou-se com presteza. Estava respirando pesadamente. O silêncio que se seguiu pareceu a Lomeli estender-se por um longo tempo e foi quebrado apenas pela voz gentil de Benítez:

— Mas, meu caro patriarca de Veneza, o senhor esquece que eu sou o arcebispo de Bagdá. Havia um milhão e meio de cristãos no Iraque antes de o país ser atacado pelos americanos, e agora existem apenas cento e cinquenta mil. Minha própria diocese está quase vazia. Isso demonstra o tipo de poder que tem a espada! Eu já vi os nossos lugares sagrados sob bombardeio e vi nossos irmãos e irmãs como cadáveres enfileirados no chão, tanto no Oriente Médio quanto na África. Eu os confortei nos seus momentos de desespero e os sepultei, e posso lhe afirmar que nenhum deles, nem um sequer, gostaria de ver a violência sendo respondida com a violência. Eles morreram no amor de Cristo, e pelo amor de Nosso Senhor Jesus Cristo.

Um grupo de cardeais — Ramos, Martínez e Xalxo entre eles — aplaudiu alto, em apoio. Gradualmente o aplauso se espalhou pelo salão, dos grupos da Ásia passando para os da África e finalmente das Américas, até os próprios italianos. Tedesco olhou à sua volta, surpreso, e abanou a cabeça, entristecido, fosse lamentando a insensatez alheia ou percebendo a própria, ou ambas as coisas; era impossível saber.

Bellini ficou de pé.

— Meus irmãos, o patriarca de Veneza tem razão em pelo menos um aspecto. Não estamos mais reunidos como uma Congregação. Fomos enviados para cá a fim de escolher um papa, e é isto que devemos fazer, em estrita concordância com a Constituição Apostólica, de tal maneira que não caibam dúvidas sobre a legitimidade do homem que for eleito, mas também por uma questão de urgência, e na esperança de que o Espírito Santo se manifeste em nós nesta hora em que mais necessitamos dele. Proponho, assim, que dispensemos este almoço — estou certo de que nenhum de nós está com muito apetite — e retornemos de imediato para a Capela Sistina a fim de votarmos. Creio que isso não constitui uma violação dos estatutos sagrados. Estou correto, decano?

— Nenhuma violação, absolutamente. — Lomeli agarrou a tábua de salvação que seu velho colega lhe lançara. — As regras estabelecem simplesmente que duas rodadas de votação devem ser realizadas na tarde de hoje, se for necessário, e que se ainda assim não chegarmos a uma decisão, amanhã deve ser um dia dedicado apenas à meditação. — Ele olhou em volta do salão. — A proposta do cardeal Bellini, de que devemos voltar imediatamente à Capela Sistina, é aceitável para a maioria deste Conclave? Aqueles que estão de acordo, por favor se manifestem. — Uma floresta de braços escarlates se ergueu. — E aqueles que estão em desacordo? — Somente Tedesco ergueu a mão, embora olhando na direção oposta, como se quisesse se distanciar de toda aquela discussão. — A vontade do Conclave é bastante clara. Monsenhor O'Malley, pode se certificar de que os motoristas estejam todos a postos? E, padre Zanetti, pode por favor informar a Sala de Imprensa que o Conclave está se encaminhando para fazer sua oitava votação?

A multidão começou a se dispersar, e Bellini cochichou no ouvido de Lomeli:

— Prepare-se, meu amigo. No final desta tarde, o papa será você.

18. A oitava votação

Afinal, boa parte dos ônibus a postos não chegou a ser usada. Uma espécie de impulso espontâneo e coletivo galvanizou o Conclave, e os cardeais que tinham boas condições físicas preferiram caminhar a pé da Casa Santa Marta até a Capela Sistina. Marcharam como uma falange, alguns deles dando-se as mãos, como se estivessem fazendo uma demonstração pública, o que, num certo sentido, de fato estavam.

Por um golpe da Providência, ou por intervenção divina, um helicóptero alugado por um pool de companhias de TV estava naquele momento circulando sobre a Piazza del Risorgimento, filmando os estragos produzidos pela explosão. O espaço aéreo da Cidade do Vaticano estava fechado, mas o operador de câmera, usando uma teleobjetiva, pôde filmar os cardeais enquanto eles cruzavam a Piazza Santa Marta, passavam pelo Palazzo San Carlo e pelo Palazzo del Tribunale, pela igreja de Santo Stefano e ao longo dos Jardins do Vaticano, antes de desaparecerem nos pátios dentro do complexo do Palácio Apostólico.

As imagens trêmulas das silhuetas trajando escarlate, transmitidas ao vivo pelo mundo inteiro, e incessantemente repetidas ao longo do dia, trouxeram um alento ao coração dos fiéis católicos. As imagens transmitiam uma impressão de foco, de união e de desafio. Subliminarmente, também sugeriam que em breve haveria um novo papa. De toda Roma, peregrinos começaram a se dirigir para a Praça de São Pedro, pressentindo que o anúncio se aproximava. Dentro de uma hora, a multidão ali reunida já ultrapassava cem mil pessoas.

Lomeli, é claro, só ficou sabendo de tudo isso muito depois. No momento, ele caminhava no centro do grupo, uma das mãos segurando a mão do arcebispo de Gênova, De Luca, e a outra a mão de

Löwenstein. Seu rosto estava erguido para a luz pálida do céu. Por trás dele, baixinho a princípio, Adeyemi começou a cantar o *Veni Creator*, e logo o canto foi incorporando as vozes de todos:

Para longe de nós enviai nosso inimigo
Trazei para nós a verdadeira paz;
E por entre os perigos conduzi nosso caminho
Protegidos sob as vossas asas sagradas...

Enquanto cantava, Lomeli agradeceu a Deus. Naquela hora de provação mortal, naquele cenário improvável de um pátio calçado de pedras, com nada mais extraordinário para ser visto pelo Conclave do que paredes nuas de tijolos, ele podia por fim sentir que o Espírito Santo estava presente neles. Pela primeira vez ele se sentiu em paz com o resultado que viria de tudo aquilo. Se a sorte lhe coubesse, então que fosse assim. *Pai, se quiserdes, afastai de mim este cálice; mas mesmo assim, que a Vossa vontade, e não a minha, se cumpra.*

Ainda cantando, eles subiram os degraus que conduziam à Sala Régia. Quando cruzaram o piso de mármore, ele ergueu os olhos para o vasto afresco de Vasari sobre a Batalha de Lepanto. Como sempre, sua atenção foi atraída para o canto inferior direito, onde uma rude representação da morte como um esqueleto agitava uma foice. Por trás da Morte, as esquadras rivais da Cristandade e do Islã se moviam para a batalha. Ele imaginou se Tedesco ainda suportaria contemplar aquela pintura. As águias do Lepanto tinham engolido suas esperanças de ser papa tão completamente quando tragaram os navios do Império Otomano.

No vestíbulo da Sistina, o vidro quebrado já havia sido removido. Tábuas estavam empilhadas, prontas para vedar as janelas. Os cardeais fizeram fila dupla para subir a rampa, cruzaram a divisória, penetraram na ala acarpetada e se dispersaram à procura de suas mesas. Lomeli caminhou para o microfone junto ao altar e esperou até que todo o Conclave estivesse a postos. Sua mente estava de todo clara e receptiva à presença de Deus. *A semente da eternidade está em mim. Com seu auxílio posso abandonar a perseguição eterna; posso dispensar tudo que não pertença aqui à casa do Senhor; posso tornar-me calmo e íntegro de tal forma a conseguir responder honestamente, quando houver o Seu chamado: "Senhor, estou aqui".*

Quando os cardeais estavam todos posicionados, ele fez um sinal para Mandorff, que esperava no fundo da capela. O crânio calvo do arcebispo se curvou em resposta, e ele e O'Malley, seguidos pelos mestres de cerimônia, deixaram a capela. A chave girou na fechadura.

Lomeli começou a chamada.

— Cardeal Adeyemi?

— Presente.

— Cardeal Alatas?

— Presente.

Não se apressou. O recital daqueles nomes tinha algo de encantatório, cada um deles significando um degrau mais próximo de Deus. Quando terminou, curvou a cabeça. O Conclave se pôs de pé.

— Ó Pai, para que possamos conduzir e vigiar Vossa Igreja, dai-nos, aos teus servos, as bênçãos da inteligência, da verdade e da paz, a fim de que possamos conhecer a Vossa vontade, e Vos servir com total dedicação. Para Cristo nosso Senhor.

— Amém.

Os rituais do Conclave, que três dias antes tinham parecido tão estranhos, eram agora para os cardeais algo tão familiar quanto a missa matutina. Os escrutinadores se adiantaram sem que fosse preciso convocá-los, montaram a urna e o cálice diante do altar, enquanto Lomeli voltava à sua mesa. Ele abriu a pasta, tirou dali sua cédula, destampou a caneta e ficou com os olhos fitos a meia distância. Em quem deveria votar? Não em si mesmo — não uma segunda vez; não depois do que ocorrera antes. Isso deixava apenas um candidato viável. Por um segundo ele ficou com a caneta erguida sobre o papel. Se quatro dias antes alguém lhe dissesse que na oitava votação do Conclave ele estaria dando seu voto a um homem que não conhecia ainda, um homem que ele nem sequer sabia que era cardeal, e que mesmo agora ainda permanecia um mistério para ele, ele teria descartado essa hipótese como mera fantasia. Porém, foi o que ele fez. Com mão firme, em letras maiúsculas, escreveu: BENÍTEZ, e quando olhou para aquele nome, ele lhe pareceu estranhamente correto, de modo que quando se ergueu e exibiu a cédula dobrada para que todos a vissem, pôde formular o juramento com um coração puro.

— Invoco Cristo, o nosso Senhor, como minha testemunha e meu juiz, de que o meu voto é dado àquele que diante dos olhos de Deus eu julgo que deve ser eleito.

Ele depositou o voto no prato e o fez cair dentro da urna.

Enquanto o resto do Conclave votava, Lomeli ocupou-se lendo a Constituição Apostólica. Ela estava entre o material impresso à disposição de cada um dos cardeais. Queria se certificar de que os procedimentos para o que haveria em seguida estivessem bem claros em sua mente.

Capítulo 7, parágrafo 87: uma vez que um dos candidatos atingisse uma maioria de dois terços, o cardeal diácono júnior seria encarregado de pedir que as portas fossem abertas. Então, Mandorff e O'Malley entrariam, trazendo todos os documentos necessários. Ele, como decano, perguntaria ao candidato vitorioso: "Aceita sua eleição canônica como sumo pontífice?", e assim que o vencedor o fizesse, teria que lhe perguntar: "Por qual nome deseja ser chamado?". Então Mandorff exerceria a função de notário e preencheria o certificado de aceitação com o nome escolhido, e dois dos mestres de cerimônias seriam trazidos como testemunhas.

Depois da aceitação, o indivíduo eleito torna-se imediatamente bispo da Igreja de Roma, papa verdadeiro e chefe do Colégio dos Bispos. Deste modo ele recebe e pode exercer poder completo e supremo sobre a Igreja Universal.

Uma palavra de aceitação, um nome escolhido, uma assinatura aposta, e pronto: numa tal simplicidade residia toda a glória.

O novo papa se retira então para a sacristia conhecida como a Sala das Lágrimas, para receber as vestimentas. Enquanto isso, o trono papal é montado na Sistina. No retorno do eleito, os cardeais eleitores formam fila "na maneira prescrita, para prestar uma ação de homenagem e obediência". A fumaça branca se eleva da chaminé. Do balcão voltado para a Praça de São Pedro, Santini, o prefeito da Congregação para a Educação Católica, e também o cardeal diácono sênior, fazem o anúncio: "*Habemus papam*" — "Temos um papa" —, e em seguida o novo pontífice aparece aos olhos do mundo.

E se, pensou Lomeli — era uma possibilidade quase que grave demais para que sua mente pudesse aceitá-la, mas seria uma irresponsabilidade de sua parte não pensar nisto —, a predição de Bellini estivesse correta, e o cálice passasse para ele, o que aconteceria?

Neste caso, caberia a Bellini, como o próximo membro sênior do Conclave, perguntar a ele, Lomeli, por qual nome queria ser chamado como papa.

A ideia lhe dava vertigens.

No começo do Conclave, quando Bellini o acusara de ambição e insistira em afirmar que todo cardeal sabia em segredo o nome que escolheria se fosse eleito, Lomeli tinha negado com veemência. Porém, agora — que Deus o perdoasse por sua dissimulação —, ele reconhecia para si mesmo que sempre tivera um nome em mente, embora procurasse conscientemente evitar dizê-lo, mesmo em pensamento.

Havia anos que ele sabia o nome que gostaria de ter.

Ele seria João.

João, em honra do discípulo abençoado, e do papa João XXIII, sob cujo pontificado revolucionário ele atingira a idade adulta; João, porque isso assinalaria a sua intenção de ser um reformador; e João porque era um nome tradicionalmente associado a papas cujos reinados eram curtos, como ele tinha certeza de que seria o seu.

Ele seria o papa João XXIV.

Era um nome de peso. Soava como algo real.

Quando ele surgisse ao balcão, seu primeiro ato seria dar a bênção apostólica, *Urbi et Orbi* — "para a cidade e para o mundo" —, mas então ele precisaria também dizer algo mais pessoal, para acalmar e trazer inspiração aos bilhões de pessoas que estariam à espera de sua liderança. Ele teria que ser o seu pastor. Para sua surpresa, descobriu que esse pensamento não o aterrorizava. Sem que nem sequer as evocasse, brotaram em sua mente as palavras do nosso Salvador, Jesus Cristo: *Não fiques ansioso sobre o que irás falar ou sobre o que irás dizer; porque o que dirás te será dado nessa hora.* Mesmo assim, pensou (o burocrata nele nunca se afastava demais) que seria melhor fazer algum tipo de preparação, e assim, durante os últimos vinte minutos da votação, de vez em quando erguendo os olhos para o teto da Sistina em busca de inspiração, Lomeli esboçou o que diria como papa, para tranquilizar sua Igreja.

O sino de São Pedro tocou três vezes.
A votação foi encerrada.
O cardeal Lukša ergueu a urna cheia de cédulas do altar e a exibiu para ambos os lados da capela, depois a agitou com firmeza bastante para Lomeli escutar o ruído dos pedaços de papel no seu interior.
O ar estava mais frio. Através das janelas quebradas surgia agora um som estranho, manso, imenso, como um murmúrio ou um suspiro. Os cardeais se entreolhavam. A princípio não podiam compreender. Mas Lomeli o reconheceu de imediato. Era o barulho de dezenas de milhares de pessoas convergindo para a Praça de São Pedro.
Lukša estendeu a urna para o cardeal Newby. O arcebispo de Westminster enfiou ali a mão, retirou uma cédula, e disse em voz alta: "Um". Virou-se para o altar e depositou a cédula na segunda urna, e então voltou-se outra vez para Lukša e repetiu o processo. "Dois".
O cardeal Mercurio, as mãos cruzadas sobre o peito em oração, movia de leve a cabeça ao acompanhar cada movimento.
— Três.
Até aquele momento, Lomeli sentia-se distanciado, até mesmo sereno. Agora, cada cédula que era contada parecia apertar mais um pouco uma faixa invisível fechada em torno do seu peito, tornando mais difícil sua respiração. Mesmo quando tentou preencher sua mente com orações, tudo que conseguia era escutar aquela contínua e inevitável entoação de números. Ela se prolongou, como uma tortura do pingo d'água, até que finalmente Newby segurou entre os dedos a derradeira cédula.
— Cento e dezoito.
No silêncio que se seguiu, ouvia-se de novo, elevando-se e abaixando-se como uma imensa onda à distância, o vozerio indistinto dos fiéis.
Newby e Mercurio deixaram o altar e foram para a Sala das Lágrimas. Lukša esperou, segurando a toalha branca. Voltaram carregando

a mesa. Lukša a cobriu com todo cuidado, alisando o tecido, até deixá-lo bem esticado, e então pegou no altar a urna cheia de votos e a colocou, cheio de reverência, bem no meio. Newby e Mercurio posicionaram três cadeiras. Newby tirou o microfone do pedestal, e o trio de escrutinadores se postou em seus assentos.

Ao longo da Capela Sistina, os cardeais se agitaram em suas cadeiras e empunharam suas listas de candidatos. Lomeli abriu a pasta. Sem perceber, segurou a caneta, à espera, apontada para seu próprio nome.

— O primeiro voto é para o cardeal Benítez.

A caneta subiu ao longo da lista e fez uma marca junto ao nome de Benítez, e depois retornou para o seu. Ele esperou, sem erguer os olhos.

— Cardeal Benítez.

Outra vez a caneta percorreu a lista até o alto, fez outra marca, e retornou à posição inicial.

— Cardeal Benítez.

Dessa vez, depois de marcar o pequeno traço no papel, ele ergueu a vista. Lukša estava tateando dentro da urna, para extrair a próxima cédula lá do fundo. Ele a retirou, desdobrou, anotou um nome e passou a cédula para Mercurio. O italiano também fez uma anotação cuidadosa e entregou o voto a Newby. Newby leu em silêncio e inclinou-se para falar ao microfone.

— Cardeal Benítez.

Os primeiros sete votos foram para Benítez. O oitavo foi para Lomeli, e quando isso se repetiu no nono, ele pensou que talvez aquela enxurrada inicial para Benítez fosse um daqueles desequilíbrios de distribuição que eles já tinham acompanhado durante o Conclave. No entanto, depois, seguiu-se outra sequência de Benítez, Benítez, Benítez, e ele sentiu a graça de Deus abandonando-o aos poucos. Depois de alguns minutos, ele começou a contar os votos do filipino, cruzando uma linha em cada grupo de cinco. Eram dez blocos de cinco. E em seguida Benítez estava com cinquenta e um... cinquenta e dois... cinquenta e três...

Depois disso, ele parou de dar atenção à própria contagem.

Setenta e cinco... setenta e seis... setenta e sete...

À medida que Benítez se aproximava do limite que o faria papa, a atmosfera da Sistina pareceu ficar mais tensa, como se as moléculas do ar estivessem sendo tensionadas por alguma força magnética. Dezenas de cardeais tinham a cabeça abaixada sobre a mesa e estavam fazendo o mesmo cálculo.

Setenta e oito... setenta e nove... *oitenta*.

Houve uma grande exalação coletiva, uma semiovação de mãos batendo de leve sobre o tampo das mesas. Os escrutinadores fizeram uma pausa na contagem e ergueram os olhos para ver o que acontecia. Lomeli curvou-se sobre a mesa e espiou ao longo da aleia na direção de Benítez. Ele tinha o queixo apoiado no peito. Parecia estar rezando.

A contagem dos votos prosseguiu.

— Cardeal Benítez.

Lomeli pegou a folha de papel onde esboçara as notas para seu pronunciamento e a rasgou em minúsculos pedaços.

Depois que foi lido o derradeiro voto — e foi um voto para ele —, Lomeli recostou-se na cadeira e esperou que os escrutinadores e os revisores conferissem os números oficiais. Bem depois, quando tentou descrever a Bellini suas emoções naquele momento, ele disse que sentiu como se um poderoso vento o tivesse erguido do chão por alguns instantes e o feito rodopiar no ar, para logo em seguida largá-lo no chão bruscamente e ir arrebatar mais alguém. "Foi o Espírito Santo, imagino. A sensação foi aterrorizante, extasiante e certamente inesquecível — sou grato por ter tido essa experiência —, mas quando acabou, não senti nada mais a não ser alívio." Era a verdade, mais ou menos.

Newby disse ao microfone:

— Eminências, aqui está o resultado da oitava votação.

Pela força do hábito, Lomeli pegou a caneta pela última vez e escreveu os números:

Benítez — 92

Lomeli — 21

Tedesco — 5

As palavras finais do anúncio de Newby foram cobertas por uma tempestade de aplausos. Ninguém aplaudiu com mais força do que Lomeli. Ele olhou em torno, assentindo, sorrindo. Houve alguns gritos de entusiasmo. Do lado oposto a ele, Tedesco estava batendo com as palmas da mão bem devagar, como se acompanhasse a cadência de um canto fúnebre. Lomeli, redobrando a intensidade das palmas, ficou de pé, e isso foi como um sinal para que o Conclave inteiro se erguesse numa ovação. Apenas Benítez permaneceu sentado, enquanto os cardeais de pé atrás dele e de ambos os lados o olhavam, aplaudindo sem parar, ele parecia, naquele momento de triunfo, ainda menor e mais deslocado do que antes — uma figura pequena, de cabeça abaixada em oração, o rosto oculto por uma mecha de cabelo negro, tal como Lomeli o vira pela primeira vez, de rosário em punho, sentado no escritório da irmã Agnes.

Lomeli caminhou até o altar, segurando sua cópia da Constituição Apostólica. Newby entregou-lhe o microfone. Os aplausos foram serenando. Os cardeais sentaram-se. Ele notou que Benítez permanecia imóvel.

— A maioria requerida foi alcançada. Gostaria que o cardeal diácono júnior, por favor, convocasse o mestre das Celebrações Litúrgicas Pontifícias e o secretário do Colégio.

Ele esperou que Rudgard fosse até o vestíbulo e pedisse a abertura das portas. Um minuto depois, Mandorff e O'Malley apareceram na parte de trás da capela. Lomeli desceu para a aleia e caminhou até Benítez. Estava consciente da expressão nos rostos do arcebispo e do monsenhor. Os dois estavam parados, discretamente, junto à divisória, e o observavam atônitos. Deviam ter presumido que seria ele o papa e imaginavam agora o que ele estaria fazendo. Ele foi até o filipino e se deteve junto à sua mesa. Abriu a Constituição e leu:

— Em nome de todo o Colégio dos Cardeais, eu lhe pergunto, cardeal Benítez: aceita a sua eleição canônica como sumo pontífice?

Benítez pareceu não ter escutado. Ele não ergueu o rosto.

— Aceita?

Seguiu-se um longo silêncio, enquanto mais de cem homens prendiam a respiração, e pela mente de Lomeli passou a ideia de que o outro estava a ponto de recusar. Meu Deus, que catástrofe seria aquilo! Ele disse, com voz calma:

— Posso citar-lhe, Eminência, este trecho da Constituição Apostólica, escrito pelo Santo João Paulo II em pessoa? "Peço àquele que seja eleito que não recuse, por temer o seu peso, o ofício para o qual foi eleito, mas que se submeta humildemente aos desígnios da vontade divina. Deus, que impõe o fardo, também irá ampará-lo com sua mão, para que ele possa suportar o peso."

Finalmente, Benítez ergueu o rosto. Seus olhos negros tinham um brilho resoluto. Ele ficou de pé.

— Sim, aceito.

Exclamações espontâneas de prazer explodiram de ambos os lados da capela, seguidas por mais aplausos. Lomeli sorriu e deu umas palmadinhas no peito, para indicar seu alívio.

— E por que nome deseja ser chamado?

Benítez fez uma pausa e, de repente, Lomeli adivinhou o motivo de seu aparente distanciamento: ele tinha passado aqueles últimos minutos tentando decidir qual seria o seu título papal. Ele devia ser o único cardeal que viera ao Conclave sem ter ainda um nome em mente.

Com voz firme, ele disse:

— Inocêncio.

19. *Habemus papam*

A escolha do nome pegou Lomeli de surpresa. A tradição de derivar o nome papal de uma virtude — Inocência, Piedade, Clemência — em vez de um santo tinha cessado havia algumas gerações. Houve treze papas chamados Inocêncio, nenhum deles nos três últimos séculos. Porém, quanto mais ele pensava a respeito, mesmo naqueles segundos iniciais, mais se maravilhava de sua adequação. Seu simbolismo num tempo de derramamento de sangue, e a ousadia de sua declaração de propósitos. Parecia prometer uma volta à tradição e ao mesmo tempo uma ruptura com ela — exatamente o tipo de ambiguidade com que a Cúria se deliciava. E tinha tudo a ver com a pessoa de Benítez: digno, um pouco infantil, gracioso, de fala suave.

Papa Inocêncio xiv — o papa do Terceiro Mundo, há tanto tempo esperado! Lomeli deu graças, intimamente. Mais uma vez, de forma miraculosa, Deus os conduzira à escolha certa.

Percebeu que os cardeais estavam aplaudindo outra vez, aprovando a escolha do nome. Ele se ajoelhou diante do Santo Padre. Sorrindo e um pouco alarmado, Benítez se ergueu de sua cadeira, estendeu o braço e puxou a batina de Lomeli, indicando que ele devia ficar novamente de pé, enquanto sussurrava:

— Era o senhor quem devia estar nesta posição. Votei no senhor todas as vezes, e vou precisar de sua orientação. Quero que continue como decano do Colégio.

Lomeli agarrou a mão do outro para se pôr de pé, e sussurrou de volta:

— E meu primeiro conselho a Vossa Santidade é que não faça promessas de ofício por enquanto. — Ele se virou e se dirigiu a Mandorff: — Arcebispo, poderia por gentileza trazer suas testemunhas e lavrar o ato de aceitação?

Ele recuou alguns passos enquanto as formalidades eram executadas. Aquilo levaria no máximo cinco minutos. O documento já estava redigido; tudo que era necessário era que Mandorff inserisse ali o nome de batismo de Benítez, seu nome pontifício e a data, e então o novo Santo Padre assinaria, e depois as testemunhas.

Foi apenas quando Mandorff pôs o papel sobre a mesa e começou a preencher os espaços em branco que Lomeli notou O'Malley. Ele estava fitando o documento de aceitação, como se estivesse em transe.

Lomeli disse:

— Monsenhor, lamento interrompê-lo... — Quando O'Malley não deu sinais de tê-lo escutado, ele insistiu: — Ray? — Somente então O'Malley virou-se para encará-lo. Sua expressão era de confusão, quase de medo. Lomeli disse: — Seria conveniente que começasse a recolher as anotações dos cardeais. Quanto mais cedo tivermos fumaça na chaminé, mais cedo o mundo saberá que temos um novo papa. Ray?... — Ele estendeu a mão, preocupado. — Você está bem?

— Desculpe, Eminência. Estou bem, sim. — Mas Lomeli percebeu que o outro estava fazendo um grande esforço para agir como se nada houvesse de errado.

— O que foi?

— É apenas que não era este o resultado que eu estava esperando...

— Não, mas é maravilhoso, mesmo assim. — Ele baixou a voz. — Ouça, se é com a minha posição que está preocupado, meu caro amigo, posso lhe assegurar que não sinto outra coisa senão alívio. Deus nos abençoou com sua misericórdia. O cardeal será um papa muito melhor do que eu jamais teria sido.

— Sim. — O'Malley conseguiu produzir uma espécie de sorriso, meio chocado, e fez um gesto para os dois mestres de cerimônia que não estavam envolvidos no processo de testemunhar a assinatura do documento, e lhes fez num sinal para que começassem a recolher os papéis. Ele deu alguns passos para dentro da Sistina, mas logo retornou. — Eminência, eu tenho um grande peso na minha consciência.

Foi nesse momento que Lomeli voltou a sentir os filamentos da preocupação se enroscando mais uma vez em volta do peito.

— Do que é que você está falando?...

— Posso lhe falar em particular? — Ele segurou Lomeli pelo cotovelo e tentou puxá-lo com urgência para o vestíbulo. Lomeli olhou em torno para ver se alguém os estava observando. Os cardeais olhavam todos na direção de Benítez. O novo papa havia assinado o termo de aceitação e estava deixando a mesa, a fim de ser levado para a sacristia e receber as vestimentas papais. Lomeli cedeu com relutância à pressão do monsenhor e se deixou conduzir além da divisória, para o saguão da Capela, agora frio e deserto. Olhou para cima. O vento soprava através de janelas agora sem vidraças. Já começava a escurecer. Os nervos do pobre homem tinham sido afetados pela explosão, pensou ele.

— Meu caro Ray — disse —, pelo amor de Deus, fique calmo.

— Desculpe-me, Eminência.

— Apenas me diga o que o está perturbando. Temos muito a fazer.

— Sim, eu percebo agora que deveria ter falado antes com o senhor, mas pareceu algo tão trivial.

— Continue.

— Naquela primeira noite, quando levei para o cardeal Benítez os artigos de toalete de que ele não dispunha, ele me disse que eu não devia ter me preocupado em levar um aparelho de barba, porque ele nunca se barbeava.

— O quê?

— Disse isso sorrindo e, para ser franco, em vista de tantas coisas que estavam acontecendo, não dei muita importância ao caso. Quero dizer, Eminência, não é uma coisa tão fora do comum, certo?

Lomeli apertou os olhos, encarando o outro, sem compreender.

— Ray, sinto muito, mas o que você diz não faz muito sentido para mim. — Ele teve uma vaga lembrança de ter soprado uma vela acesa no banheiro de Benítez, e de ter visto um aparelho de barba ainda dentro do invólucro de celofane.

— Mas eu agora colhi informações sobre aquela clínica na Suíça...

— A voz de O'Malley pareceu se esvair, sem forças para ir em frente.

— A clínica? — repetiu Lomeli. De repente ele começou a ter a impressão de que o piso de mármore estava se transformando em líquido. — Você quer dizer, o hospital em Genebra?

O'Malley abanou a cabeça em negação.

— Não, a questão é essa, Eminência. Alguma coisa ficou incomodando a minha mente, e hoje à tarde, quando percebi haver uma certa chance de que o Conclave fosse na direção do cardeal Benítez, resolvi investigar mais a fundo. Descobri que não é um hospital comum. É uma clínica.
— Uma clínica para o quê?
— Uma clínica especializada no que eles chamam "redesignação de gênero".

Lomeli voltou às pressas para a parte principal da capela. Os mestres de cerimônia estavam indo de mesa em mesa, recolhendo cada pedaço de papel. Os cardeais continuavam em seus lugares, conversando em voz baixa uns com os outros. Somente a mesa de Benítez estava vazia, assim como a dele próprio. O trono papal já havia sido instalado diante do altar.
Ele cruzou todo o comprimento da Sistina, indo até a porta da sacristia, e bateu. O padre Zanetti abriu uma fresta da porta e sussurrou:
— Sua Santidade está recebendo as vestimentas, Eminência.
— Eu preciso falar com ele.
— Mas, Eminência...
— Padre Zanetti, faça-me o favor!
Sobressaltado pelo tom de voz de Lomeli, o jovem padre engoliu em seco, hesitou um momento e retirou a cabeça. Lomeli ouviu vozes lá dentro, a porta foi aberta por um instante e ele deslizou para dentro. O aposento era baixo, de teto abaulado, e mais parecia um depósito de adereços por trás do palco de um teatro. Ali estavam amontoadas roupas e as mesas e cadeiras usadas pelos escrutinadores. Benítez, de pé, já envergando a batina de seda branca de papa, estendia os braços abertos, como que pregado a uma cruz invisível. Ajoelhados aos seus pés estava o alfaiate papal da Gammarelli, prendendo alfinetes com a boca, esticando a barra da batina, tão concentrado em sua tarefa que nem sequer ergueu os olhos.
Benítez dirigiu a Lomeli um sorriso resignado.
— Ao que parece, mesmo a menor das vestimentas é grande demais.

— Eu poderia falar a sós com Vossa Santidade?
— Claro. — Benítez abaixou os olhos para o alfaiate. — Já acabou, filho?

Por entre os lábios cerrados em torno dos alfinetes, a resposta foi ininteligível.

— Deixe isso — ordenou Lomeli secamente. — Pode terminar depois.

O alfaiate olhou para ele, abriu a boca e deixou os alfinetes caírem numa caixinha de metal, retirou a agulha e cortou com os dentes a linha de seda branca. Lomeli completou:

— O senhor também, padre.

Os dois homens fizeram uma reverência e se retiraram.

Quando a porta se fechou, Lomeli disse:

— O senhor precisa me falar a respeito desse tratamento numa clínica em Genebra. Qual é a sua situação?

Ele havia previsto várias reações diferentes — negações furiosas, confissões em lágrimas. Em vez disso, Benítez pareceu mais divertido do que alarmado.

— Devo fazer isso, decano?

— Sim, Santidade, é preciso. Daqui a uma hora, o senhor será o homem mais famoso do mundo. Podemos ter certeza de que a imprensa tentará saber a seu respeito tudo que lhe for possível descobrir. Seus colegas têm o direito de tomar conhecimento antes dos demais. Então, se preciso repetir: qual é a sua situação?

— Minha "situação", como o senhor a chama, é a mesma de quando fui ordenado padre, a mesma de quando fui tornado arcebispo, e a mesma de quando fui nomeado cardeal. A verdade é que não houve tratamento em Genebra. Eu considerei essa possibilidade. Orei pedindo orientação. E então decidi pelo contrário.

— E o que teria sido, precisamente, esse tratamento?

Benítez suspirou.

— Creio que os termos clínicos adequados são cirurgia para corrigir uma fusão entre os lábios maiores e menores, e uma clitoropexia.

Lomeli sentou-se na cadeira mais próxima e pôs a cabeça entre as mãos. Depois de alguns momentos percebeu que Benítez puxava outra cadeira para se sentar ao seu lado. Benítez disse, com suavidade:

— Deixe-me dizer como aconteceu tudo, decano. É a verdade pura. Eu nasci de pais muito pobres, nas Filipinas, num lugar onde meninos eram mais valorizados do que meninas, uma preferência que, receio, também é o caso no resto do mundo. Minha deformidade, se podemos chamá-la assim, era tal que eu podia passar naturalmente por um menino. Meus pais acreditavam que eu era um menino. *Eu* acreditava que era um menino. E porque a vida no seminário é uma vida muito discreta, como o senhor bem sabe, onde há uma certa aversão à exibição do corpo, eu não tinha motivos para suspeitar de outra coisa, nem eu nem ninguém. Não preciso lhe dizer que durante a vida inteira observei os meus votos de castidade.

— E nunca desconfiou? Em sessenta anos?

— Não, nunca. Agora, é claro, vendo as coisas em retrospecto, posso ver que o meu ministério como sacerdote, que foi sobretudo entre mulheres que estavam de algum modo passando por sofrimentos, era provavelmente um reflexo inconsciente do meu próprio estado. Mas eu não fazia ideia disso naquele momento. Apenas quando fui ferido na explosão em Bagdá fui plenamente examinado por um médico, pela primeira vez. No momento em que os fatos de natureza médica me foram explicados, é claro que fiquei consternado. Que escuridão, a que se abateu sobre mim! Parecia que minha vida inteira tinha sido vivida num estado de pecado mortal. Apresentei minha renúncia ao Santo Padre, sem lhe dizer as minhas razões. Ele me convidou a vir a Roma para discutir o assunto com ele, e tentou me dissuadir.

— E o senhor lhe disse os motivos do seu pedido de renúncia?

— No final, sim, fui obrigado a fazê-lo.

Lomeli o encarou, incrédulo.

— E ele achou aceitável que o senhor continuasse como um religioso ordenado?

— Ele disse que a decisão cabia a mim. Rezamos juntos no quarto dele, pedindo orientação divina. Por fim, decidi fazer a cirurgia e abandonar o ministério religioso. Mas na noite em que eu devia voar para a Suíça, mudei de ideia. Eu sou o que Deus fez de mim, Eminência. Pareceu-me que seria um pecado mais grave tentar corrigir a obra dele do que deixar meu corpo sendo como sempre foi. De modo que cancelei minhas consultas e voltei para Bagdá.

— E o Santo Padre se deu por satisfeito com isso?
— Presumo que sim. Afinal de contas, ele me fez cardeal *in pectore* tendo pleno conhecimento de quem eu sou.

Lomeli exclamou:
— Ele deve ter enlouquecido!

Houve uma batida na porta.

Lomeli gritou:
— Agora não!

Porém, Benítez chamou:
— Entre!

Era Santini, o cardeal diácono sênior. Lomeli pensou, muitas vezes depois, o que ele teria achado da cena com que se deparou: o Santo Padre recém-eleito e o decano do Colégio dos Cardeais, sentados frente a frente em duas cadeiras, os joelhos quase se tocando, no meio do que era uma conversa bastante profunda. Santini disse:
— Perdoe-me, Santidade, mas quando deseja que eu vá ao balcão anunciar sua eleição? Comenta-se que há duzentas e cinquenta mil pessoas na praça e nas ruas vizinhas. — Ele lançou para Lomeli um olhar quase de súplica. — Estamos esperando para fazer a queima das cédulas, decano.

Lomeli disse:
— Dê-nos mais um minuto apenas, Eminência.
— É claro. — Santini fez uma reverência e saiu.

Lomeli massageou a testa. A dor por trás dos olhos tinha voltado, mais cegante do que nunca.
— Santidade, quantas pessoas sabem da sua condição médica? Monsenhor O'Malley pôde deduzir, mas ele jura que não comentou isso com ninguém, além de mim.
— Então somos apenas nós três. O doutor que me atendeu em Bagdá morreu em outro bombardeio logo depois, e o Santo Padre está morto.
— E quanto à clínica de Genebra?
— Eu me inscrevi apenas para uma consulta preliminar, sob um pseudônimo. Nunca fui lá. Ninguém de lá pode ter a mínima ideia de que aquele possível paciente era eu.

Lomeli recostou-se na cadeira e confrontou o inconcebível. Porém, não estava escrito em Mateus, capítulo 10, versículo 16: "Sede prudente como as serpentes, e sem malícia como as pombas?".

— Eu diria que há uma chance razoável de que possamos manter isso em segredo, a curto prazo. O'Malley pode ser promovido a arcebispo e enviado para algum lugar. Ele não falará; posso me acertar com ele. Mas, a longo prazo, Santidade, a verdade vai aparecer, podemos estar certos disso. Lembro-me de que havia um pedido de visto para sua ida à Suíça, onde era fornecido o endereço da clínica. Isso pode ser descoberto um dia. O senhor vai envelhecer, vai precisar de algum tratamento médico, e pode vir a ser examinado então. Digamos que tenha um ataque cardíaco. E finalmente irá morrer um dia, e seu corpo terá que ser embalsamado.

Ficaram sentados em silêncio. Benítez disse:

— Claro, estamos esquecendo: há mais alguém que sabe o segredo.

Lomeli olhou para ele cheio de alarme.

— Quem?

— Deus.

Eram quase cinco horas da tarde quando os dois surgiram. Depois, a Sala de Imprensa do Vaticano fez saber que o papa Inocêncio XIV havia se recusado a receber os tradicionais votos de obediência sentado no trono papal, e, em vez disso, cumprimentara os cardeais eleitores individualmente, de pé junto ao altar. Ele abraçou calorosamente a todos, mas em especial aqueles que em algum momento sonharam em estar no seu lugar: Bellini, Tedesco, Adeyemi, Tremblay. Para cada um deles teve uma palavra de conforto e de admiração, e a cada um prometeu o seu apoio. Por essa demonstração de amor e de perdão ele deixou evidente para cada pessoa na Capela Sistina que não haveria recriminações — que nenhum deles seria menosprezado, e que a Igreja enfrentaria unida os dias e anos perigosos que tinha pela frente. Houve uma sensação geral de alívio. Mesmo Tedesco, carrancudo, o admitiu. O Espírito Santo tinha agido. Eles tinham escolhido o homem certo.

No vestíbulo, Lomeli observou O'Malley enfiando os sacos com as anotações e as cédulas do Conclave no forno redondo e lhes ateando fogo. Segredos queimam com facilidade. Então, no forno quadrado, ele colocou um invólucro contendo uma mistura de cloreto de potássio, lactose e resina de pinheiro. Lomeli deixou seus olhos acompanharem lentamente a extensão do tubo da chaminé até o ponto em que ela saía pela janela, agora sem vidros, na direção do céu escuro. Não dava para ver dali a ponta da chaminé ou a fumaça branca, somente o reflexo pálido da luz do holofote nas sombras do teto, seguido, um momento depois, pelo rugido distante de centenas de milhares de vozes que se ergueram numa aclamação cheia de esperança.

Agradecimentos

No início das minhas pesquisas, pedi permissão ao Vaticano para visitar as locações usadas durante um Conclave e que ficam permanentemente fechadas ao público. Sou grato ao monsenhor Guillermo Karcher do Departamento das Celebrações Litúrgicas do Sumo Pontífice por me conseguir uma visita, e à *signora* Gabrielle Lalatta por me servir de competente guia. Também entrevistei uma boa quantidade de proeminentes católicos, inclusive um cardeal que já participou de um Conclave; no entanto, nossas conversas foram não oficiais, portanto, posso agradecer-lhes apenas de maneira genérica, não específica. Espero que não se sintam constrangidos com o resultado.

    Recorri ao trabalho de muitos repórteres e autores. Em particular, gostaria de registrar meu reconhecimento aos seguintes: John L. Allen, *All the Pope's Men*; *Conclave*; John Cornwell, *A Thief in the Night: The Death of Pope John Paul I*; *The Pope in Winter: The Dark Face of John Paul II's Papacy*; Peter Hebblethwaite, *John XXIII: Pope of the Century*; *The Year of Three Popes*; Richard Holloway, *Leaving Alexandria: A Memoir of Faith and Doubt*; Austen Ivereigh, *The Great Reformer: Francis and the Making of a Radical Pope*; Pope John XXIII, *Journal of a Soul*; Sally Ninham, *Ten African Cardinals*; Gianluigi Nuzzi, *Merchants in the Temple: Inside Pope Francis's Secret Battle Against Corruption in the Vatican*; *Ratzinger was Afraid: The Secret Documents, the Money and the Scandals that Overwhelmed the Pope*; Gerald O'Collins SJ, *On the Left Bank of the Tiber*; Cormac Murphy-O'Connor, *An English Spring*; John-Peter Pham, *Heirs of the Fisherman: Behind the Scenes of Papal Death and Succession*; Marco Politi, *Pope Francis Among the Wolves: The Inside Story of a Revolution*; John Thavis, *The Vatican Diaries*.

    Quero também agradecer novamente aos meus editores em Londres e Nova York, Jocasta Hamilton e Sonny Mehta, pelos seus conselhos consistentemente sábios e cheios de entusiasmo; Joy Terekiev e Cristiana Moroni da Mondadori, em Milão, que ajudaram a facilitar a minha visita ao Vaticano; e, como sempre, ao meu tradutor alemão, Wolfgang Müller, que mais uma vez pôs em ação o seu olho de lince na detecção de erros.

Finalmente, meu amor e gratidão a minha família — meus filhos Holly, Charlie (a quem este livro é dedicado), Matilda e Sam, e acima de tudo a minha esposa Gill, primeira leitora, como sempre. *Semper fidelis.*

1ª EDIÇÃO [2020] 3 reimpressões

ESTA OBRA FOI COMPOSTA PELA ABREU'S SYSTEM EM ADOBE GARAMOND
E IMPRESSA EM OFSETE PELA LIS GRÁFICA SOBRE PAPEL PÓLEN DA
SUZANO S.A. PARA A EDITORA SCHWARCZ EM MARÇO DE 2025

A marca FSC® é a garantia de que a madeira utilizada na fabricação do papel deste livro provém de florestas que foram gerenciadas de maneira ambientalmente correta, socialmente justa e economicamente viável, além de outras fontes de origem controlada.